Nadine d'Arachart
Sarah Wedler

DER SCHLEICHER

Nadine d'Arachart
Sarah Wedler

DER SCHLEICHER

Der dritte Daria-Storm-Thriller

TELESCOPE VERLAG

Impressum

1. Auflage: November 2017
© Telescope Verlag
www.telescope-verlag.de
Autorenfoto: Oliver Haas Fotodesign
Umschlagfoto: Grischa Georgiew, In the old Hospital for Lung Diseases in Beelitz, Shutterstock ID 41331652

ISBN: 978-3-95915-033-0
Preis: 9,99 Euro

Was blutig anfing mit Verrat und Mord,
Das setzt sich nur durch blut'ge Taten fort.

William Shakespeare

Prolog

08. Mai 2016

Im Halbdunkel der zugezogenen Vorhänge sah das Blut fast schwarz aus. Es war überall, klebte wie Teer an der Wand sowie dem alten Stoffsofa und war in Schlieren über den Boden verspritzt. Kleine Sprenkel zierten jede freie Oberfläche und mischten sich dort mit den Staubflocken.

Ich war froh darüber, dass ich den Dreck später nicht würde wegmachen müssen. Es war schon unangenehm genug gewesen, das Blut im Raum zu verteilen. Unangenehm und zudem eine Mordsarbeit. Wie immer hatte ich hochkonzentriert und präzise vorgehen müssen. So akribisch, dass selbst der engagierteste Beamte niemals zweifelsfrei belegen würde, dass hier ein Mord geschehen war.

Wirklich niemals?

Ich konnte es nur hoffen.

Das Riskante an meiner Arbeit war, dass schon die kleinste Abweichung vom regulären Muster der Polizei einen Beweis dafür liefern konnte, dass sich mehr als ein unglücklicher Unfall ereignet hatte.

Doch in diesem Fall rechnete ich mir gute Chancen aus. Meine Geschichte war wasserdicht: Das Opfer war ein Drogenwrack. Ein Alkoholiker mit Tablettenproblem noch dazu, der schon das eine oder andere Mal auffällig geworden war. Wenn man die Unmengen an illegalen Substanzen in seinem Keller und seinem Blut finden würde, wäre klar, was hier vorgefallen war. Man würde davon ausgehen, dass er sich erst eine gehörige Portion seiner Spezialabwandlung der sogenannten *Zombiedroge* einverleibt und sich dann nach und nach verschiedene Teile seines Körpers abgehackt hatte, um sich am Ende die Kehle aufzukratzen. *Cloud Nine*, die Droge, auf der seine Kreation beruhte, hatte in Amerika sogar einen Mann dazu gebracht, das Gesicht eines Obdachlosen zu essen – was hier vorgefallen war, war also keine große Sache.

Ich betrachtete mein Werk zufrieden. Nach einiger Zeit hatte ich den Idioten sogar dazu bekommen, Bissspuren an seinem eigenen Handgelenk zu hinterlassen.

Der Fall war augenscheinlich sonnenklar und bedurfte keiner weiteren Ermittlungen.

Außerdem konnte die Polizei mir eigentlich dankbar sein, dass ich diesen verkommenen Abschaum aus der Welt geschafft hatte. Aber wie das nun einmal mit Kriminalbeamten war: Statt mir zu danken, würden sie über kurz oder lang Jagd auf mich machen. Die Presse glaubte nicht mehr an die ominösen Unfälle, die sich stets bei irgendwelchen zwielichtigen Gestalten zu ereignen schienen und es war nur eine Frage der Zeit, bis auch die Kripo-Beamten ihr Hirn einschalten und die richtigen Schlüsse ziehen würden.

Sollten sie. So lange ich keine Spuren zu meiner Person hinterließ, würde mir auch der gerissenste Polizist nichts anhaben können.

Trotzdem war es besser, auf Nummer sicher zu gehen.

Noch einmal checkte ich jedes Zimmer und wischte ein weiteres Mal alle Oberflächen ab. Dann holte ich den Beutel aus dem Staubsauger, platzierte ihn an der Tür, um ihn nicht zu vergessen und legte einen neuen ein. Aber da ein leerer Beutel im Sauger auffiel, säuberte ich die Teppiche erneut. Denn wenn ich eins nicht wollte, dann war das, aufzufallen.

Die Wärme, die vom Lüfter des Saugers herrührte, ließ den Eisengestank des Blutes, der im Raum lag, unerträglich werden. Am liebsten hätte ich ein Fenster geöffnet, doch das hätte bedeutet, noch einmal die Griffe abwischen zu müssen und ich wollte langsam fertig werden. Also hielt ich die Luft an, so lange es ging und war froh, als es endlich geschafft war. Ich verstaute den Sauger und überprüfte noch ein weiteres Mal die Zimmer, in denen ich mich aufgehalten hatte.

Zuletzt schoss ich mit meinem Billigtelefon noch ein Foto vom Opfer. Das Blitzlicht war so grell, dass ich einen Moment lang geblendet die Lider schließen musste. Als ich sie wieder öffnete, starrte mir vom Display ein toter Junkie entgegen. Mir gefiel es, wie seine rotgeränderten Augen mich anschauten. Leblos und gleichzeitig vorwurfsvoll.

Auch wenn es nicht nötig gewesen wäre – denn das Bild war zwar verpixelt, aber brauchbar – machte ich noch eine Aufnahme. Und noch eine.

Dann verschickte ich die Fotos, baute das Telefon vorsichtshalber auseinander und steckte es ein. Später würde ich es in verschiedenen Mülleimern der Stadt entsorgen.

Ein letzter Blick durch die Wohnung.

Verdammt noch mal, ich hatte das Gefühl, irgendetwas übersehen zu haben. Aber so sehr ich auch suchte, da war nichts. Aus irgendeinem Grund war ich einfach übernervös. Ich schob mein Unwohlsein auf die schwüle Wärme, die im Moment herrschte, denn ich hatte noch nie ein sonderlich gutes Bauchgefühl besessen, schnappte mir an der Tür den Beutel, drückte die Klinke hinunter und erstarrte.

Vor mir stand eine Gestalt, männlich, in einem schwarzen Mantel. Der erste Gedanke, der mir durch den Kopf schoss, war, ob es dem Kerl nicht zu heiß in seinen Klamotten war. Draußen hatte es gut 30 Grad und mir war es in meinem dünnen Shirt schon viel zu warm.

Der zweite Gedanke war kürzer. Aber irgendwie auch sinnvoller.

Du. Wurdest. Erwischt.

Mein erster Reflex war, die Tür zuzuschlagen, doch der Typ hatte seinen Fuß bereits über die Schwelle geschoben. Also holte ich aus, schleuderte ihm den Saugerbeutel ins Gesicht und schlug zu, als er hustend in einer Staubwolke ins Innere der Wohnung taumelte. Doch statt ihn wieder zurückzutreiben, beförderte mein Schlag ihn nur noch weiter nach vorne. Er fiel auf die Knie und war nun vollends im Korridor.

»Ich wusste es«, keuchte er und ich erkannte ihn endlich. »Ich wusste, dass du der Schleicher bist.«

»Scheiße, was suchst du hier?«, brachte ich irgendwie hervor, auch wenn sich meine Kehle vor Schreck wie zugeschnürt anfühlte.

Ich machte Licht und sah, dass mein Schlag ihm eine gehörige Platzwunde auf dem Wangenknochen beschert hatte. Noch immer schwirrte Staub in der Luft herum, einzelne Partikel übersäten sein Gesicht.

»Mach die Tür zu«, befahl er und rappelte sich auf.

Ich gehorchte. Nicht, weil ich Befehlen generell gehorchen würde, sondern weil es mir in diesem Fall wirklich klüger erschien, die Außenwelt – sprich neugierige Nachbarn – auszusperren.

Als ich mich allerdings herumdrehte, erkannte ich meinen Fehler.

Der Mistsack war nicht nur aufgestanden, er hielt mir auch noch sein Smartphone entgegen.

»Erwischt«, sagte er.

Daran, wie er das Handy schwenkte, erkannte ich, dass er ein Video drehte. Erst filmte er mich, dann die Leiche.

Ich wollte irgendetwas sagen, ihm drohen oder sonst was. Doch ich war ein wenig überfordert mit der Situation. Also blieb ich auf meinem Posten an der Tür und sah zu.

In aller Ruhe drehte er sein Filmchen zu Ende, tippte auf dem Display herum und verstaute dann das Smartphone in seiner Manteltasche.

»Es gibt eine Kopie in einer geschützten Cloud. Selbst wenn du mich überwältigen und den Speicher zerstören würdest, käme ich immer noch an das Video heran.«

»Außer, ich töte dich«, stieß ich hervor, was ihn zu einem müden Lachen brachte.

»Mach dich nicht lächerlich. Das würdest du nicht und wir wissen beide, warum.« Er machte ein paar Schritte auf das Opfer zu. »Goldener Schuss?«

»Eine abgewandelte Form von Cloud Nine oder Cannibal. Der Typ experimentiert in seinem Keller mit allen erdenklichen Substanzen.« Ich musste lachen, auch wenn die Situation alles andere als komisch war. »Was ist das für eine bescheuerte Frage? Wer hackt sich bei einem Goldenen Schuss bitte seine eigenen Gliedmaßen ab?«

»Gliedmaßen.« Jetzt lachte auch der Mistsack und ließ seinen Blick zwischen die Beine des Opfers wandern. »Eins steht fest: Deine Taten werden immer kreativer.«

Ich war nicht in Plauderlaune, verschränkte die Arme vor der Brust und fragte, so ruhig ich konnte: »Was willst du?«

»Ich werde dich nicht in den Knast bringen, wenn du das befürchtest. Mir ist es egal, was du diesen Kleinkriminellen antust. Solange du den Rest der Bevölkerung in Ruhe lässt, kannst du dich unter dem Abfall der Gesellschaft austoben, wie es dir gefällt.« Er verzog das Gesicht. »Auch wenn ich nicht verstehe, was genau einem daran gefällt. Aber das ist eine andere Sache.« Wieder machte er ein paar Schritte.

Sein Gezappel ging mir gehörig auf meine sowieso schon angegriffenen Nerven. Doch ich wusste, dass meine Fassade nach außen hin cool und gelassen wirkte, also ließ ich ihn machen. Ausdruckslos starrte ich ihn an und wartete, bis er seinen Spaziergang beendet hatte und mich direkt ansah.

»Du wirst für mich arbeiten.«

Heute war auf meine Reflexe kein Verlass. Beinahe wäre meine Hand hochgeschnellt und ich hätte ihm in einem Anflug von kindischem Trotz den Mittelfinger gezeigt. Wie lächerlich ich mich damit gemacht hätte, wollte ich mir gar nicht ausmalen.

Ich hielt mich also zurück und stieß stattdessen ein heiseres Lachen aus.

»Nicht in hundert Jahren.«

»Nein, nicht in hundert Jahren. Sondern jetzt.« Er tippte auf die Tasche, in der sein Smartphone verschwunden war. »Und wir wissen beide, dass du sowieso einwilligen wirst, also erspar uns die Spielchen.«

Er hatte Recht.

Also ersparte ich uns die Spielchen und hörte mir an, was er zu sagen hatte.

Kapitel 1

6 Wochen später

Daria ließ den Blick an der Fassade von Maxim Winterbergs altem Haus in Hohwacht hinaufgleiten, während sie Julia von Grabow zuhörte. Nach allem, was zwischen ihr und Maxim vorgefallen war, fiel es ihr schwer, seiner Exfrau in die Augen zu sehen. Also begutachtete sie stattdessen den hellen Putz, das dunkle Reetdach und die Fenster.

»Dieses ist es.« Julia deutete auf das Küchenfenster. »Als ich vorgestern hier vorbei gefahren bin, war die Gardine noch richtig zugezogen.«

Daria sah ihrer ausgestreckten Hand nach. Tatsächlich bedeckte die vergilbte Spitzengardine nicht die gesamte Front. Ungefähr zehn Zentimeter lagen frei. »Und Sie sind sich sicher, dass –?«

Julia unterbrach sie mit einem energischen Nicken. »Absolut. Dieses Haus ist ... wie soll ich es sagen? Zu einem Schandfleck und einer Pilgerstätte zugleich geworden. Die Nachbarn und ich haben stets ein Auge auf das Grundstück. Nicht nur einmal haben wir Jugendliche verscheuchen müssen, die sich das *Mörderhaus* von innen ansehen wollten. Einmal haben sie eine Scheibe vom Wintergarten eingeworfen. Und ein anderes Mal irgendwelche Selfies vor der Haustür gemacht.«

Wenn es nach Daria gegangen wäre, wäre das Haus längst abgerissen worden. Doch es ging nicht nach ihr und so verfiel das Grundstück immer mehr. Der sowieso stets ungepflegte Vorgarten war nun so voller Unkraut, dass der gepflasterte Weg nicht mehr zu sehen war. Es war nur eine Frage der Zeit, bis sich die Natur das komplette Bauwerk zurückholen würde. Wie in Beelitz. Oder an den anderen Lost Places rund um Berlin. Beim Gedanken an die verfallenen Gebäude machte sich trotz der Hitze eine Gänsehaut auf Darias Armen breit. Vielleicht würde es den Schinder wieder hertreiben, wenn das Haus erst einmal eine Ruine war.

»Ich sage Ihnen was«, begann Julia, als hätte sie ihre Gedanken gelesen. »Das hier nimmt nochmal ein ganz übles Ende. Über kurz oder lang brechen diese Kids dort ein. Und dann gnade ihnen Gott, wenn Maxim in dem Moment zu Hause ist.«

»Wie kommen Sie darauf, dass er manchmal hier sein könnte?« Daria wusste, dass die Frage unnötig war.

»Ich sagte doch, dass die Gardine zuvor anders hing.«

Trotzdem hakte Daria weiter nach. »Sie glauben also, Maxim geht hier ein und aus.«

»Zumindest einmal, ja.«

»Wieso glauben Sie, dass er im Haus war und nicht etwa diese Kinder?«

»Vandalen brechen in der Regel Türen oder Fenster auf. Sie werden sehen, dass es an Maxims Haus aber keine Einbruchsspuren gibt und die Scheibe vom Wintergarten ist auch längst repariert.« Julia reckte das Kinn ein Stück vor. Es wirkte trotzig. »Also muss jemand mit einem Schlüssel hineingegangen sein.«

Daria wollte sie keinesfalls angreifen. Sie wollte nur, dass es sich als Unsinn erwies, was sie sagte. Zwar war sie seit zwei Monaten und elf Tagen auf der Suche nach Maxim, trotzdem sträubte sich alles in ihr gegen den Gedanken, dass er hier sein könnte. Wenn sie sich eins wünschte, dann dass dieser Albtraum endlich vorbei war. Doch das würde er erst sein, wenn Maxim wieder hinter Gittern saß. Und dafür zu sorgen war wiederum ihre Aufgabe. Sie wusste selber, wie paradox sie sich verhielt. Sie sollte hoffen, dass sie ihn in seinem gemütlichen Reetdachhaus aufspüren würde. Aber sie tat es nicht. Am liebsten wäre es ihr, wenn Maxim einfach aus ihrem Leben verschwunden und niemals wieder aufgetaucht wäre. Nein, das stimmte nicht ganz: Noch lieber wäre es ihr, sie wäre ihm niemals begegnet.

»Und da meiner seit einiger Zeit fehlt ...«

Sie blickte auf.

»Das habe ich der Polizei direkt gemeldet!«

»Ich weiß.« Daria rang sich ein Lächeln ab. »Es ist nur ...« Sie verzichtete darauf, Julia zu erklären, wie viele andere Möglichkeiten es gab, in Gebäude einzubrechen ohne Spuren zu hinterlassen. »Danke schön.«

»Wenn Sie dann nichts dagegen haben, würde ich gerne wieder gehen. Ich setze nämlich auf keinen Fall mehr einen Fuß in das Haus.«

»Das verstehe ich. Vielen Dank, Sie haben uns sehr geholfen.«

Am liebsten wäre Daria mitgegangen. Doch das ging natürlich nicht. Also verabschiedete sie sich und sah Julia von Grabow nach, bis sie mit ihrem Auto verschwunden war. Dann wandte sie sich dem zugewucherten

Haus zu. Seufzend stieg sie über das grüne Törchen hinweg und trampelte das Unkraut so gut es ging nieder. Wenn sie eins aus den letzten Fällen gelernt hatte, dann dass Schuhwerk mit hohem Absatz nichts für eine Kriminalbeamtin im Dienst war. Aber auch die Segelschuhe, die sie jetzt trug, waren nicht optimal. Dornen irgendwelcher Ranken bohrten sich in den dünnen Stoff, als wollten sie sie davon abhalten, sich dem Haus zu nähern.

Als sie es trotzdem endlich an die Tür geschafft hatte, atmete sie durch. Routinemäßig überprüfte sie den Sitz ihrer Waffe, dann öffnete sie das Sicherheitsschloss. Jetzt musste sie nur noch die Kette und den Riegel aufschließen und schon wäre sie drin. Während sie die richtigen Schlüssel des Bundes, das die Kripo von Maxim beschlagnahmt hatte, heraussuchte, fühlte sie sich durch die Kameras, die Maxim damals in seiner Angst vor dem Schinder überall angebracht hatte, beobachtet. Zwar wusste sie, dass sie längst abgeschaltet waren, doch seit den Ereignissen in den Tunnelgewölben von Beelitz, die sie vor etwas mehr als zehn Wochen beinahe das Leben gekostet hatten, bereiteten ihr Kameras stets Unbehagen. Und nicht nur Kameras. Alleine die Tatsache, dass Julia in Betracht zog, dass Maxim hier sein könnte, ließ ihr Herz rasen. Nach seiner Flucht hatten sich die Ereignisse überschlagen. Sie verbrachten jede freie Minute mit der Suche nach ihm. Lea und Pia gehörten jetzt fest zu ihnen und das Team würde um zwei weitere Mitglieder aufgestockt werden. Daria und Martin waren aus ihren alten Wohnungen aus- und zusammengezogen. Und Kristin ...

Über sie wollte Daria nicht nachdenken. Denn anstatt sie anzustacheln, lähmte sie der Gedanke an ihre Tochter nur und ein Pessimismus, den sie von sich nicht kannte, breitete sich in ihr aus.

Kurzerhand betrat sie das Haus. Abgestandene Luft und graues Zwielicht schlugen ihr entgegen. Sie lehnte die Tür hinter sich an und es wurde noch eine Spur dunkler. Mit angehaltenem Atem lauschte sie.

Ein Vogel sang vor dem Haus und durch den Türspalt drang das entfernte Rauschen des Meeres an ihr Ohr. Ansonsten war alles still.

»Hallo?«, rief sie, auch wenn es ihr mehr als unwahrscheinlich erschien, dass sie eine Antwort kriegen würde. »Maxim?«

Wenn er hier war und sie hörte, wollte er sich nicht zu erkennen geben.

»Maxim?«, fragte sie noch einmal und durchquerte den Korridor. Wie schon bei ihrem ersten Besuch waren die Spiegel allesamt verhängt, weil Maxim seinen geschundenen Anblick nicht hatte ertragen können.

Ihr Blick blieb an dem Schwarz-Weiß-Foto hängen, das er selbst geschossen hatte. Die friedlich kuschelnden Möwen im Sturm wirkten ironisch auf sie. Das hier war eigentlich kein Motiv, das einen Mann wie Maxim ansprach.

Sie ging weiter, durchquerte der Reihe nach jeden Raum, stets darauf gefasst, ihm plötzlich gegenüber zu stehen. Doch das Gebäude war menschenleer, nichts schien sich verändert zu haben, seit die Kripo das letzte Mal hier gewesen war. Noch immer waren die Schubladen aus den Schränken gerissen, noch immer lagen Kleiderberge ungeachtet auf dem Boden verteilt.

Als Letztes betrat sie Maxims Arbeitszimmer. Auch hier war der Anblick der gleiche wie zuvor. Bis auf ein kleines Detail.

Daria näherte sich dem Schreibtisch. Im Gegensatz zum Rest der Wohnung war er verhältnismäßig ordentlich. Die Kripo hatte damals aufgelistet, was sich auf der polierten Tischplatte befunden hatte und den darauf liegenden Laptop beschlagnahmt. Daria hatte die Liste so oft gelesen, dass sie noch genau wusste, was darauf stand.

Ein Bleistift, dunkelgrün, mit nagelneuem Radiergummi.

Ein blauer Anspitzer.

Eine verschlossene Schachtel Heftzwecken.

Sieben Büroklammern in einer transparenten Box.

Drei weiße, eine rosafarbene, zwei rote, eine schwarze.

Zumindest hatten sie ursprünglich in der Plastikkiste gelegen. Nun lagen sie auf der Tischplatte verteilt.

Daria zählte sechs an der Zahl.

Eine weiße fehlte.

Sie runzelte die Stirn und zählte erneut. Sechs. Es erschien ihr ausgeschlossen, dass Maxim oder irgendwer anders ins Haus gekommen war, nur um die Heftklammern auf dem Holz zu verteilen und eine davon mitzunehmen. Dennoch war es so. Es bestand kein Zweifel daran, dass eine der Büroklammern verschwunden war.

Während sie langsam zurück ins Erdgeschoss ging, dachte sie nach. Vielleicht hatte einer der Jugendlichen die Klammer als Andenken mitgenommen. Es war möglich, aber nicht sehr wahrscheinlich. Hier gab es bessere Souvenirs für die Fans eines Serienmörders – Küchenmesser beispielsweise, oder einige Exemplare von Maxims eigenen Büchern, die in den Regalen standen.

Sie beschloss in den Wintergarten zu gehen, um zu überprüfen, ob die Glasscheibe, die vor Kurzem eingeworfen worden war, noch immer fest vernagelt oder eventuell abmontiert und nur angelehnt worden war. Auf dem Weg dorthin fiel ihr Blick in den Garten hinter dem Haus. Etwas Orangefarbenes, das scheinbar achtlos in ein Beet geworfen worden war, weckte ihr Interesse. Sie öffnete die Tür und trat ins Freie. Nach der schalen, aber vergleichsweise kühlen Luft im Innern traf sie die Hitze wie ein Schlag.

Sie öffnete den obersten Knopf ihrer Bluse und ging wie ferngesteuert durch das wuchernde Gras auf den Gegenstand zu. Er lag tatsächlich in einem der verwilderten Beete.

Daria erkannte, dass es eine kleine Schaufel war, so wie sie für Gartenarbeiten benutzt wurde. Und sie wusste auch, woher sie stammte. In der Küche hingen nagelneue Utensilien für die Gartenarbeit – eigentlich war auch eine Schaufel darunter. Es erschien ihr beinahe lustig, dass ihr nicht aufgefallen war, dass die Setzschaufel fehlte, allerdings jedoch die fehlende Drahtklammer.

Aber was hatte das zu bedeuten?

Sie hockte sich vor das Beet und betrachtete es genauer. An einem Fleck war die Erde ein wenig dunkler als überall anders. Mit den Fingern betastete sie die Stelle und bemerkte, dass der Boden hier lockerer war. Aufgewühlt. Als hätte jemand darin gegraben. Das würde auch die Schaufel erklären.

Nun fing auch Daria an zu schaufeln. Lange musste sie nicht buddeln, bis sie auf etwas Hartes stieß. Sie grub ihre Finger ein wenig tiefer ins Erdreich, schloss sie um etwas Kühles, Eckiges und zog den Gegenstand hervor.

Es handelte sich um eine Geldschatulle. Das Schloss daran war geöffnet worden. Dafür hatte er also die Büroklammer gebraucht. Am Schlüsselbund, das die Kripo ihm abgenommen hatte, befand sich ein kleiner Schlüssel, den sie bisher nicht hatten zuordnen können. Sie war sich sicher, dass er passte.

Sie klappte den Deckel auf und hatte tausend Ideen, was sie darin vorfinden würde. Ein weiteres Tagebuch über die Schinder-Morde, Trophäen, Messer, doch die Kiste war einfach leer.

Ein Windzug fegte durch den Garten und ließ das Gras rascheln. Er strich vorüber, doch das Rascheln blieb. Daria lauschte. Jemand näherte sich ihr. Alles in ihr spannte sich an. Bereit zum Angriff. Die Schritte kamen näher. Auch wenn die Wiese jedes Geräusch dämpfte, wusste sie dennoch, wann sie reagieren musste.

Noch drei Schritte...

Zwei...

Einer.

Daria sprang auf, fuhr herum, holte mit der Schaufel aus und ...

... traf Martin mitten im Gesicht.

Auch wenn er versucht hatte, sich im letzten Moment wegzuducken, verpasste ihm die Schaufelkante eine blutige Schramme auf der Wange.

»Daria, verdammt nochmal!«

»Martin.« Daria ließ die Hände sinken und spürte, wie ihr Kreislauf in den Keller sackte. Warum um alles in der Welt attackierte sie ständig ihren eigenen Partner?

»Es tut mir leid, ich ...«

Mit einer wütenden Bewegung wischte Martin sich das Blut aus dem Gesicht. »Das ist jetzt das dritte Mal in diesem Monat. Bring es doch endlich zu Ende und verpass mir eine Kugel!«

»Wirklich, ich ...« Daria war die ganze Sache sterbenspeinlich.

»Du wusstest doch, dass ich mir die Türen ansehe und den Garten sichere! Du musst nachdenken, bevor du wie eine Irre um dich schlägst!«

Daria erwiderte nichts. Was hätte sie auch sagen sollen? Er hatte ja Recht. Seit Maxim auf der Flucht war, hatte sie ständig solche Aussetzer. Entweder sah sie den Schinder irgendwo oder glaubte ihn zu hören. Erst letztens hatte sie nachts, von einer seltsamen Panik ergriffen, hinter der Schlafzimmertür auf Martin gelauert, der lediglich von der Toilette kam. Sie wusste nicht was los war, aber ihr Hirn blendete Martin in solchen Momenten einfach aus. Es gaukelte ihr vor, dass es nur Maxim und sie auf der Welt gab. Sie beide in einem unerbittlichen Katz- und Maus-Spiel für den Rest ihrer Leben.

»Wenn das so weitergeht, dann musst du zu einem Arzt«, verfügte Martin.

Daria verzog das Gesicht, widersprach aber nicht. Sie wusste, dass es besser war. Für sie, ihren Job und nicht zuletzt für Kristin. Bisher hatte sie nur Martin angegriffen. Er würde dicht halten. Doch wenn es mal einem der anderen gegenüber passierte, Izabela zum Beispiel, dann würde ihr Vorgesetzter Franco Rossi zweifelsohne davon erfahren. Und wenn er sie für eine Gefahr hielt, war sie ihre Arbeit schneller los, als ihr lieb war. Wer würde dann den Schinder jagen?

»Ich meine es nicht böse«, sprach Martin weiter. Blut lief sein Gesicht herunter, doch das schien ihn nicht weiter zu stören. »Du hast ein Trauma erlitten. Das ist nach allem nicht verwunderlich. Aber du musst dir helfen lassen. Lass nicht zu, dass Winterberg deinen Kopf einnimmt. Er ist längst über alle Berge und –«

»Er war hier.«

Martin schien es im letzten Moment unterdrücken zu können, die Augen zu verdrehen. »Nicht schon wieder. Erst heute Morgen meintest du ihn auf der Autobahn in einem –«

»Er war hier«, beharrte Daria und stieß mit dem Fuß gegen die Geldkassette. »Er war hier und hat sich Geld besorgt. Weiß der Teufel, was er nun schon wieder plant.«

Kapitel 2

Der Zaun war niedergetrampelt worden. Dahinter erstreckte sich ein zugewuchertes Areal, dessen Größe Maxim nicht schätzen konnte. Meterhohe Bäume, dichte Büsche und die einsetzende Dämmerung versperrten ihm die Sicht auf eventuelle Gebäude. Doch er wusste, dass es auf dem Gelände mehrere Häuser gab, die zumindest noch so weit intakt waren, dass er sich darin verstecken konnte. Er ließ seinen Blick schweifen und betrachtete das Tor, das nur wenige Meter neben ihm lag und das Grundstück vor neugierigen Besuchern schützen sollte. Das Vorhängeschloss wirkte beinahe lächerlich in Anbetracht des kaputten Zauns.

Maxim schaute hinter sich. Ein Wasserwerk, ein bisschen Wiese, sonst nichts. Häuser gab es in der direkten Umgebung keine, sodass er es riskieren konnte. Er stapfte durch das hohe Gras auf die Umzäunung zu, warf seine Tasche darüber und überstieg sie dann kurzerhand. Nach wenigen Schritten durchs Gebüsch fand er sich auf einem Pfad wieder, der sich irgendwo zwischen den Bäumen verlor. Obwohl es erst halb zehn und somit noch nicht vollends dunkel war, war es hier, jenseits des Zauns, um einiges finsterer als auf der Straße. Das dichte Blätterdach schluckte jedes bisschen Licht und Maxim bereute es, keine Taschenlampe aus seinem Haus mitgenommen zu haben. Er sah noch einmal zurück zum Tor, als er ein Geräusch vernahm.

Ein Spaziergänger lief mit seinem Hund vorbei und drehte den Kopf kurz in seine Richtung. Doch dank seiner schwarzen Kleidung war er wohl nicht erkennbar, denn der Hundebesitzer setzte seinen Weg ohne ein Wort fort.

Maxim gefiel dieser Ort jetzt schon.

Scherben und Unrat knirschten unter seinen Schuhen, als er die Stufen der zweiläufigen Treppe zu dem Haus hochstieg, das er für das Hauptgebäude hielt. Beim Umrunden des Geländes hatte er gelesen, dass es sich um einen ehemaligen Waisenhort und ein späteres Kindersanatorium handelte. Die Architektur erinnerte ihn ein wenig an die Heilstätten von Beelitz, was ihm ein heimisches Gefühl verschaffte.

Oben angekommen stieg er über einige herumliegende Bretter hinweg und trat an das verschnörkelte Geländer der Freitreppe heran. Von hier hatte man am Tag bestimmt einen fantastischen Ausblick ins Grüne. Jetzt sah er allerdings nur Bäume, die sich schemenhaft vor dem Grau des endenden Tages abhoben.

Einige Vögel zwitscherten trotz der späten Uhrzeit und er bildete sich ein, das Meer rauschen hören zu können. Eine Weile stand er einfach nur da und genoss den Moment. Die letzten Wochen waren eine Hetzjagd gewesen und jeder Knochen in seinem Körper schmerzte. Er hatte auf Bahnhofstoiletten geschlafen, an den Theken zwielichtiger rumänischer Bars und im Freien. So hatte er sich seine Flucht nicht vorgestellt. Der erste Triumph, den er verspürte, nachdem er es unbehelligt bis nach Rumänien geschafft hatte, war schnell verflogen und hatte Ernüchterung Platz gemacht. Ja, er war der Isolationszelle entkommen. Aber er war immer noch allein, allerdings ohne Obdach und geregelte Mahlzeiten. Dabei war er kein Abenteurer – noch nie gewesen. Nach einer Kindheit in einer Bruchbude hatte er Komfort zu schätzen gelernt. Diese Kinderheim-Ruine war alles andere als komfortabel, aber er würde die nächsten Wochen zumindest ein Dach über dem Kopf haben. Vielleicht würde er sich von dem Geld, das er in seinem Garten ausgegraben hatte, eine Luftmatratze leisten. Oder ein Feldbett. Und dann würde er sich überlegen, wie es weitergehen sollte. Die erste Zeit hatte er sich mit Diebstählen über Wasser gehalten, doch die lagen deutlich unter seinem Niveau. Eine neue Lösung musste her. Ein Plan, der ihm wieder ein richtiges Leben verschaffte. Aber nicht mehr heute.

Er wandte sich um und schritt zwischen den Säulen hindurch auf das Portal zu. Die kühle Luft, die aus dem Gebäude strömte, bestätigte ihn darin, die richtige Entscheidung getroffen zu haben. Dieser Juni war unerträglich warm und der Schal, der seine Narben verdecken sollte, trieb ihn an den Rand eines Hitzschlags. Kurzerhand legte er ihn ab, zog seine Jacke aus und schob die Ärmel seines Shirts noch ein Stück höher. Dann trat er ein und sah sich um. Wie erwartet empfing ihn ein großzügiger Raum. Doch da er hundemüde war, hatte er kein Auge für die Schmierereien an den Wänden und die abblätternden Türen. Er würde sich oben ein Zimmer suchen und seine neue Bleibe morgen im Hellen erkunden.

Langsam stieg er die Treppe hinauf. Sie war voller Schutt und es gab kein Geländer, sodass er sich Stufe für Stufe nach oben tasten musste. Da die

Sicht mehr als schlecht war, konnte er nur hoffen, dass sich vor ihm nicht plötzlich ein Loch im Boden auftat oder er auf etwas trat, das ihn zu Fall brachte. Doch er erreichte die nächste Etage unbehelligt und beschloss, sein Glück nicht überzustrapazieren.

Auch wenn er allein war und es eigentlich keine Rolle spielte, wo er sein Lager aufschlug, kam es ihm blöd vor, sich direkt in den Korridor zu legen. Vorsichtig ging er einige Meter durch den schmalen Gang und in einen beliebigen Raum hinein. Es war ein großes Zimmer mit großzügiger Fensterfront. Zu seiner Rechten entdeckte er eine Verbindungstür. Er wandte sich um und sah, dass es auch zu seiner Linken eine offene Tür gab. Allerdings huschte durch diese gerade ein Schatten davon.

Einen Augenblick war Maxim völlig verdutzt und starrte den Übergang in das Nachbarzimmer an. Kein Zweifel: Irgendjemanden hatte er da gerade gesehen. Er war sich ganz sicher.

Kapitel 3

München, Reutlingen, Frankfurt, Frechen, Erbach, Oberhausen.
Das waren nur sechs der insgesamt 72 Markierungen auf der Deutschlandkarte. 72 Orte, an denen der Schinder gesichtet worden sein sollte – alleine in Deutschland.
Seufzend pinnte Daria noch eine Nadel direkt auf den Namen Hohwacht. Es war zum Verrücktwerden. Sie hatten insgesamt 328 Hinweise bekommen, die ihnen auf den ersten Blick brauchbar erschienen waren. Doch jeder davon war ins Leere gelaufen. Lea und Pia, die beiden eineiigen Computergenies, saßen mit Mickey an ihren Laptops und erstellten Statistiken, Matrizen oder weiß Gott was, um dank irgendwelcher Wahrscheinlichkeitswerte Maxims Aufenthaltsort zumindest ungefähr bestimmen zu können.

»Sieht schlecht aus, was?« Martin stellte sich mit verschränkten Armen neben sie und betrachtete die Karte nun ebenfalls.

»Hm.«

»Irgendwann geht dem Kerl endgültig das Geld aus und dann wird er leichtsinnig werden.«

»Glaubst du?« Daria war davon nicht überzeugt. Bevor Maxim in sein eigenes Haus eingedrungen war und sich von dort Geld geholt hatte, war er gute zwei Monate problemlos über die Runden gekommen. Zumindest glaubte sie das, denn er war niemals bei irgendwelchen Einbrüchen, Diebstählen oder Raubüberfällen erwischt worden. Martin wollte ihr Mut machen, das stand fest. Doch nach gut zehn Wochen Jagd war sie alles andere als zuversichtlich, dass sie den Schinder jemals würden stellen können.

»Der Typ mag zwar schlau sein, aber – « Martin verstummte, als sich die Tür öffnete.

Izabela trat ein und ein erheiterter Ausdruck überzog ihr sonst so ernstes Gesicht.

Kurz darauf wurde Daria auch bewusst, was sie so freute. Im Schlepptau hatte die Ukrainerin zwei Männer, die Daria noch nie zuvor gesehen hatte. Die Verstärkung, vermutete sie.

»Darf ich vorstellen?« Izabela blieb an der Tür stehen und ließ die beiden passieren.

Daria und Martin wandten sich ihr zu und sie hörte, dass auch Mickey, Lea und Pia von ihrem Getippe abließen.

»Das sind Polizeikommissar Phillip Steiner«, sie deutete auf den Mann, der sich direkt neben ihr befand, »Und Polizeioberkommissar Ian O'Leary.« Damit war dann wohl der andere gemeint.

Philipp Steiner hob die Hand zum Gruß, während Ian O'Leary kurz in die Runde nickte.

Daria musterte beide und sah, dass es ihr Martin gleichtat. Philipp Steiner hatte dunkles, an der Seite gescheiteltes Haar und trug eine schmale Brille. Er war nicht sonderlich groß oder breit, dafür hatte er hübsche Züge und seine dunklen Augen wirkten klug und verliehen ihm einen sympathischen Ausdruck.

Ian O'Leary war das genaue Gegenteil von seinem Kollegen. Er war sicher über einen Meter neunzig groß, breit gebaut, und sein Gesichtsausdruck war hart und verschlossen. Sein Haar hatte einen rotbraunen Ton und seine Augen waren von einem hellen Grau. Daria schätzte ihn jünger als Steiner, vielleicht sechsunddreißig, auch wenn er im Dienst höher stand.

»Die zwei sind uns von Rossi zugeteilt worden und sollen bei der Suche nach Maxim Winterberg helfen. Steiner hat jahrelang für die Kripo in München gearbeitet, bevor er vor zwei Jahren nach Berlin kam. O'Leary hat irische Wurzeln und Erfahrung in der internationalen Personenfahndung.« Izabela warf ihnen einen fragenden Blick zu und beide nickten zustimmend. »Rossi lässt sich entschuldigen. Und bittet uns, nicht allzu viel Zeit zu vertrödeln.«

Damit war die kurze Vorstellungsrunde aufgelöst und Izabela begann damit, die beiden Neuen mit ihren Büroräumen vertraut zu machen. Lea, Pia und Mickey unterhielten sich im Hintergrund miteinander und Daria spürte, dass Martin nicht sonderlich glücklich über ihren Zuwachs war. Wahrscheinlich hatte er das Gefühl, sein Revier jetzt noch verstärkter verteidigen zu müssen, als er es sowieso schon tat.

»Ich hole mir einen Kaffee und mache kurz Pause.« Daria lächelte schief.

»Alles klar.« Martin nickte und sah ihr hinterher, als sie in Richtung Tür ging.

Sie sagte nichts weiter. Ohnehin gab es in der letzten Zeit nicht allzu viel zwischen ihnen zu reden.

Kapitel 4

Der doppelte Espresso hatte die Farbe von Milchkaffee und war so dünn, dass Daria den Grund ihres Bechers sehen konnte. Langsam überschritt sie den Parkplatz vor dem Polizeipräsidium, der in der Mittagshitze flimmerte. Es war still, einer dieser trägen Sommertage, an denen sich vor lauter Wärme niemand bewegen mochte. Sie zupfte sich die Bluse vom schweißnassen Oberkörper und bereute es schon jetzt, sich ein Heißgetränk aus dem Automaten gezogen zu haben. Eine eisgekühlte Cola hätte wahrscheinlich einen besseren Effekt gehabt, aber nun war es zu spät. Sie wollte nicht wieder zurück in die bedrückende Atmosphäre des Polizeireviers, wo sie jeder so mitleidig ansah.

Es war schlimm genug, dass ihr Verstand sie Tag für Tag an ihren Verlust erinnerte, da brauchte sie die Blicke der anderen nicht auch noch.

Nach Maxims Verschwinden hatten Darias Eltern aus Sorge um Kristin das Jugendamt eingeschaltet und dieses hatte kurzerhand beschlossen, dass ihre Tochter bei Robin, ihrem leiblichen Vater, vorerst besser aufgehoben war als bei ihr. Zumindest so lange, bis die Gefahr durch Maxim eingedämmt und Daria auf der Arbeit nicht mehr derart eingespannt war. Zuerst hatte sie es für einen makabren Scherz gehalten und es erst richtig realisieren können, als Robin Kristin abgeholt hatte. Seitdem beschränkte sich der Kontakt zu ihrer Tochter auf einige wenige Telefonate. Kristin war ständig unterwegs, genoss die neuen Freiheiten durch ihren Vater sichtlich, und hatte kaum Lust, sich mit ihrer Mutter zu beschäftigen. Daria vermisste sie wie verrückt und machte sich gleichzeitig so große Sorgen um sie wie nie zuvor. Denn auch wenn Daria nicht wusste, ob Maxim für ihre Tochter eine Gefahr darstellte, wäre Kristin bei ihr sicherer gewesen. Sie war Polizistin, sie konnte Menschen beschützen. Robin hingegen war vollkommen unbedarft. Sollte Maxim auf die Idee kommen, sich doch noch dafür zu rächen, dass er wegen Daria aufgeflogen war und im Gefängnis gesessen hatte; sollte er Kristin benutzen wollen, um Daria wieder in seine Nähe zu zwingen, dann hätte er jetzt leichtes Spiel.

Daria hatte Einspruch gegen den Beschluss des Jugendamts eingelegt, aber vergeblich. Ihre Tochter würde bei Robin bleiben, bis Darias Job sie nicht mehr vollkommen vereinnahmte und die Gefahr durch Deutschlands gefährlichsten lebenden Serienmörder gebannt war – mit anderen Worten, bis Maxim geschnappt war. Daran gab es nichts zu rütteln.

Ein Grund mehr, ihn zu finden. Ein Grund mehr, ihn endgültig zu stellen.

Doch sie hatte das Gefühl, je mehr sie es wollte, desto weniger gelang ihr. Es war, als liefe sie im Kreis. Ihre Hoffnung lag, auch wenn sie es nicht gerne zugab, auf den beiden Neuen. Sie und der Rest des Teams waren mittlerweile derart betriebsblind, dass sie befürchtete, Maxim könnte direkt vor ihrer Nase herumlaufen und sie würden es nicht merken.

Sie schloss ihren Astra auf und ließ die heiße Luft aus dem Wagen entweichen. Dann beugte sie sich ins Innere und schaltete das Radio ein. Sie lehnte sich an die Karosserie und lauschte den Nachrichten, während sie ihren Espresso trank. Die Brühe schmeckte noch fürchterlicher, als sie aussah.

»... *Das Wetter. In Berlin herrschen aktuelle Höchstwerte von 32 Grad Celsius. Zum Ende der Woche werden Temperaturen zwischen 36 und 38 Grad erreicht. Dazu schwüle und ...*«

Daria hörte nicht weiter zu. Sie wartete auf eine Sendung, die im Anschluss kommen sollte und beobachtete eine Gruppe Kinder, die sich lachend und mit Wassereis in den Händen vom Sportplatz aus dem Parkplatz näherten. Sie waren ein wenig jünger als Kristin, doch ihr Wortschatz an Schimpfworten übertraf bereits den von Daria um Längen.

»*Deutschland und seine Killer. Eine Sendung von Rieka Rothmeister über Massenmörder, Serientäter und brutale Einzelmorde.*«

Darauf hatte Daria gewartet. Sie drehte das Radio lauter und beobachtete, wie sich die Kinder unweit des Parkplatzes auf den Boden setzten. Einer von ihnen, ein Junge mit Baseballmütze, spuckte sein Wassereis hinter sich, als handle es sich um Kautabak, und erntete dafür Gelächter, das die Radiostimme übertönte.

»... *denkt man gleich an Bartsch, Haarmann, den Mittagsmörder oder den Rhein-Ruhr-Ripper. Offiziell gilt jedoch der Schinder mittlerweile als Deutschlands gefährlichster und bekanntester Serienmörder. Ausgerechnet er ist zurzeit auf der Flucht.*«

Daria unterdrückte einen Schauer und trank noch einen Schluck Kaffee.

Der nächste Satz der Radiomoderatorin ging erneut im Gegröle zweier Jungen unter, die ein kreischendes Mädchen über den Rasen jagten. Daria leerte ihren Becher, zerknüllte ihn und setzte sich dann in den Wagen. Sie lehnte die Tür hinter sich an und die Stimme der Moderatorin wurde endlich wieder hörbar.

»... *ungeklärte Tode keine Seltenheit. Allerdings gibt es zwischen mehreren Fällen Parallelen, die auf einen weiteren Serientäter schließen lassen. Wir haben einige der Todesfälle zusammengestellt, die dem sogenannten „Schleicher" zugeordnet werden könnten, einem Täter, der unbemerkt und ohne Einbruchsspuren zu hinterlassen in fremde Wohnungen schleicht und die Bewohner grausam ermordet.*«

Der Schleicher.

Daria schüttelte den Kopf. Jetzt, wo es keine neuen Taten mehr durch den Schinder oder den Scharfrichter zu verzeichnen gab, hatte sich die Presse auf einen neuen Serienmörder eingeschossen, geboren in irgendwelchen halbseriösen Internetforen. Schon seit Jahren wurde auf diesen Plattformen immer wieder über den sogenannten Schleicher gemutmaßt, einen Killer, von dem immer dann die Rede war, wenn irgendwo in Deutschland ein ungewöhnlicher Unfall oder Suizid geschah. Der Schleicher war ein Phantom, eine Geburt des World Wide Web, weiter nichts. Doch die Reporter schienen das nicht verstehen zu wollen. Stattdessen las man in den letzten Wochen immer wieder vom Schleicher und er wurde langsam aber sicher zu einer großen Story. Was die Presse da tat, erschien Daria abwegig. Reichte es nicht, dass *ein* brandgefährlicher deutscher Serienmörder auf freiem Fuß war? Es wäre klüger gewesen, wenn die Moderatorin die Bevölkerung zu Wachsamkeit aufgerufen hätte, statt sich gleich auf den nächsten angeblichen Killer zu stürzen. Trotzdem hörte Daria weiter zu.

»... *Eine zwanzigjährige Mitarbeiterin eines Hamburger Schlachthofs, die 2011 erfroren, jedoch mit schweren Verbrennungen in einer Kühlkammer gefunden worden war. Laut Ermittlern habe sich die junge Frau versehentlich in der Kammer eingesperrt und versucht, der Kälte mit einem Feuer entgegenzuwirken, das dann irgendwie außer Kontrolle geraten war. Ein weiterer Fall ereignete sich 2012 in Stuttgart. Dort war ein Sechzigjähriger von seinen eigenen Hunden zerfleischt worden. Ein dritter spektakulärer Fall – und einer der aktuellsten – ist der eines Frankfurter Drogendealers, der sich an-*

geblich im Rausch selbst verstümmelt und anschließend die Kehle aufgerissen hat.«

Draußen wurde das Lachen der Kinder nun auch noch von lauter Musik untermalt. Daria schloss die Augen, um sich besser auf die Radiosendung konzentrieren zu können. In letzter Zeit fiel es ihr zunehmend schwerer, ihre Gedanken zu fokussieren.

»Auffällig ist, dass sämtliche dem Schleicher zugeschriebenen Opfer dem kriminellen Milieu zugeordnet werden können. Eine weitere Gemeinsamkeit besteht darin, dass es in keinem der Fälle Spuren von Einbruch gab.«

Daria grinste müde. Wer auch immer für diesen Bericht recherchiert hatte, sollte auf keinen Fall zur Polizei gehen. Bei tödlichen Unfällen oder Suiziden gab es in der Regel keine Einbruchsspuren. Woher sollten diese auch stammen? Doch genau auf diesen vermeintlichen Fakt schien sich der Bericht zu stützen.

Der Schleicher steigt nachts in Häuser und Wohnungen ein, ohne dass es nachher Spuren eines gewaltsamen Eindringens gibt.

Daria wusste nicht, ob sie diesen Satz zusammenspann oder tatsächlich noch im Radio hörte. Die Hitze, die im Auto herrschte, ließ sie träge werden.

Er tötet präzise und raffiniert. Das Gefährliche an diesem Täter ist ...

Daria spürte, wie sie wegzudämmern begann.

... Maxim.

Das Gefährliche ist ...

Kapitel 5

Es war grell, viel zu grell. Obwohl sie ihre Lider geschlossen hielt, fühlte Daria sich geblendet. Die Sonne biss glühend in ihr sowieso schon schmerzendes Gehirn. Sie kam sich vor wie auf einer Achterbahn. Nein, eher wie im freien Fall. Irgendetwas schien sie in die Tiefe zu zerren. Stimmen drangen an ihr Ohr, sie klangen irreal, verzerrt.

Sie wollte die Augen öffnen, aber sie konnte nicht. Es war, als hätte sie jemand einfach zugeklebt.

Doch das war alles nicht so schlimm. Am schlimmsten war die Wärme. Diese unerträgliche Hitze, die ihre Lungen zusammenpresste und ihren Körper lähmte. Sie sehnte sich nach einer kühlen Dusche oder einem Bad im Eiswasser. Einem Schneesturm, der sie einhüllte und –

»Verfluuuucht nochmaaahal«, sagte irgendwo jemand und sprach damit etwas in Darias Kopf an.

Sie hatte das Gefühl, die seltsam leiernde Stimme zu kennen.

War es ...?

Ein Geräusch links neben ihr, dann strich ein kühler Hauch über ihre Haut.

Luft. Sie hatte gar nicht gewusst, wie gut es sich anfühlte, Luft anstelle von Lava zu atmen. Einen Moment lang genoss sie den Wind, der über ihren aufgeheizten Körper strich.

Dann unterbrach etwas die Ruhe.

Wieder dieses Lallen, doch diesmal konnte sie keine konkreten Worte ausmachen.

Es war ihr auch egal. Ihre größte Sorge war jetzt, sich nicht noch weiter unkontrolliert gen Tiefe zu bewegen, denn der seltsame Schwindel war noch immer da. Doch als hätte das Schicksal Erbarmen mit ihr, ließ der Sog, der ihren Körper erfasst hatte, abrupt nach. Anstatt nach unten wurde sie jetzt in die Höhe bewegt.

Ihr Kopf hämmerte, jede Regung kostete sie unendliche Anstrengung, trotzdem schaffte sie es, ihre Finger auszustrecken. Sie wollte sich an etwas festhalten, ihre Arme hingen jedoch einfach leblos herunter. Die Fingerknöchel streiften über etwas Weiches, dann knallten sie gegen etwas Hartes.

»Tschuuuuldigeeee.«

Wer um alles in der Welt sprach da mit ihr?

Um sie herum wurde es jetzt deutlich kühler, beinahe angenehm.

Sie hörte noch mehr Stimmen, aufgeregtes Geschnatter.

Irgendwie musste sie ...

Sie versuchte erneut ihre Augen zu öffnen und diesmal gelang es ihr zumindest zu blinzeln. Junge, fragende Gesichter und ein Mann ... Martin. Autos. Viele Autos. Eines kam ihr bekannt vor.

Bevor sie jedoch Eins und Eins zusammenzählen konnte, fielen ihr die Augen wieder zu. Kurz danach driftete ihr Geist ab in tiefe, barmherzige Schwärze.

Kapitel 6

Maxim kam sich immer noch vor wie ein Landstreicher. Allerdings wie ein Landstreicher mit Niveau. Er hatte unten am Meer geduscht und sich dann in sein bestes Hemd geworfen, bevor er ins Zentrum gelaufen war und sich dort in ein Lokal gesetzt hatte. Er ging davon aus, dass er unter all den Urlaubern, die den kleinen Ostseeort bevölkerten, nicht weiter auffiel. Nur der Schal, den er fest um seinen Hals gelegt hatte und dessen Sitz er regelmäßig prüfte, ließ ihn ein bisschen seltsam wirken. Denn obwohl es bereits Abend wurde, war es immer noch brütend heiß.

Doch das sollte Maxims kleinste Sorge sein. Viel beunruhigender war die Blondine, die drinnen an der Bar saß und ihm immer wieder eindeutige Blicke zuwarf. Mal durch den Spiegel über der Theke, mal direkt über die Schulter.

Sie war hübsch, keine Frage. Langes blondes Haar fiel ihr in leichten Wellen über die Schultern, knallroter Lippenstift betonte ihren sinnlichen Mund und das cremefarbene, enge Kleid ließ ihre Kurven mehr als nur erahnen. Sie war eine klassische Schönheit – und genau das war der Punkt, der Maxim Sorgen bereitete.

Die anderen Frauen, die Urlauberinnen und einheimischen Mädchen, trugen alle lässige, teils nachlässige Kleidung. Auf Schminke schienen sie kaum Wert zu legen. Die Haare hingen ihnen entweder vom Salzwasser strähnig über die Schultern oder waren kurzerhand zu einem praktischen Zopf gebunden. Die wenigsten der anwesenden Frauen trugen Kleidung, die darauf schließen ließ, dass es Wochenende war und sie sich abends auf ein paar Drinks in einer Bar befanden. Sie hätten genauso gut auf dem Weg zur Arbeit oder ins nächste Shopping-Center sein können.

Die Blondine allerdings war anders. Das schienen auch die restlichen Gäste zu merken, denn niemand ging an ihr vorüber, ohne ihr nicht wenigstens einen bewundernden oder neidischen Blick zuzuwerfen. Sie war perfekt gestylt, wusste sich in Szene zu setzen und hatte eine anmutige Haltung. Jede ihrer Bewegungen wirkte gezielt. Sie strahlte Selbstbewusstsein und Ruhe aus, ohne dabei arrogant zu wirken. Und doch lag da eine Kälte in ihren blauen Augen, die Maxim nur allzu bekannt vorkam.

Als der Kellner an ihm vorbei ging, bestellte er einen weiteren Drink. Er würde sie noch eine Zeit beobachten.

Das erste Mal war sie ihm heute auf der Straße runter ins Zentrum aufgefallen. Sie war einige Meter vor ihm herspaziert, hatte scheinbar wahllos Fotos von den kitschigen Gebäuden geschossen. Das nächste Mal war er ihr am Strand begegnet. Sie hatte auf einer der Bänke gesessen, nachdem er mit noch feuchtem Haar aus den Sanitäranlagen gekommen war. Dabei hatte sie ein anderes, deutlich legereres Outfit getragen als heute Abend: Jeans und ein weißes, halbtransparentes Seidentop. Und jetzt war sie hier. Nur zweieinhalb Minuten, nachdem er sich draußen hingesetzt hatte, war sie an ihm vorbei in die Bar gegangen und hatte am Tresen Platz genommen.

Maxim wusste, dass sie ihm folgte. Und er war sich sicher, sie wollte, dass er es wusste. Sie gab sich keine Mühe, sich vor ihm zu verstecken und die Blicke, die sie ihm zuwarf, waren mehr als eindeutig. Sie wusste, wer er war. Sie wusste, was er getan hatte. Und sie wusste, wozu er fähig war. Aber sie wirkte kein bisschen ängstlich. Mittlerweile hegte er auch keinen Zweifel mehr daran, dass er wirklich einen Schatten im alten Waisenhaus hatte davon huschen sehen. Sie hatte gestern Nacht auf ihn gewartet, da war er sich sicher.

Die Frage war nur: Warum hatte sie ihn dort, im Schutze der verfallenen Mauern, nicht direkt getötet?

»Ihr Whiskey und der Chardonnay.« Der Kellner trat an seinen Tisch und stellte ihm zwei Gläser hin.

»Ich habe keinen Whiskey bestellt.«

»Der kommt von der jungen Dame dort.«

Sieh an.

Ohne der Geste des Kellners zu folgen, wusste Maxim, wer gemeint war. Sie war direkt. Fast schon dreist.

Er bedankte sich zuerst bei dem Kellner und wartete, bis dieser weg war. Dann prostete er der Blondine zu, die ihn jetzt unverhohlen ansah.

Ein breites Lächeln überzog ihre Züge, erreichte ihre Augen jedoch nicht. Sie hob ihr Glas, in dem sich ebenfalls Whiskey zu befinden schien, und stürzte das scharfe Getränk hinunter, ohne eine Miene zu verziehen.

Maxim lächelte und leerte seinen Drink ebenfalls in einem Zug. Er ging nicht davon aus, dass sie ihn hier und jetzt vergiften würde. Vielmehr schien sie darauf zu spekulieren, dass er sie ansprach, zu sich einlud. Aber darauf konnte sie lange warten.

Er stellte sein Glas weg, wandte sich von ihr ab und überlegte, wer sie sein könnte. Eine verdeckte Ermittlerin? Wozu? Er wusste, dass er gejagt wurde und war entsprechend vorsichtig – *jedem* gegenüber. Aber wenn sie nun nicht von offizieller Stelle kam?

Dass ihm irgendwer über kurz oder lang einen Killer auf den Hals hetzten würde, war ihm immer klar gewesen. Er hatte viel Leid zu verantworten und nicht jeder Hinterbliebene hatte den Mumm, ihn selbst zu jagen, so wie es dieser arme Irre Sebastian Nowak getan hatte.

Eine Killerin war demnach kreativ, aber nicht wirklich erstaunlich.

Doch wer hatte sie geschickt?

Tatsächlich ein Angehöriger von einem seiner Opfer? Ein Anhänger von Julian Nehrhoff, dem sogenannten *Scharfrichter*? Oder einfach ein gutherziger Rächer, der die Welt von ihm befreien wollte?

Maxim würde es bald erfahren, da war er sich sicher. Denn nicht nur seine Verfolgerin hatte einen Plan, auch er wusste bereits genau, was er mit ihr tun würde, wenn sie beide erst alleine waren.

Er legte Geld auf den Tisch, dann erhob er sich ruckartig, ohne den Chardonnay auch nur angerührt zu haben. Die Blondine zuckte, durch seine hastige Bewegung aufgeschreckt, zusammen und er spürte ihre Blicke im Nacken. Trotzdem drehte er sich nicht noch einmal zu ihr um.

Sie würde ihm sowieso folgen, da war er sich sicher.

Sollte sie. Sie sollte nur kommen ...

Kapitel 7

Zuerst überlegte Maxim, die wenigen Meter herunter zum Meer zu gehen – zum Sand oder vielleicht die Seebrücke entlang. Nur um ganz sicher zu sein, dass sie es auch wirklich auf ihn abgesehen hatte. Dann überlegte er es sich anders und ging die kleine Straße bergauf. Er wollte sich auf sein Gefühl verlassen und dieses sagte ihm, dass die Blondine ihm überall hin folgte. Dass sie gefährlich war. Eiskalt. Und es sagte ihm auch, dass sie eigentlich eine Städterin war. Jemand, der sich in der anonymen Großstadtmasse bestens tarnen konnte. In diesem Örtchen allerdings fiel sie auf wie der bekannte bunte Hund.

Also lief er in die entgegengesetzte Richtung, vorbei an zwei, drei altmodischen Bädervillen, an Souvenirshops und Restaurants, bis in den winzigen Park, den er an seinem ersten Tag bereits entdeckt hatte. In der Mitte plätscherte ein Springbrunnen, doch dafür hatte Maxim jetzt keinen Blick. Sein Augenmerk lag auf dem Gebäude, das sich hinter dem Kurpark vor dem Abendhimmel abzeichnete.

Das Kulturhaus, wie unschwer an dem Schriftzug über dem Portal auf der Vorderseite zu erkennen war. Beiläufig fragte er sich, ob das „L" schon immer so schief hing oder irgendwann verfallsbedingt ein Stück heruntergerutscht war.

Während er den Park durchquerte, begegnete er einer alten Frau mit einem dreibeinigen Hund, die auf einer Bank saß und ihm zunickte. Er grüßte sie zurück und ging weiter. Sand und Steinchen knatschten unter seinen Schuhen. Bisher waren seine Schritte die einzig hörbaren, aber das musste nicht heißen, dass sie nicht hinterher kam. Vermutlich hielt sie einfach Abstand oder nahm den asphaltierten Weg außen um den Park herum.

Er wusste, dass sein Vorhaben, es hier, in diesem verfallenen Gebäude zu tun, riskant war. Möglicherweise kannte sie das Haus mit all seinen Tücken bereits und war im Vorteil. Andererseits glaubte er nicht, dass sie ihn als Gefahr ansah. Frauen wie sie waren es gewohnt, dass Männer nur eine Sache von ihnen wollten. Und dabei handelte es sich ganz sicher nicht um ihre abgezogene Haut. So, wie er das selbstgefällige Miststück einschätzte, zog sie es gar nicht in Betracht, dass er ihr ebenfalls gefährlich werden konnte. Möglicherweise wusste sie nicht einmal, mit wem sie sich anlegte, sondern verfolgte nur blindlings die Befehle irgendeines Geldgebers, der ihn tot sehen wollte.

Doch die Hintergründe waren ihm in diesem Moment egal. Genauso wie die Tatsache, dass das frühere Kulturhaus zwar offensichtlich leer, aber dabei auch ziemlich zentral stand. Wenn sie schreien würde ...

Er musste einfach schneller sein. In der Möglichkeit erwischt zu werden, lag doch der Reiz, oder nicht?

Und Reize konnte er nach den letzten Wochen dringend gebrauchen. Denn auch, wenn er es nicht gern zugab: Er langweilte sich. Trotz seines Wissens, dass er gejagt wurde, war die vergangene Zeit unfassbar öde gewesen. Das ewige Ausharren in irgendwelchen Verstecken, die ständige Verpflichtung, unauffällig zu bleiben. Dabei war er immer noch der Schinder.

Kribbelige Anspannung durchfuhr ihn und er freute sich nahezu auf die Begegnung mit der hübschen Blondine.

Langsam, wie ein Spaziergänger, der die warme Luft des Abends genoss, schlenderte er an der anderen Seite der Parks wieder heraus, ohne dem Kulturhaus weiter Beachtung zu schenken. Von vorne war es von einem Bauzaun umgeben, der vom Park aus gut sichtbar war. Wenn er nicht vor aller Augen über die Barriere klettern wollte, musste er einen anderen Zugang finden. Obwohl der Gedanke daran, wie die Blondine sich in ihrem engen Kleidchen über den Zaun schwang, zu verlockend war, war sein Ziel die Gebäuderückseite.

Grinsend ging er weiter.

Es war ein großer Komplex. Viel größer, als er von vorn den Anschein erweckte. Es gab zwei identische Nebenflügel, die beide an das Haupthaus anzugrenzen schienen. Er war gespannt, wie es drinnen aussah. Von außen machte es bereits einen vielversprechenden Eindruck. Eine verwitterte Fassade, eingeschlagene Fenster, aus denen Efeu rankte, vernagelte Zugänge und unzählige Graffiti.

Maxim spazierte weiter auf einen Sportplatz zu, den er ebenfalls bereits bei seinem ersten Besuch entdeckt hatte. Er wusste, dass der Bauzaun dort, gut geschützt vor Blicken, ein Stück weit offen stand. Zielstrebig, denn so erweckte man die wenigste Aufmerksamkeit, ging er darauf zu und zwängte sich hindurch. Dann umrundete er schnellen Schrittes ein kleineres, freistehendes Gebäude, das vielleicht einst als Lager gedient hatte, und schon war er vor neugierigen Passanten bestens geschützt.

Nun musste er nur noch einen Weg ins Innere finden, doch das dürfte kein Problem sein. Dank Urban Explorern und Geisterjägern gab es Zugänge in jedes leerstehende Gebäude. Menschen wie Maxim mussten sich also nicht die Mühe machen, selber ein Fenster einzuschlagen oder eine Tür aufzuhebeln. Man brauchte nur etwas Geduld ...

An diesem Tag brauchte er allerdings nicht einmal eine Minute, bis er das offene Fenster fand. Es war groß genug, dass er ohne Anstrengung hindurch passte und schien in einen Keller zu führen. Kurzerhand stieg er ein und machte, dass er von der Öffnung weg kam. Tatsächlich stand er nun in einem Kellergang, von dem aus etliche Türen abgingen, und fühlte sich urplötzlich an seine Flucht erinnert. Die Katakomben unter den alten Heilstätten von Beelitz zu durchstreifen, zuerst als Gefangener und dann mehr und mehr als Sieger der ganzen verrückten Hetzjagd, war rückblickend betrachtet eines der aufregendsten und besten Erlebnisse überhaupt für ihn gewesen. Und er hatte jene Nacht mit einer bestimmten Frau an seiner Seite durchlebt ...

Vermisste er sie?

Das war absurd. Und es ging hier gerade ganz und gar nicht um sie, sondern um eine andere schöne, gefährliche Jägerin. Wie es aussah, hatte Maxim seinen Schlag bei Frauen nicht eingebüßt.

Er ging los. Die weitläufigen Tunnelsysteme waren fast das Beste an alten Gebäuden. Auch wenn dieser Keller hier ziemlich absonderlich roch. Es war nicht der typische Modergeruch von feuchtem Mauerwerk, sondern es stank scharf und ein wenig chemisch. Aber er hatte keine Zeit, dem Ursprung des Gestanks auf den Grund zu gehen. Es gab Wichtigeres zu erledigen.

Noch reichte das Licht, das durch das offene Fenster drang, aus, um zumindest Schemen zu erkennen. Nach wenigen Schritten war es jedoch fast komplett dunkel. Er tastete sich vorwärts und stieß nicht nur einmal gegen irgendwelchen Müll auf dem Boden. Zu seinem Erstaunen fiel er jedoch nicht, sondern schaffte es heil zu einer Treppe, die nach oben führte.

Die Stufen waren so voller Schutt und Staub, dass er nur die Zehenspitzen darauf setzen konnte. Er war so wackelig auf den Beinen, dass die Blondine leichtes Spiel hätte, wenn sie ihn jetzt von hinten angreifen würde. Doch auch hier hatte er Glück. Mit jedem Schritt nach oben wurde es etwas heller und er gelangte unbeschadet in einen großen, weiß gefliesten Raum, der sicher einst eine Küche gewesen war. Jetzt allerdings waren sämtliche Gerätschaften verrostet oder abmontiert und es prangten überall Hakenkreuze und rechtsradikale Schriftzüge.

Maxim hielt sich nicht lange mit den Schmiereien auf, sondern folgte dem Zwielicht, das von irgendwo her ins Gebäude drang. Er brauchte ein Fenster oder einen Türspalt, etwas, wodurch er die Straße beobachten konnte. Schließlich wollte er sie kommen sehen.

Nach der Nazi-Küche folgte ein Zwischenraum, dann ein paar Stufen, die nach unten führten. Es waren wenige, sodass er davon ausging, dass sie nicht wieder ganz bis hinunter in den Keller führten. Und tatsächlich. Nach einigen Augenblicken befand er sind in einer Art Foyer. Hier war die Sicht deutlich besser und er drehte sich um die eigene Achse, um sich zu orientieren. Wenn er sich nicht täuschte, dann befand er sich jetzt im Hauptgebäude. Er glaubte, etwas weiter vorne das Säulenportal des Kulturhauses zu erkennen.

Etwas flog über seinen Kopf hinweg und er duckte sich instinktiv. Erst dann erkannte er, dass es eine Schwalbe war. Sie zwitscherte und ein Chor aus Vogelstimmen antwortete ihr von irgendwoher. Das Gezwitscher hallte von den Wänden wider und die Schwalbe folgte den Rufen in die Dunkelheit. Maxim sah sich um, konnte jedoch nirgends weitere Vögel aufspüren. Er entdeckte lediglich ein paar Stuckreste. Wie bleiche Hautfetzen, aufgefädelt auf Drahtseile, hingen sie von der Decke herab. Wie passend. Vielleicht sollte er das Versteck wechseln.

Er hob eine lose Holzlatte vom Boden auf, wog sie in der Hand und stellte fest, dass ihr Gewicht ausreichend war. Dann ging er auf das hölzerne Portal zu, das von außen vernagelt worden war. Durch einen Spalt zwischen den Brettern konnte er nach draußen sehen. Es wurde jetzt rapide dunkler, die Straßenlaternen waren bereits eingeschaltet worden. Die wenigen Menschen, die im Park und auf der Straße unterwegs waren, konnte er nur erahnen.

»Suchst du jemanden?«

Maxim fuhr herum und sah sich Auge in Auge mit der hübschen Blondine.

Sie setzte wieder dieses kalte Lächeln auf und hob langsam, ganz langsam eine Pistole, bis sich der Lauf direkt auf sein Gesicht richtete. »Suchst du vielleicht *mich*?«

Wieso hatte er sie nicht kommen gehört? Seine eigenen Schritte hatten einen Heidenlärm auf dem zugemüllten Boden gemacht, er hätte sie hören müssen. Oder eben nicht. Wenn sie sich genau seinem Rhythmus – »Komm schon, lass mich an deinen Gedanken teilhaben. Ich sehe doch, wie es hinter deiner Stirn arbeitet.« Sie machte eine kurze, auffordernde Bewegung mit der Waffe. »Frag mich, was immer du wissen willst.« Ihre Stimme klang tief und samtig zugleich.

Maxim hatte sich schnell wieder gefangen. Gut, dann war sie ihm eben lautlos gefolgt. Er hatte sie unterschätzt. Das würde ihm kein weiteres Mal passieren. »Fangen wir mit der einfachsten Frage an: Wie bist du hier reingekommen?«

»Genau wie du.« Noch immer hielt sie den Lauf der Waffe geradewegs auf ihn gerichtet. Ihr schlanker Arm zitterte nicht. Noch nicht. Irgendwann würde ihr diese Haltung jedoch zu anstrengend werden und er würde zuschlagen. Es war nur eine Frage der Zeit.

»Ich habe dich nicht kommen gehört«, gab er zu.

»Dann bin ich wohl ziemlich gut. Sonst noch was?«

»Was würdest du mich an deiner Stelle fragen?«

Sie schien kurz nachzudenken, bevor sie antwortete. »Wer bist du?«

»Also schön. Wer bist du?«

»Das tut hier nichts zur Sache.« Sie wedelte mit der Pistole herum. »Du hattest deine zehn Sekunden. Jetzt beweg dich.«

Maxim wies sie lieber nicht darauf hin, dass er nicht um zehn Sekunden gebeten hatte. Schließlich hatte sie die Waffe und saß somit am längeren Hebel. »In Ordnung. Wo soll es hingehen?«

»Erstmal weg von der Tür.«

Maxim setzte sich vorsichtig in Bewegung.

»Irgendwo hin, wo wir in Ruhe reden können. Und ich warne dich –«

Was auch immer sie hatte sagen wollen, sie war mit ihrer Warnung eindeutig zu spät dran. Maxim hatte bereits die Holzlatte hochgerissen und schlug nach ihr. Doch zu seinem Erstaunen war das Miststück selbst auf ihren hohen Hacken noch schnell. Sie machte einen Satz zur Seite und das Holzstück traf sie lediglich am Oberarm. Aber der Schlag hatte es in sich gehabt. Sie gab einen überraschten Schmerzlaut von sich und wechselte die Waffe in die andere Hand.

Scheinbar war ihr rechter Arm für den Moment unbrauchbar. Ihre Füße allerdings nicht. Sie stürmte los, durchquerte nahezu lautlos den verrotteten Gang und verschwand durch eine Tür.

Maxim setzte ihr nach, machte an der Tür jedoch Halt. Er durfte jetzt nichts überstürzen. Sie konnte überall auf ihn lauern, er musste vorsichtig sein. Er spähte am Türrahmen vorbei in den Raum. Er war groß, fast schon ein Saal. Es dauert einen Moment, bis Maxim sich an das wenige Licht gewöhnt hatte, dann erkannte er weiter vorne eine Art Bühne. Nirgends schien es eine Versteckmöglichkeit zu geben. Also musste sie in den Schatten lauern.

»Komm raus, sei nicht so feige, Liebes.« Er hoffte, sie mit Provokationen hervor locken zu können. Doch nichts tat sich.

Maxim tauschte die Holzlatte gegen eine Eisenstange, die wahrscheinlich irgendwann mal Teile des Gebäudes abgestützt hatte, und machte ein paar Schritte in den Saal hinein. Soweit er erkennen konnte, fehlte an den Wänden der Putz und das blanke Mauerwerk war zu sehen. Vor ihm lag die Bühne mit Orchestergraben. Wahrscheinlich kauerte sie dort und wartete auf den richtigen Moment, um ihn anzuspringen.

Zielstrebig ging er auf den Graben zu. Es war gespenstisch still im Gebäude, von den Schwalben war nichts mehr zu hören und seine Schritte verursachten einen Heidenlärm. *Sie* musste zumindest ganz genau wissen, wo er sich gerade aufhielt.

Bevor er den Hohlraum unter der Bühne inspizierte, sah er sich noch einmal um. Es gab zwei Eingänge, die vom Foyer in den Saal führten. Und er entdeckte drei weitere, die hinter der Bühne wieder hinaus führten. Doch die blonde Killerin war nirgends zu sehen. Wahrscheinlich zielte sie von irgendwoher auf ihn und ärgerte sich über die miserable Sicht. Hier, im Dunkeln, war ihre Waffe so gut wie nutzlos.

Maxim beugte sich herunter, um den Orchestergraben in Augenschein zu nehmen. Nichts rührte sich dort unten. Er überlegte, ob er hinabklettern sollte, entschied sich dann aber spontan dagegen, als er hörte, wie ganz in seiner Nähe eine Pistole entsichert wurde.

Langsam blickte Maxim auf und wieder einmal sah er sich ihrem Waffenlauf gegenüber.

Sie stand auf der Bühne und zielte auf ihn hinab – geradewegs auf seinen Kopf.

»Ups.«

»Du hast gewonnen.« Maxim hob die Arme, als wolle er sich ergeben. Dann schnellte er nach vorne, warf sich mit seinem ganzen Gewicht auf sie und riss sie zu Boden.

Der Fall war tiefer als erwartet.

Als ihr Körper auf den Beton aufschlug, entwich ein Keuchen ihren Lungen und auch Maxim spürte ein Dröhnen, das durch seinen ganzen Körper raste. Er blickte nach oben und erkannte, dass sie durch ein Loch im Bühnenboden in den darunter liegenden Hohlraum gekracht waren.

Besser hätte es nicht laufen können. Ihr Körper hatte seinen Sturz ein wenig abgefedert. Dafür hatte ihr der Fall für einen Moment die Sinne geraubt. Maxim wartete nicht, bis sie sich erholt hatte, sondern hockte sich auf sie. Mit der Eisenstange holte er aus und ließ sie in ihr Gesicht krachen.

Zumindest war das der Plan gewesen.

Doch ihre Pläne unterschieden sich offenbar von seinen. Blitzschnell hatte sie die Arme hochgerissen und überkreuzt, sodass die Stange nur in das V zwischen ihren Unterarmen krachte. Während sie seinen Schlag parierte, hob sie ein Knie und rammte es ihm von hinten ins Kreuz.

Maxim verlor das Gleichgewicht und musste das Eisen loslassen, um nicht haltlos mit dem Gesicht auf dem Boden zu landen.

Sie nutzte den Moment und stieß seine Waffe so weit weg, dass sie außer Reichweite war.

Das war blöd für ihn, aber immerhin konnte sie nach wie vor nicht weg. Regungslos lag sie unter ihm. Er hatte seine Hände links und rechts von ihrem Kopf am Boden abgestützt und saß mit seinem ganzen Gewicht auf ihr. Er spürte, wie schwer ihr das Atmen fiel.

Bedauerlicherweise drückte dabei allerdings ihre Pistole gegen seine Schläfe.

»Du wirst jetzt ganz langsam aufstehen und dich schön ruhig verhalten, haben wir uns verstanden?« Ihre Stimme klang gepresst. »Ich will nur mit dir reden, mehr nicht.«

»Reden?« Er lachte. »Ich rede auch am liebsten mit Leuten, denen ich eine Pistole ins Gesicht drücke.«

»Wohl eher ein Messer gegen die Haut. Und jetzt runter von mir.« Wieder das Gewedel mit der Pistole.

Wusste sie eigentlich, dass sie eine scharfe Waffe in der Hand hielt? Er wollte gerade etwas in die Richtung sagen, als sie ihm zuvorkam.

»Spar dir das Getue und steh auf. Und keine Spielchen, sonst lege ich dich schlafen.«

Maxim machte keine Anstalten aufzustehen. Stattdessen sah er ihr ins Gesicht, direkt in die Eisaugen. »Tot redet es sich nicht sonderlich gut.«

Sie verzog das Gesicht, als hätte sie Schmerzen. »Oh bitte, komm schon. Ich töte dich nicht. Für wie blöd hältst du mich eigentlich?«

Für ziemlich blöd, wollte er antworten, doch sie hatte immer noch die Waffe, war nach wie vor der Boss. Also grinste er nur vielsagend.

»Ich sagte, spar es dir!«

Maxim sah die Bewegung nicht kommen. Er spürte nur, wie der Kolben gegen seinen Wangenknochen knallte. Er krümmte sich, hielt sich das Gesicht.

Mit einem angestrengten Stöhnen beförderte sie ihn von sich runter.

Es war ihm egal. Sein ganzer Schädel dröhnte und die Stelle, die sie erwischt hatte, brannte wie Feuer. Der Schmerz trieb ihm die Tränen in die Augen.

»Sorry, aber ... verdient ist verdient. Und jetzt steh auf und kriech nicht auf dem Boden herum wie ein kleines Mädchen.«

Maxim blinzelte die Tränen weg und sah zu ihr auf. Ihre Unterarme waren aufgeschürft und ihr Kleid war schmutzig. Trotzdem machte sie einen besseren Gesamteindruck als er. Zumindest kam es ihm so vor. Er war keine Memme, im Gegenteil. Er war im Knast von den Wärtern gefoltert und zuvor von einem Irren zum Teil geschunden worden – zweimal. Aber von einer Frau geschlagen zu werden, tat gleich doppelt weh.

»Du weißt überhaupt nicht, mit wem du dich anlegst«, zischte er und stemmte sich in die Höhe. »Du –«

»Na, na, na. Nicht ausfallend werden und schön Abstand halten.« Sie wich ein Stück zurück und deutete auf ihre Pistole. »Siehst du die hier? Ich weiß ja nicht, ob es dir bewusst ist, aber damit kann man nicht nur *schlagen*, sondern auch *schießen*. Und wenn man mit diesem Ding auf jemanden schießt, dann hat dieser Jemand meistens keine besonders guten Chancen. Wusstest du das?«

Maxim ließ ein wütendes Schnauben hören. Was bildete sie sich eigentlich ein?

»Nicken reicht. Du musst gar nicht versuchen, ein ganzes Wort zu artikulieren.« Sie lachte kurz. »Ich merke ja, dass Reden nicht so zu deinen Stärken gehört, deswegen können wir uns auf eine simplere Verständigungsweise einigen.«

Jetzt reichte es ihm. Er würde dieser dummen Schlampe zeigen, wer zuletzt lachte. Er schnellte nach vorne, streckte einen Arm nach ihrem Hals aus, doch ehe er sich's versah, peitschte ein Knall durch das Gebäude und ließ die Schwalben aufflattern.

Zuerst spürte Maxim nichts, dann schoss ein dumpfer Schmerz durch seinen Brustkorb. Seine Knie gaben nach und er sank zu Boden.

Er hörte die Blondine noch etwas sagen, verstand sie jedoch nicht. Und bevor er nachfragen konnte, wurde es um ihn herum pechschwarz.

Kapitel 8

Als Daria das nächste Mal zu sich kam, fühlte sich ihr Kopf an, als hätte sie viel zu viel Alkohol getrunken. Sie hob die geschwollenen Lider und blickte sich um. Sie lag in ihrem und Martins Schlafzimmer, das noch fabrikneu roch und sie mehr an ein Möbelhaus als ein Zuhause erinnerte. Jemand hatte die Vorhänge zugezogen, trotzdem konnte sie durch einen Spalt erkennen, dass es noch nicht komplett dunkel war. Ihr Körper wurde nur von einem dünnen Laken bedeckt und als sie sich etwas bewegte, spürte sie, dass der Stoff über ihre bloße Haut glitt. Etwas rutschte von ihren Leisten. Sie hob den Arm und auch von dort fiel etwas aufs Bett. Sie tastete danach.
Coolpacks.
Was war passiert?
Sie kniff die Augen zu und dachte nach. Das Letzte, woran sie sich erinnerte, waren Martins besorgtes Gesicht und die fragenden Mienen irgendwelcher Kinder. Nicht irgendwelcher. Es waren die Gesichter dieser Wassereis essenden Großmäuler vom Sportplatz. Und davor? Sie hatte sich ins Auto gesetzt, um diese Sendung zu hören, hatte die Tür geschlossen, um die Stimmen der Teenager auszublenden und ... Sie war eingeschlafen, da war sie sich ziemlich sicher.
Kein Wunder, dass es ihr jetzt so miserabel ging. Wer schlief bei über dreißig Grad in der prallen Sonne in einem aufgeheizten Auto? Niemand, der bei ausreichend klarem Verstand war, das stand fest. Mit ziemlich großer Wahrscheinlichkeit hatte sie sich einen Hitzschlag zugezogen. Sie konnte froh sein, dass sie in ihrem eigenen Schlafzimmer und nicht im Krankenhaus erwacht war.
Daria verzog das Gesicht. Der Schlafmangel der letzten Wochen nahm langsam gefährliche Züge an. Sie musste sich dringend eine Lösung einfallen lassen. Vielleicht waren Schlaftabletten eine gute Idee. Doch was war, wenn sie dann nachts einen Anruf vom Revier bekamen und sofort zur Stelle sein mussten? Soweit sie wusste, war man derart benebelt, wenn man die Pillen nicht richtig ausschlief, dass man zu nichts mehr fähig war. Hilfsmittel dieser Art fielen also weg.
Vielleicht half ihr Yoga, um zur Ruhe zu kommen.

Oder einfach ein starker Kaffee, um richtig wach zu werden und diese schwachsinnigen Gedanken abzuschalten.

Sie setzte sich auf, wobei sich auch die restlichen Kühlbeutel von ihrem Körper verabschiedeten, und sah herüber zur anderen Bettseite. Martins Kissen war unbenutzt, allerdings lagen darauf ihr Handy und ein Zettel.

Ruf mich an, sobald du aufwachst.

Sie lehnte sich ans Kopfende, bedeckte ihren Körper wieder mit dem Laken und wählte Martins Nummer. Sie musste es nur einmal klingeln lassen, schon stand er in der Tür.
»Hey.«
»Hey.« Daria lächelte.
Martin erwiderte ihr Lächeln nicht. Dunkle Schatten lagen um seine Augen. »Wie geht es dir?«
»Besser.« Sie griff nach einem Wasserglas auf ihrem Nachttisch und trank einen großen Schluck. »Sagst du mir, was passiert ist?«
Martin stieß ein raues Lachen aus und kam näher. »Ich dachte, *du* sagst *mir* vielleicht, was passiert ist.« Er setzte sich auf die Bettkante und die Art, wie er sie musterte, gefiel ihr ganz und gar nicht.
»Ich bin wohl eingeschlafen.«
»Wer schläft bei dieser Hitze in einem Auto?«
Na bravo. Genau das hatte sie sich auch schon gefragt.
»Es war ja keine Absicht. Ich ...«
»Das hätte verdammt noch mal ins Auge gehen können. Wären diese Kids nicht gewesen, dann hätte die Sache echt übel enden können. Du kannst froh sein, dass die Kinder geistesgegenwärtig genug waren, direkt ins Revier zu laufen. Du warst überhaupt nicht ansprechbar, deine Haut war knochentrocken und du hast geglüht. Meine Gott, ich dachte, du wärst tot!«
Daria musste lachen, auch wenn an der Situation eigentlich nichts Lustiges war. »Das sind alles typische Hitzschlagsymptome, du hättest bei Google – «
Martin war offenbar nicht nach Späßen zumute. Er musterte sie jetzt noch eine Spur eindringlicher und unterbrach sie. »Sei ehrlich. Wolltest du dich umbringen?«, fragte er sie ganz unvermittelt.

Jetzt spürte Daria, dass ihr sämtliche Gesichtszüge entglitten. »Wie bitte?«

Sie suchte in Martins Gesicht Anzeichen dafür, dass er sie auf den Arm nehmen wollte, doch er sah sie ernst an und wiederholte seine Frage.

»Wolltest du dich vorhin auf dem Parkplatz umbringen?«

Ungläubig schüttelte Daria den Kopf. »Das ist sowas von lächerlich! Ich habe eine Tochter, niemals würde –«

»Eine Tochter, die dir weggenommen wurde.«

»Ja. *Vorübergehend.*« Daria schwang die Beine aus dem Bett und wickelte sich das Laken um. »Ich kann nicht fassen, dass du sowas überhaupt in Betracht ziehst!«

»Es ist doch möglich.«

»Nein, es ist ganz und gar ausgeschlossen!« Sie spürte, dass sie immer noch wacklig auf den Beinen war und musste sich wieder setzen. Das tat ihrer Wut jedoch keinen Abbruch. »Wie gut kennst du mich eigentlich?«

»Ziemlich gut.«

»Falsch. Du kennst mich überhaupt nicht, wenn du denkst, dass ich mich ...« Der Gedanke alleine war so absurd, dass sie ihn nicht aussprechen wollte. »Was sollte das denn von mir gewesen sein? Ein halbherziger Suizidversuch vor den Augen aller? Ein verzweifelter Hilferuf, damit jemand ... Ja, was, Martin?« Wütend blickte sie ihn an.

Martin öffnete den Mund, schloss ihn wieder und schien überlegen zu müssen, ehe ihm eine logische Antwort einfiel. »Vielleicht dachtest du ... wegen Kristin ...«

»Vielleicht dachte ich, ich bekomme sie zurück, wenn ich mich als vollkommen labil oute?« Sie schüttelte den Kopf. »Wenn du auch nur einem diese schwachsinnige Theorie erzählt hast, dann haben wir zwei ein Problem.«

»Beruhigst du dich vielleicht mal?«, fuhr Martin sie, jetzt ebenfalls wütend, an. »Ich habe dir diese Frage nicht gestellt, um dich zu ärgern, Daria! Aber du lässt mich nicht mehr an dich heran in den letzten Wochen! Ich hab keine Ahnung, was in dir vorgeht! Und ich will nicht erst realisieren, wie es dir wirklich geht, wenn es zu spät ist!«

Daria atmete tief durch. Martin war vorbelastet, das wusste sie. Sein eigener Bruder hatte sich als Teenager umgebracht. Er hatte sich vor einen Zug geworfen. Bis heute machte sich Martin Vorwürfe, weil er nicht rechtzeitig eingegriffen hatte. Sie verstand ihn. Aber sie war nicht Tobias.

»Ich sag dir, wie es war: Ich habe diese blöde Autotür zugezogen, was ein Fehler war. Und ich bin eingeschlafen, ja. Aber nicht, weil ich sterben wollte und auch nicht, weil ich wollte, dass ihr mich bemitleidet und mit Samthandschuhen anfasst, sondern im Gegenteil! Eure traurigen Blicke sind einfach nur ...« Sie schüttelte den Kopf. »Ich brauche kein Mitleid. Was ich brauche, sind fähige Leute, die Maxim mit mir schnappen, damit ich mein Kind zurückbekomme. Dann, aber erst dann, werde ich nachts wieder richtig schlafen können. Und dann wird so etwas auch nie wieder vorkommen.«

Martin sah sie nur an. Ihre kleine Rede schien ihn nicht überzeugt zu haben, trotzdem gab er sich erst mal geschlagen und stand auf. »Ich lasse dir ein kaltes Bad ein. Es kann nicht schaden, deine Temperatur noch ein bisschen runter zu kühlen.« Damit ging er.

Daria blickte ihm hinterher, ohne noch etwas auf seinen Seitenhieb zu erwidern. Dann ließ sie sich zurück in die Kissen sinken. Ihr war übel und die Aufregung hatte sie binnen Sekunden geschwächt. Am liebsten wollte sie einfach nur schlafen. Doch sie würde Martin die Genugtuung sicher nicht gönnen. Sie würde ihm keine Schwäche zeigen. Keine Angriffsfläche bieten.

Kapitel 9

Als Maxim erwachte, befand er sich immer noch in dem Saal des Kulturhauses. Allerdings lag er jetzt nicht mehr im Graben unter der Bühne, sondern saß aufrecht darauf. Das blonde Miststück musste ihn nicht nur dort hinauf geschleppt haben, sie musste auch noch irgendwo einen Stuhl herbekommen haben.

Seine Brust schmerzte, wo er getroffen worden war. Aber immerhin lebte er noch. Er senkte den Kopf, um zu erkennen, wie schlimm die Wunde war, doch er entdeckte nur einen kleinen Blutfleck. Seltsam.

Maxim wollte das Einschussloch betasten, aber er konnte seine Hände nicht rühren. Er bewegte sie und spürte, dass sie hinter seinem Rücken an die Lehne gefesselt waren. Auch das war merkwürdig. Normalerweise waren Fesseln spürbar, schnitten unangenehm in die Haut. Diese jedoch hatte er erst bemerkt, als er sich bewegt hatte.

Maxim schaute sich weiter um.

Neben ihm standen zwei Kerzen auf dem Boden, die ihm zumindest ein paar Meter Sicht erlaubten. Hinter dem Kerzenschein verlor sich allerdings alles in Finsternis.

Seine Killerin war nirgends zu sehen. Verständlich. Wahrscheinlich war es ihr peinlich, ihm nach dem missglückten Mordversuch noch einmal unter die Augen zu treten. Stattdessen versuchte sie ihn jetzt abzufackeln, indem sie Kerzen auf dem morschen Holzboden deponierte. Die beiden Wachsstumpen waren bereits gefährlich weit nieder gebrannt.

Maxim beugte sich vor, so weit es ging, und versuchte die Flammen auszupusten. Erst wenn die Gefahrenquelle beseitigt war, konnte er sich in Ruhe daran machen, seine Fesseln zu lösen.

»Schwache Lunge.« Die Blondine löste sich aus einem der Schatten und trat in sein Blickfeld.

Maxim stöhnte innerlich. Sie war doch noch hier. Natürlich war sie noch hier. Wenn diese Frau eines ganz sicher war, dann penetrant.

»Schwache Leistung.« Er richtete sich auf und grinste. »Ich meine, du hattest eine Pistole und bist trotzdem nicht in der Lage, mich zu töten. Was sagt das über uns aus?«

»Du bist nicht in der Lage zuzuhören. Was sagt das über dich aus, Maxim?« Sie kam noch ein Stück näher und demonstrierte ihm einmal mehr, dass sie diejenige mit der Schusswaffe war. »Weißt du, was das ist?«
»Lass mich raten, ein Kochlöffel?«
»Das ist eine *Druckluftpistole*. Sie verschießt *Betäubungspfeile*. Ich dachte, was einen Elefanten umhaut, ist für dich genau das Richtige.« Die Blondine grinste nun ebenfalls. »Dein Abgang war wirklich filmreif.« Sie trat in den Lichtkegel zwischen den Kerzen. »Aber mal ernsthaft: Bist du jemals angeschossen worden? Glaubst du, das fühlt sich *so* an?«

Eigentlich *wusste* Maxim, wie sich ein echter Schuss anfühlte. Aber verflucht nochmal: Sie hatte ihm einen Betäubungspfeil für Dickhäuter direkt in die Brust gejagt. Es war doch klar, dass er da vor lauter Schmerz das Bewusstsein verlor.

»Was soll das Theater? Wir wissen beide, dass du mich umlegen sollst. Warum tust du es nicht einfach?«

Die Blondine ließ ihre perfekt geschwungenen Brauen in die Höhe schnellen. »Ein wahres Kombinationstalent. In der Tat gibt es da jemanden, der dich nicht weiter unter uns weilen lassen möchte.«

»Und wer ist dieser ominöse Jemand?« Hinter seinem Rücken versuchte Maxim die Stricke zu lösen.

»Wolf Amende.«

Überrascht hielt er inne. »Der Berliner Polizeipräsident persönlich?«
»Ganz genau der.«

Maxims Gedanken rasten. Sagte sie die Wahrheit? War es wirklich der Polizeipräsident, der ihr den Auftrag erteilt hatte? Er konnte sich nicht vorstellen, dass der stets so korrekte Amende solch einen Weg einschlug. Andererseits hätte es dank Maxim vor einigen Wochen beinahe seinen Sohn erwischt. Einen guten Grund, ihn ins Jenseits zu befördern, hatte er somit. Doch eigentlich hatte er es Maxim auch irgendwie zu verdanken, dass sein Sohn hatte gerettet werden können. So gesehen waren sie eigentlich quitt.

»Das wundert dich?«

»Nicht wirklich.« Maxim schüttelte den Kopf. »Wie viel zahlt er dir?«

»Was spielt das für eine Rolle? Du hast kein Geld, das du mir bieten könntest.«

Damit hatte sie verdammt nochmal Recht. Zweitausend Euro, mehr war in der Kassette nicht versteckt gewesen. Ein Auftragsmord an einem gefährlichen Serienmörder kostete sicher das Zehnfache. Mindestens. Kein Wunder, dass diese Frau ein so teures Kleid trug.

»Aber du hast etwas anderes. Etwas, das ich gut gebrauchen könnte«, riss sie ihn aus seinen Gedanken.

»Und das wäre?« Jetzt war Maxim gespannt.

»Geschickte Hände.« Bevor Maxim etwas Spöttisches erwidern konnte, hob sie die Stimme und fuhr fort: »Ich beherrsche die Kunst des Schindens nicht. Was ich möchte, ist deine Kooperation.« Sie trat hinter ihn. »Ich will, dass du mit mir zusammenarbeitest. Und den Grundstein habe ich schon gelegt.« Sie hockte sich hin und er spürte, wie sie sich an seinen Fesseln zu schaffen machte.

»Mein *Partner* sein wollten vor dir schon andere.«

Sie stieß ein entnervtes Stöhnen aus. »Dieser Julian war ein trotziges Kind, das dich zu seiner Vaterfigur auserkoren und, um dir zu gefallen, einige Leute um die Ecke gebracht hat, mehr nicht. Beim Töten geht es nicht nur ums brutale Abschlachten, sondern um die Kunst dahinter. Die Perfektion. So, jetzt keine Attacken mehr. Haben wir uns verstanden?«

»Sicher.«

Sie ließ die Fesseln fallen und stand auf. »Also?« Sie trat vor ihn und verschränkte die Arme.

»Also was?« Maxim betrachtete seine Handgelenke. Sie wiesen keinerlei Druckstellen auf. Fesseln konnte sie, das musste man ihr lassen.

»Bist du dabei?«

»War ich nicht deutlich genug?«

»Genau genommen hast du dich noch gar nicht geäußert.«

»Dann tue ich es jetzt.« Maxim stand auf und brachte einige Meter Abstand zwischen sich und die Auftragsmörderin. »Ich töte nicht für *irgendjemanden*. Nicht für Geld, nicht für Freundschaft – für gar nichts.«

»Auch nicht, wenn es sich bei demjenigen, den du töten sollst, um einen gemeinsamen Feind handelt?«

»Um wen geht es?« Daria, schoss es Maxim durch den Kopf, auch wenn das völlig absurd war. »Wen soll ich für dich schinden, damit ich mein Leben behalten darf?«

»Na Amende, ist doch klar.« Die Blondine blickte scheinbar ziellos im

Raum umher, ehe sie hinzufügte: »Und eins möchte ich gleich klären, damit du aufhören kannst, den sterbenden Schwan zu spielen: Ich werde dich nicht töten.«

»Warum nicht?«

»Weil du mir vor einer Weile einen großen Gefallen getan hast. Größer, als du es dir vorstellen kannst.«

»Und welchen?«

»Falsche Frage«, erwiderte sie kühl.

Maxim stutzte. Wovon redete sie? Und warum verriet sie ihm nicht, was er so Großartiges für sie getan haben sollte? Egal. Es spielte keine Rolle.

»Gut, dann stelle ich jetzt die richtige.« Er näherte sich ihr nun doch wieder, blieb dicht vor ihr stehen und blickte auf sie herab. »Warum machst du es nicht selbst, hm? Reicht deine *Tötungskunst* nicht aus, um sich mit dem Polizeipräsidenten persönlich anzulegen?«

Die Blondine presste die Lippen zusammen. Offenbar hatte er einen wunden Punkt erwischt. »Ich sagte doch, ich kann es nicht. Mir fehlt die Geschicklichkeit. Und die Geduld.«

»Dann jag ihm eine Kugel in den Kopf, erstick ihn, misch ihm Gift ins Essen, das ist doch wirklich nicht so schwer.« Maxim steckte die Hände in die Taschen.

Die Blondine schüttelte den Kopf. »Ich will, dass er leidet. *Maximal* leidet. Und eine brutalere Art, ihn leiden zu lassen, als deine fällt mir nicht ein.« Sie sah Maxim in die Augen. Wenn sie versuchte, einen verführerischen Blick aufzusetzen, dann gelang es ihr nicht. Nicht, dass sie nicht auch aus der Nähe umwerfend schön gewesen wäre. Aber ihre innere Kälte war von hier aus auch umso deutlicher spürbar.

»Nicht mein Problem«, sagte er leichthin. »Mit anderen Worten: Was auch immer da für ein Kleinkrieg zwischen dir und dem Präsidenten herrscht, trag ihn alleine aus.«

»Ich habe dir dein Leben geschenkt.«

»Das haben schon andere getan.« Maxim wandte sich um und sprang von der Bühne. »Und die sind jetzt tot.« Er zwinkerte ihr über die Schulter hinweg zu, dann setzte er sich in Bewegung.

»Der Präsident wird jemand anderes schicken und der lässt dann ganz sicher nicht mit sich reden!«, rief sie ihm nach.

Auch wenn Maxim nicht scharf darauf war, dass ihm schon bald der nächste Killer nach dem Leben trachtete, konnte er unmöglich einwilligen. Die Schlampe hatte mit einem Betäubungspfeil für Elefanten auf ihn geschossen, verdammt noch mal!

Sie konnte froh sein, dass er anstelle von Polizeipräsident Amende nicht ihr die Haut abzog.

Kapitel 10

Daria blieb vor der Tür des Polizeipräsidenten stehen, zog ihren Rock glatt und nahm sich einen Augenblick, um sich zu sammeln. Noch immer hatte sie dröhnende Kopfschmerzen, was nach gestern kein Wunder war.

Sie presste die Fingerspitzen gegen ihre Schläfen, bis die Schmerzen ein kleines bisschen abebbten, dann wollte sie klopfen, doch kaum hatte sie die Hand gehoben, wurde hinter der Tür Amendes Stimme hörbar. Sie trat näher heran und verstand dennoch nur Satzfetzen.

»... ist mir ... mein Problem ... erwarte, dass sich diese Sache schnellstens erledigt!!«

Niemand antwortete, weswegen sie davon ausging, dass er telefonierte. Und es schien nicht gerade das erfreulichste Telefonat zu sein, denn ihr oberster Vorgesetzter klang verdammt wütend.

»Nein, du hörst mir jetzt zu!«, verstand sie klar und deutlich, dann polterte etwas und sie vernahm Schritte. Anscheinend ging er beim Reden auf und ab.

Daria ließ die Hand sinken. Vielleicht sollte sie später wiederkommen, aber das wäre ziemlich umständlich. Sein Büro lag eine gute halbe Stunde entfernt von ihrem im Hauptpräsidium am Tempelhofer Feld. Sie überlegte, die Sache einfach ganz sein zu lassen, kam aber zu dem Schluss, dass das keine kluge Idee war. Sie musste mit ihm über gestern sprechen, ehe es ein anderer tat – denn es stand außer Frage, dass das halbe Revier mitbekommen haben musste, wie ein paar aufgeregte Kinder aufgetaucht waren, damit jemand die Frau rettete, die in der sengenden Hitze in ihrem Auto schlief. Doch wenn der Polizeipräsident sowieso sauer war, war es vielleicht besser, ihn jetzt nicht darauf anzusprechen, sondern darauf zu hoffen, dass er die Angelegenheit unter den Tisch fallen ließ. Sie war eine der besten Ermittlerinnen Berlins, da konnte sie sich einen kleinen Ausrutscher leisten, oder?

Aber wenn nicht, dann hatte sie ein Problem.

Gerade wollte sie doch noch anklopfen, als sie einen weiteren Knall aus dem Büro vernahm, anschließend erneut Schritte, die jetzt allerdings schnell näher kamen. Und dann riss Amende die Tür auf und lief direkt in sie hinein.

Daria prallte zurück und konnte sich gerade noch fangen. Amende blieb stehen und musterte sie einen Moment lang entgeistert.

»Entschuldigung«, brachte sie hervor und verkniff sich ein *fürs Lauschen*. Amende fing sich und hörte auf, sie zu taxieren. »Kommissarin Storm«, sagte er stattdessen. »Was für ein Zufall. Mit Ihnen wollte ich sowieso reden.«

Daria nickte schuldbewusst, hielt seinem abschätzenden Blick aber stand. Sie konnte nur hoffen, dass er sie jetzt nicht beurlauben würde oder so. Irgendwie musste sie ihm begreiflich machen, dass etwas Derartiges nicht wieder vorkommen würde.

»Kommen Sie rein. Setzen Sie sich.«

Daria holte ein weiteres Mal Luft, dann straffte sie die Schultern, folgte dem Polizeipräsidenten ins Innere seines Büros und schloss die Tür hinter sich. Amende nahm hinter seinem Schreibtisch Platz, einem schlichten Modell aus massivem Eichenholz, und wartete, bis sie ebenfalls saß. Dann schob er ihr wortlos eine Akte herüber. Sie rechnete damit, dass es ihre war, vermutlich mit einer frischen Abmahnung darin. Doch anstatt sich der Mappe zu widmen, sah sie Amende weiter fest an und fragte: »Was ist das?«

»Ihr neuer Fall«, erwiderte er ungerührt.

Daria blinzelte. Was hatte er da gerade gesagt? Das konnte nicht sein Ernst sein! Hätte er sie beurlaubt, für eine Woche oder zwei, wäre das schon schlimm genug gewesen. Aber sie vom Schinder-Fall abzuziehen? Sie war von Anfang an dabei, kaum jemand wusste so viel über Maxim Winterbergs Taten wie sie! Außerdem wollte sie das Schicksal ihrer Tochter nicht in die Hände ihrer Kollegen legen.

»Ich fürchte, ich verstehe nicht«, sagte sie heiser und hoffte, dass sich alles als ein Irrtum herausstellen würde. Vielleicht hatte Maxim einen neuen Mord begangen. Möglicherweise sprach Amende davon und drückte es nur blöd aus.

»Ich erkläre es Ihnen gern«, erwiderte der Polizeipräsident, dessen Zorn vollkommen verraucht zu sein schien. Jedoch wirkte er angespannt, was Darias Vermutung, dass etwas passiert war, noch verstärkte.

Eine geschundene Leiche musste aufgetaucht sein; Maxim hatte wieder einmal die Kontrolle über sich verloren. Sie wusste, wie das bei ihm lief. Sie wusste alles über ihn aus seinen Tagebüchern. Eine Weile hatte er sich im Griff, dann wurde der Drang stärker und stärker, bis er schließlich loszog, um ...

»Aber zuerst«, fuhr Amende fort, »wüsste ich gern, ob Sie schon vom Schleicher gehört haben.«

Darias Gedanken rissen abrupt ab und machten einer Erinnerung Platz. Die Stimme der Radiosprecherin waberte durch ihren Kopf: *Er tötet präzise und raffiniert. Das Gefährliche an diesem Täter ist ...*

»Ja, habe ich«, sagte sie.

Amende nickte. »Dann wissen Sie, womit Sie sich von nun an beschäftigen werden.«

Unter dem Tisch ballte Daria die Hände zu Fäusten. Er meinte es also tatsächlich ernst? Er zog sie vom Schinder-Fall ab, und das nicht, um sie einfach auf einen anderen Täter anzusetzen, sondern auf ein ... Phantom, das möglicherweise gar nicht existierte?

Daria räusperte sich und senkte ihren Blick auf die Tischplatte. »Das ist nicht gerade fair«, sagte sie dann so ruhig wie möglich.

»Was meinen Sie?« Amende schien ernsthaft verwundert, aber sie glaubte ihm nicht, dass er nicht verstand, worauf sie anspielte.

»Der Schleicher ist ein Gerücht. Wahrscheinlich gibt es ihn gar nicht und seine angeblichen Taten sind nichts als eine Reihe von Unfällen. Wenn Sie mir den Schinder-Fall nicht mehr zutrauen, dann lassen Sie uns offen darüber reden und mich Ihnen beweisen, dass ich meiner Aufgabe nach wie vor gewachsen bin, aber mich auf einen Mörder anzusetzen, den sich vermutlich irgendein Verschwörungstheoretiker oder die Presse ausgedacht hat, ist einfach nur ...«

»Frau Storm.« Amende beugte sich zu ihr vor. »Hören Sie auf, das bockige Kind zu spielen. Das steht Ihnen nicht.«

Empört sah sie ihn an und spürte, wie sich alles in ihr gegen die ganze Situation sträubte. Das konnte er einfach nicht machen – er konnte sie nicht von ihrem Fall abziehen. »Es geht hier um meine Tochter«, erwiderte sie heiser. »Sie wissen doch, dass ich sie erst zurückbekomme, wenn Winterberg wieder hinter Gittern ist. Niemand hat so eine starke Motivation, ihn zu schnappen wie ich. Vertrauen Sie mir.«

Amende schüttelte den Kopf. »Sie verstehen mich nicht. Ich will Ihnen nichts Böses. Ich halte Sie auch nicht für unqualifiziert. Wenn Sie mir eins glauben können, dann, dass ich weiß, was für einen enormen Antrieb es bedeutet, um das eigene Kind zu kämpfen.«

Daria war sofort klar, worauf er anspielte. Vor noch nicht einmal drei Monaten war sein eigener Sohn von einem perfiden Serienmörder, dem sogenannten Scharfrichter, entführt worden. Dem Täter, einem jungen Medizinstudenten, war es darum gegangen, den Schinder aus dem Gefängnis freizupressen. Der kleine Adrian hatte glücklicherweise gerettet werden können, was in erster Linie Darias Team zu verdanken war. Allein schon deshalb durfte er sie nicht daran hindern, um ihr eigenes Kind zu kämpfen!

Sie richtete sich ein Stück auf und schloss die Hände um die Armlehnen ihres Stuhls. »Dann lassen Sie mich weiter meine Arbeit machen. Um diesen angeblichen neuen Serienmörder kann sich doch ein anderes Team kümmern!«

Amende wirkte für einen Moment fast traurig. »Sie verstehen mich immer noch nicht. Ich ziehe Sie nicht vom Schinder-Fall ab, um Ihnen zu schaden, Daria. Doch der Schleicher-Fall hat im Moment einfach größere Priorität.«

»Aber das fällt doch noch nicht einmal in unseren Zuständigkeitsbereich«, widersprach sie. »Keiner der Morde hat in Berlin stattgefunden, oder täusche ich mich?«

»Nein, tun Sie nicht. Der Schleicher tötet deutschlandweit, in Berlin gab es jedoch noch keinen Fall.« Amende tippte mit dem Finger auf die Akte. »Der neueste Mord hat sich an der Ostsee ereignet. Und zwar *heute*. Die Sache ist ganz frisch. Und darum werden Sie und Ihr Team sich auch sofort auf den Weg dorthin machen. Sie richten sich dort ein und übernehmen die Ermittlungen von den Kollegen vor Ort, ich habe das schon alles geregelt. Wir haben genug fähige Leute, die sich derweil um Maxim Winterberg kümmern können. Aber ein flüchtiger Serienmörder, der seit Monaten nicht zugeschlagen hat, ist nun einmal von geringerer Priorität als die tickende Zeitbombe, die der Schleicher zu sein scheint. Seine Morde sind, wenn man sie erst als solche enttarnt hat, furchtbar. Lesen Sie die Akte, Frau Storm. Der Schleicher existiert. Er ist skrupelloser, als es der Schinder je war. Und Sie müssen ihn stoppen.«

Daria spürte einen Kloß in ihrem Hals und riss sich zusammen, so gut sie konnte, um nicht vor ihrem höchsten Vorgesetzten in Tränen auszubrechen. »Warum mein Team?«, fragte sie dann. »Wieso nicht Kollegen aus Hamburg oder Rostock oder ...?«

»Weil Sie aktuell die Besten sind. Ihr Erfolg im Falle des Schinders und des Scharfrichters haben nicht nur die Öffentlichkeit, sondern auch die da oben ganz schön beeindruckt. Wenn Sie sich der Sache annehmen, dann fühlen die Menschen sich sicher. Und der Schleicher weiß, dass er in Bedrängnis geraten wird.« Er schob die Akte näher an Daria heran, als könne er sie so zwingen, sich mit dem Fall anzufreunden.

Feindselig blickte sie auf die Mappe hinunter.

Erstinformationen SoKo Schleicher hatte jemand mit schwarzem Filzstift auf den Deckel geschrieben.

Sie biss die Zähne zusammen, schüttelte den Kopf. Er konnte ihr noch so viel Honig um den Mund schmieren – der Schinder-Fall war für sie etwas Persönliches, verstand er das denn nicht?

Sie spürte seinen Blick auf sich ruhen und hörte, wie er Luft holte, ehe er weitersprach. »Es ist nicht so, dass Sie eine Wahl hätten, Daria. Am Ende des Tages entscheide immer noch ich, an welchem Fall Sie arbeiten.« Er lehnte sich in seinem Stuhl zurück, hörte jedoch nicht auf, sie zu taxieren. »Aber ich schätze, ich habe einen weiteren Anreiz für Sie«

Was kam nun? Vielleicht eine Drohung, dass er sie doch noch beurlauben würde, wenn sie sich weigerte?

»Machen Sie Ihren Job«, fuhr Amende fort, »und ich verspreche Ihnen, dass ich mich in der Zeit für Sie einsetzen werde, was Ihre Tochter angeht.«

Schnell sah sie auf.

Amendes Blick ruhte fest und klar auf ihr. »Ich kenne einflussreiche Leute. Und eine Hand wäscht die andere, vergessen Sie das nicht.«

Endlich gelang es Daria, den Kloß, der ihre Kehle verschloss, hinunterzuschlucken.

»Ist das Ihr Ernst?«

Amende nickte. »Ich tue, was ich kann. Aber nur, wenn ich kann. Sollte ich allerdings mit anderen Dingen beschäftigt sein, so wie mit dem Schleicher, dann kann ich natürlich nicht versprechen, dass ich die Zeit aufbringen kann und Kristin – «

»Schon gut, ich habe verstanden. Ich werde mich um den Fall kümmern und Sie lassen Ihre Kontakte bezüglich meiner Tochter spielen.«

»Sie haben es tatsächlich verstanden.« Amendes breites Lächeln verursachte ihr Übelkeit.

Ließ sie sich gerade wirklich von ihrem Chef erpressen? Nein, so durfte sie das nicht sehen. Er war ihr Vorgesetzter; wenn er ihr eine Aufgabe gab, dann hatte sie sie zu bewältigen. Dass er ihr dabei entgegenkam und einen Gefallen anbot, war nicht selbstverständlich.

»Wir fahren heute noch?«, fragte sie.

»Ja. Klären Sie diese Angelegenheit für uns. Wenn wir eines nicht brauchen, dann ist das die dritte Mordserie in Folge.«

Daria spürte endlich, wie sie neuer Tatendrang überflutete. Sie nahm die Akte vom Tisch und stand auf. »Was die Sache mit meiner Tochter angeht: Ich verlasse mich da auf Sie.«

Damit wandte sie sich vom Tisch des Polizeipräsidenten ab und ging zur Tür.

»Kommissarin Storm?«

Über die Schulter blickte sie zu ihm zurück.

»Da wäre noch etwas, eine Formalität. In diesem Fall arbeiten Sie nicht Hauptkommissar Franco Rossi, sondern *mir* zu. Alle Informationen gehen direkt an mich. Wenn Sie den Schleicher haben, dann informieren Sie mich, und zwar *nur* mich. Haben Sie verstanden?«

Daria nickte, auch wenn sie keine Ahnung hatte, was das sollte. Doch so, wie die Dinge lagen, war ihr das auch herzlich egal. Sie wäre für Amende durch einen brennenden Reifen gesprungen, wenn ihr das Kristin zurückgebracht hätte.

»Keine Zusammenarbeit mit der Polizei vor Ort, keine Absprachen mit Rossi und kein Wort zur Presse. Kristin wird es Ihnen danken, wenn ich mich auf sie verlassen kann und keine ... Schadensbegrenzung betreiben muss.«

Daria nickte erneut. »Ich habe verstanden und wir werden ihn kriegen. Verlassen Sie sich drauf.« Damit verließ sie Wolf Amendes Büro.

Kapitel 11

In der Ferne zuckte ein Blitz über den wolkenverhangenen Himmel. Das Meer tobte und ließ jetzt in immer kürzeren Abständen schaumige Wellen an den Strand branden. Es stürmte so stark, dass der Regen waagerecht gegen das Fenster der kleinen Pension peitschte, in die sich Daria und ihr Team eingemietet hatten. Neben ihr und Martin waren Izabela, O'Leary und Steiner mitgekommen. Mickey unterstützte Pia und Lea zu Hause in Berlin.

Hier würden sie also die nächsten Wochen arbeiten. Oder Tage, wenn es nach ihr ging. Je schneller sie diesen Fall zu Amendes Zufriedenheit zu Ende brachten, desto schneller würde sich etwas in Sachen Kristin tun.

Sie verscheuchte den Gedanken und ließ den Blick schweifen. Die Promenade war fast ausgestorben, nur ein junger Mann in Lederjacke und schweren dunkelroten Stiefeln schlenderte durch den Regen, als würde ihm das Wetter nichts ausmachen. Der Wind zerrte an der Mütze auf seinem Kopf, doch das schien er gar nicht zu bemerken. Gebannt starrte er auf ein Smartphone in seinen Händen. Dann schoss er ein Foto vom Gewitterhimmel und setzte seinen Weg fort. Einen kurzen Moment fragte sich Daria, wem er das Bild wohl schicken würde, doch dann riss sie Martin aus ihren Gedanken. Er kam mit einem Koffer ins Zimmer gepoltert und schüttelte die Nässe von seiner Kleidung ab wie ein Hund nach einem Bad.

»So ein Dreckswetter«, schimpfte er und ließ die Tür hinter sich ins Schloss fallen.

Daria drehte sich zu ihm um und lächelte. Im gedämpften Licht der Lampe, die an einem der Querbalken im Zimmer befestigt war, konnte sie Martin nur schemenhaft erkennen.

»Willkommen zu Hause, Schatz«, sagte sie und trat auf ihn zu. Sie hatte beschlossen, den neuen Fall auch für einen Neuanfang zwischen ihnen zu nutzen. Ab sofort würde sie Martin nicht mehr das Gefühl vermitteln, dass sie drauf und dran war, komplett durchzudrehen oder vom nächsten Hochhaus zu springen. Keine Angriffsfläche – wie sie es sich vorgenommen hatte. Wenn sie diesen Killer gemeinsam schnappen wollten, dann musste sich ihr Partner genau wie sie auf den Fall konzentrieren können, anstatt sich dauernd Sorgen um sie zu machen.

»Zuhause auf Zeit.« Martin stellte den Koffer ab und schloss sie in die Arme. Dann seufzte er. »Das ist also die Sonneninsel Usedom.«

»Das Wetter ist erst so schlecht, seit der Schleicher hier herumschleicht.« Daria half ihm aus der tropfnassen Jacke und hängte sie über einen der Holzstühle, die es in diesem Zimmer in jeder freien Ecke zu geben schien.

»Der Schleicher, ja«, schnaubte Martin und schüttelte den Kopf. »Dass Amende an diesen Unsinn glaubt. Hat er schon mal was vom Sommerloch gehört?«

»Amende wird schon wissen, was er tut«, sagte sie ausweichend. Sie hatte einen Blick in die Akte geworfen, aber diese war noch so gut wie leer. Viel mehr als das, was sie in der Radiosendung gehört hatte, stand nicht darin, wobei in der Akte nicht einmal auf die Einzelfälle eingegangen worden war. Daher war auch sie sich alles andere als sicher, weshalb der Polizeipräsident so fest an die Existenz des Schleichers glaubte. Doch das würden sie schon herausfinden.

»Ich will es hoffen.« Martin machte ein paar Schritte durch das Zimmer und sah sich um.

Daria tat es ihm gleich. Die Einrichtung war gemütlich. Es war trotz des Regens schön warm und die Pension lag so nah am Meer, dass man es bei geöffnetem Fenster sicher rauschen hören konnte. Wären sie privat hier, hätte es ihr sicherlich gefallen.

»Aber trotzdem ...« Martin ließ sich auf ein bequem aussehendes Sofa fallen und schaute nach draußen. »... verstehe ich ein paar Dinge an der ganzen Angelegenheit nicht. Warum diese Heimlichtuerei? Weshalb sollen wir Rossi raushalten? Ich meine, gut, Amende ist der Boss, aber für ihn einfach mal gegen die Dienstvorschriften verstoßen? Ich weiß nicht, Daria. Irgendwas ist faul an der Sache.«

Daria ließ sich neben ihn auf die Couch fallen. »Zerbrich dir nicht seinen Kopf. Machen wir unseren Job und fertig.« Natürlich interessierte auch sie in Wahrheit, was hinter Amendes seltsamen Anordnungen steckte. Aber sie würde keine Zeit damit verschwenden, sich wegen ihm Gedanken zu machen.

Martin legte den Arm um sie. »Ich sage dir, was ich glaube: Sein Ego ist durch die Entführung seines Sohnes angeknackst und er will die Lorbeeren einkassieren, wenn wir den Täter gefasst haben. Er will sich als strahlender Held darstellen und sein Image so wieder aufpolieren.«

»Von mir aus kann er das gerne tun«, sagte Daria nachdenklich und lehnte ihren Kopf an seine Schulter, um sich noch einmal zu sammeln, ehe es losging. Um die Lorbeeren war es ihr nie gegangen – sondern um die Arbeit selbst. Darum, die Menschen zu schützen. Die, die ihr am Herzen lagen, allen voran ihre Tochter, wollte sie erst recht beschützen. Und sie würde.

»Warten wir's ab.« Martin streichelte ihr übers Haar.

Dann klopfte es auch schon und ehe einer von ihnen etwas sagen konnte, reckte ihr neuer Kollege Ian O'Leary den Kopf durch die Tür. Instinktiv wollte Daria von Martin wegrutschen – dann fiel ihr ein, dass das nicht mehr nötig war. Seit sie zusammengezogen waren, machten sie kein Geheimnis mehr aus ihrer Beziehung. Rossi war nicht begeistert gewesen, hatte dann aber beschlossen, sie trotzdem beide weiter in seiner Einheit zu beschäftigen. Im Scharfrichter-Fall hatte die Tatsache, dass sie ein Paar waren, ihre Arbeit ja auch nicht negativ beeinflusst.

»Die Kollegen haben den Tatort für uns freigegeben. Wir können direkt los.« Der Tatendrang, der von ihrem neuen Mitarbeiter ausging, war direkt ansteckend.

»Wie weit ist es?«, fragte Daria, während sie schon aufstand und nach ihrem klammen Mantel griff.

O'Leary grinste schief, was ihn gleich ein bisschen freundlicher wirken ließ. »Zehn Minuten – zu Fuß. Das hier ist ein kleiner Ort auf einer kleinen Insel. Ich fühle mich fast schon zu Hause.«

Daria war überrascht. In der Akte hatte sie gelesen, dass es sich bei dem aktuellen Tatort um ein früheres Kindersanatorium und Waisenhaus handelte. So einen Ort hatte sie eher weiter draußen vermutet.

»Dann los«, sagte sie und war schon unterwegs in Richtung Tür. »Und macht euch auf etwas gefasst. Amende hat mich gewarnt, dass die Schleicher-Tatorte ziemlich schlimm sind.«

»Ich zittere schon«, hörte sie einen der beiden Männer sagen, als sie bereits draußen war. Wer es war, konnte sie in diesem Moment nicht ausmachen.

Kapitel 12

Der Regen ließ nach, während Daria ihren Astra durch die friedlichen Straßen des Städtchens lenkte. Sie kamen vorbei an unzähligen kleinen Häuschen, teils mit Reetdach gedeckt, in deren Vorgärten Schilder auf größtenteils belegte Ferienwohnungen hinwiesen. Kurz war sie abgelenkt von der entspannten Schönheit des Örtchens. Dann, auf einmal, erhob sich vor ihr ein riesiger, verwinkelter Gebäudekomplex. Daria bog nach rechts ab, fuhr daran entlang und entdeckte morsche Balkone, kleine Türmchen und blinde Fenster, hinter deren eingeschlagenen Scheiben schon jetzt verrottende, graffitiübersäte Flure zu erkennen waren. Flure wie die, durch die Daria in den vergangenen Jahren mehr als einmal geschlichen, geirrt oder gerannt war. Im Inneren waren diese Lost Places alle gleich: Es roch nach Schimmel, beinahe weihrauchartig, Scherben barsten unter jedem Schritt und die leeren Gänge mit den vielen Türen, hinter denen sich Gott weiß was verbergen mochte, nahmen und nahmen kein Ende.

Willkommen zu Hause, flüsterte eine spöttische Stimme in Darias Kopf. Sie erkannte sofort, wem sie gehörte.

»Hier ist es«, sagte sie und fuhr rechts ran, während sie aus dem Augenwinkel beobachtete, wie Martin den Sitz seiner Dienstwaffe überprüfte.

»Ihr erstes Mal?«, fragte Izabela O'Leary, der, wie Daria durch den Rückspiegel beobachtete, ziemlich beeindruckt schien.

»Nein. Aber das erste Mal an so einem Ort. Ach, und *Ian*, bitte.«

»Viel Vergnügen, Ian. Machen Sie sich auf Ratten und gebrauchte Spritzen gefasst.« Damit stieg Izabela aus.

O'Leary, Daria und Martin folgten ihrem Beispiel, Ersterer mit einem Grinsen auf den Lippen. Steiner war in der Pension geblieben, um ihnen dort ein notdürftiges Büro einzurichten. Der Kommissar mit den feinen Zügen schien wie Mickey kein großes Interesse an frischen Tatorten zu haben. Daria war da anders und sie wusste, dass Martin, Izabela und auch O'Leary ähnlich tickten. So grausam das sein mochte: Sich den Schauplatz eines Verbrechens anzusehen, kurz nachdem die Tat geschehen war, bedeutete Adrenalin im Blut. Es bedeutete, sich inmitten all des Todes, mit dem man Tag für Tag konfrontiert wurde, extrem lebendig zu fühlen. Zumindest für eine gewisse Zeit. Und es bedeutete neuen Antrieb, den Mistkerl zu schnappen, der für die Bluttat verantwortlich war. Den jedoch benötigte Daria diesmal gar nicht. Sie war bereit – so was von bereit.

Aber ihr Tatendrang wurde fürs Erste ausgebremst, denn es war nicht, wie besprochen, jemand hier, um sie zu empfangen. Es wunderte sie auch, dass ihr Auto das einzige weit und breit war. Das schmiedeeiserne Tor, vor dem sie geparkt hatte, lag verlassen da. Die freie Fläche davor war nicht von Streifenwagen und Fahrzeugen der Spurensicherung bevölkert, wie es eigentlich hätte sein sollen. Merkwürdig. Oder vielleicht auch nicht, in Anbetracht des seltsamen Verhaltens, das Amende bei diesem Fall an den Tag legte.

»Wann ist die Leiche gefunden worden?«, fragte sie.

»Heute im Morgengrauen«, erwiderte O'Leary.

Daria runzelte die Stirn. Und dann sollte am Nachmittag alles schon gelaufen sein? Na ja, vielleicht parkten die Kollegen auf dem Gelände. Sie trat auf das Tor zu, doch dort stand sie gleich vor dem nächsten Problem: Es war mit einer dicken Kette verschlossen.

»Sind wir hier vielleicht falsch?«, mutmaßte Izabela und verschränkte die Arme vor der Brust. Der goldene Verlobungsring, den Robin ihr vergangenen Monat angesteckt hatte, funkelte an ihrem Finger. Doch Daria verspürte weder Wut noch Eifersucht oder sonst etwas. Sie gönnte Robin mittlerweile sein Glück, auch wenn sie es nach wie vor nicht guthieß, wie er ihre gemeinsame Tochter erzog – aber das stand auf einem ganz anderen Blatt.

»Sie meinen, wir hätten zu dem anderen fünfzigtausend Quadratmeter großen verlassenen Sanatorium hier in Zinnowitz gemusst?«, fragte O'Leary, mit dessen Humor Izabela offenbar nicht viel anfangen konnte, denn anstelle eines Lächelns erschien nur eine steile Falte zwischen den Brauen auf ihrem Gesicht.

»Rufen wir auf der Wache an«, sagte Daria und zückte ihr Handy, doch ehe sie dazu kam, auch nur die erste Ziffer zu wählen, vernahm sie auf einmal lautes Rascheln aus den Büschen jenseits des Tors. Blitzschnell blickte sie auf, ihre Hand legte sich an ihre Waffe, und im nächsten Moment fragte sie sich selbst, mit wem sie gerechnet hatte und ließ die Hand unauffällig wieder sinken. Der Mann, der aus dem Dickicht auftauchte, war ungefähr zehn Jahre älter als sie, hatte halblanges Surferhaar, das langsam ergraute, und wettergegerbte Haut.

»Da sind ja die Spezialisten aus Berlin!«, rief er, während er auf der anderen Seite des Zauns zum Stehen kam und sie voller Begeisterung musterte.

»Äh, ja, und Sie sind?«, erwiderte Daria leicht überrumpelt.

»Stefan Ziegler, Kripo Greifswald, ich bin hier zuständig.« Sogleich nahm Zieglers breites Lächeln einen verlegenen Zug an und er deutete auf den Zaun, der ein Stück rechts von ihm ein großes Loch aufwies. »Wenn Sie einfach zu mir durchkommen würden?«

»Weshalb öffnen Sie nicht das Tor?«, fragte Martin misstrauisch.

Wieder verzog Ziegler das Gesicht. »Na ja, weil der Besitzer des Grundstücks im Urlaub ist und wir nicht an den Schlüssel kommen.«

»Dann hätten Sie es einfach aufbrechen können.«

»Das wäre aber ziemlich unhöflich gewesen.«

Martin schüttelte den Kopf und schob sich vor Daria. »Zeigen Sie mir Ihre Marke, Ziegler. Dann reden wir weiter!«

Daria verstand Martins Misstrauen. Seit dem letzten Fall, bei dem sich der Scharfrichter als Polizist ausgegeben hatte, war er extrem vorsichtig geworden.

Ziegler lachte leise, dann zeigte er Martin seinen Polizeiausweis. »Ganz der Profi, was? Wir auf der Insel sehen die Dinge etwas lockerer, nehmen Sie mir das bitte nicht übel. Und jetzt kommen Sie, ehe uns die Leiche zu verwesen beginnt!«, scherzte er.

Daria schob Martin voran und er durchkletterte endlich das Loch im Zaun.

»Ist der immer so ein Prinzipienreiter?«, raunte O'Leary ihr zu, während er Izabela durch die schmale Öffnung half. Sie hätte darauf eine Menge zu erwidern gehabt, aber ehe sie dazu kam, ergriff eine Hand ihre und schüttelte sie kräftig.

»Daria Storm. Die Frau, die den Schinder gefangen hat. Es ist mir eine Ehre, Sie endlich kennenzulernen!«

»Danke«, sagte Daria ein wenig irritiert und erwiderte Zieglers Händedruck, ehe sie ihre Finger aus seinem feuchten Griff löste.

»Wir haben hier alle den größten Respekt vor Ihnen und Ihren Leuten«, fuhr Ziegler fort. »Und wir sind wirklich froh, dass Sie hier sind, denn mit solch großen Fällen haben wir es normalerweise nicht zu tun. Im letzten Jahr hatten wir keine zehn Morde im ganzen Bundesland, und jetzt soll sich hier ein Serienmörder herumtreiben!«

Er sagte das Wort *Serienmörder* wie jemand, der gerne Krimis las. Als verberge sich etwas Mystisches oder Geheimnisvolles hinter dem Begriff.

»Bringen Sie uns rein, Ziegler«, sagte sie, »und hoffen Sie lieber, dass sich hier kein Serienmörder herumtreibt.«

Sie selber war nach wie vor hin- und hergerissen. Einerseits glaubte sie nicht an den Schleicher und hielt die ganze Geschichte um ihn weiterhin für einen Internetmythos. Andererseits allerdings hoffte sie, dass sich einer der vermeintlichen Unfälle eindeutig als Mord identifizieren ließ. Nur so konnten sie endlich mit ihrer Arbeit beginnen. Solange Daria – und auch die anderen – glaubten, ein Phantom zu verfolgen, würden sie keinen Erfolg haben. Sie beschloss, die ganze Sache aus der anderen Richtung zu betrachten, schließlich schien sich Amende aus irgendwelchen Gründen mehr als sicher zu sein, dass sie keinem Internetgerücht hinterherjagten. Sie würde erstmal jeden angeblichen Unfall als Mord betrachten und von der Existenz des Schleichers ausgehen. Entwarnung geben konnte man schließlich immer noch.

Wenn sie es so betrachtete, dann erschien ihr der ganze Einsatz gleich viel weniger als sinnlose Beschäftigungstherapie. Der Schleicher tarnte seine Morde also als grausame Unfälle. Sie würden hier demnach erst in einer Sackgasse stecken, wenn sich die Leiche gleich als Unfalltoter erwies.

Ziegler lachte unbestimmt, dann wandte er sich dem Dickicht zu. »Folgen Sie mir. Und stolpern Sie nicht. Das ist der reinste Urwald hier!«

Daria glaubte, dass er übertrieb, doch im nächsten Moment bekam sie zu spüren, was er meinte: Der Wald, durch den sie sich schlugen, war so dicht, dass es sich anfühlte, als würden die Ranken und niedrigen Zweige sie festzuhalten versuchen. Trotz des Regens, der gerade erst gefallen war, war das Grün an vielen Stellen trocken, so dicht war das Blätterdach über ihnen und die Bäume standen so eng, dass die Gebäude des alten Waisenhauses von dieser Stelle aus kaum sichtbar waren.

»Wir haben es gleich geschafft!«, sagte Ziegler, und tatsächlich erreichten sie wenige Meter darauf eine geteerte Straße, die einst als Zufahrt gedient haben musste.

Nun waren auch die Gebäude wieder sichtbar – hell gestrichen, jedoch schmutzig vom Wetter ragten sie jenseits der Bäume in den Himmel. Bereits zum zweiten Mal seit ihrer Ankunft fiel Daria die enorme Größe des Geländes auf. Es wirkte überdimensioniert für so eine kleine Stadt auf einer ebenfalls kleinen Insel. Komisch, dass es nicht längst abgerissen worden war, um Platz für mehr Ferienwohnungen zu schaffen.

»Kommen Sie, hier entlang.« Ziegler ging weiter vor und sie kamen an ein paar alten, halb in sich zusammengefallenen Holzverschlägen vorbei, die vielleicht einmal Ställe gewesen waren.

Dann mussten sie eine Treppe hinauf, auf deren rechter Seite sich ein windschiefes Hexenhäuschen erhob. Vernagelte Fenster im Erdgeschoss, eingeschlagene im ersten Stock. Ein löchriges Dach, ein halb heraushängendes, offenbar verlassenes Vogelnest.

»Sie müssen verzeihen, dass ich Ihnen nicht allzu viel über das Gelände erklären kann«, sagte Ziegler vor ihnen. »Es ist sehr groß und eigentlich ist dieser Wald schon ein Erlebnis für sich. Wir haben seltene Bäume, wir haben ein verlassenes Wildgehege ... Aber wenn man hier lebt, bemerkt man es irgendwann gar nicht mehr, genau wie das alte Kulturhaus.«

»Kulturhaus?«, hakte Daria nach.

»Ja, ein weiteres leerstehendes Gebäude, direkt im Ortskern.«

Daria runzelte die Stirn. Hier, mitten in einer Wohngegend, fand sie es ja schon komisch, so einen gewaltigen verlassenen Ort vorzufinden. Aber richtig zentral? Störten sich die Touristen denn nicht daran? Doch je näher sie den Gebäuden kamen, desto mehr musste auch sie sich eingestehen, dass ihr finsterer erster Eindruck von dem früheren Sanatorium nicht ganz richtig oder wohl eher ihren schlechten Erfahrungen geschuldet gewesen war. Nun, da das Unwetter fort war, brach die Sonne durch die Bäume und tauchte die Gebäude in goldenes Licht. Feiner weißer Wasserdampf kräuselte sich vom Boden auf, die Luft roch nach Blüten, nach Salz, nach Sommer.

Eigentlich war es richtig idyllisch hier. Aber Daria fühlte sich eher, als wäre sie auf dem Weg in ein Minenfeld. All ihre Sinne waren schon jetzt in höchster Alarmbereitschaft und es kam ihr nicht vor, als sei sie auf dem Weg, eine Leiche zu begutachten, sondern als sei sie auf der Jagd. Nun ja, genau genommen war sie das ja auch. Das hier war der erste Schritt in Richtung Schleicher. Hier würden sie seine Witterung aufnehmen.

Sie sah zu, wie Ziegler vor dem alten Gebäudekomplex stehen blieb und mit O'Learys Hilfe eine Spanplatte beiseite schob, die lose vor einer schweren, hölzernen Tür gelehnt hatte. Dann öffnete er sie und eine Wolke aus Staub ergoss sich in die sommerliche Luft.

Es ging also los.

Kapitel 13

Maxim war immer noch wütend. Wütend darüber, dass er sich so hatte vorführen lassen. Diese Blondine zu überwältigen, hätte ein Leichtes für ihn sein sollen – stattdessen hatte sie ihn betäubt und gefesselt, und er machte sich nichts vor: Sie hätte ihn töten können. Dass sie es nicht getan hatte, war nicht sein Verdienst.

Während er durch die Straßen des kleinen Ferienortes lief, den Blick gesenkt hielt und versuchte ein Schatten zu sein, wurde ihm klar, dass ihm die Monate der Flucht wohl mehr zu schaffen gemacht hatten als gedacht. Noch vor Kurzem hatte er einen anderen Serienmörder aus der Welt geschafft, als wäre er nichts als eine lästige Fliege gewesen. Genau so hätte er es mit der Blondine machen sollen. Stattdessen hatte er sie im Kulturhaus zurückgelassen, als wäre er der naivste Idiot auf Erden. Was hatte er geglaubt, das nun folgen würde? Hatte er gedacht, dass sie einfach dorthin verschwand, wo auch immer sie hergekommen war, und die Sache auf sich beruhen ließ?

Er hatte ihr Gesicht gesehen. Er wusste, dass sie eine Mörderin war. Und er hatte ihr eine Abfuhr erteilt. Dabei hätte er wissen sollen, dass man Frauen wie ihr nicht einfach Abfuhren erteilte. Sie würde einen Weg finden, ihrem Ärger Luft zu machen. Und er musste dafür sorgen, dass er diesmal besser gewappnet war.

Aber dafür brauchte er zuerst einmal Schlaf.

Doch konnte er überhaupt noch ruhig schlafen, wenn ihm dieses blonde Monster auf den Fersen war?

Als er aus dem Kulturhaus abgehauen war, hatte bereits der Morgen gegraut und er war zu aufgewühlt gewesen, um sich hinzulegen. Also war er durch die Straßen und über die Promenade gestreift, hatte den Bernsteinsammlern, den Anglern und den Brötchen holenden Touristen zugesehen. Dabei hatte er immer wieder an sein eigenes normales Leben denken müssen. Früher, noch vor wenigen Jahren, war er einer von ihnen gewesen. Er hatte eine Ehefrau gehabt, ein mehr als gutes Einkommen als Wissenschaftler, Buchautor und Polizeiberater, dazu eine ganze Horde an Bewunderern. Manchmal fehlte ihm diese Zeit, in der er noch heimlich der Schinder gewesen war. Ihm fehlte die Freiheit, überall hingehen und sich überall zeigen zu können, Gespräche zu führen und Hände zu schütteln, ohne dass die Menschen auch nur im Geringsten ahnten, was *seine* Hände schon alles getan hatten.

Aber er konnte die Zeit nicht zurückdrehen.

Er erreichte den Zaun des alten Waisenhauses und lief eine Weile daran entlang. Es gab mehrere Zugänge zum Gelände, doch nur einer lag ihm versteckt genug, und um dorthin zu gelangen, musste er es fast in Gänze umrunden. Er zog seinen Schal enger um den Hals und hielt sich im Schatten der Bäume, auch wenn die Luft hier deutlich kühler war als in der Sonne. Er war froh, dass er den Regenschauer im Schutz einer überdachten Bushaltestelle über sich hinwegziehen lassen hatte. Nasse Kleider waren ein Problem, wenn man quasi obdachlos war. Er musste ...

Auf einmal stoppten seine Füße ganz automatisch und seine Beine verweigerten ihm einfach den Dienst. Er starrte vor sich, als wäre dort ein Geist aufgetaucht. Doch der wahre Grund war das Auto, das vor einem der Grundstückstore stand. Es war ein blauer Astra und er wusste auf der Stelle, wem dieser Wagen gehörte.

Zuerst glaubte er dennoch, dass er sich täuschte. Er musste sich einfach täuschen. Dann warf er einen Blick aufs Kennzeichen. Ein B für Berlin, dann ein D und ein S. Und dann die Zahl 404, die, wie er wusste, für den Geburtstag von Kristin stand – Daria Storms Tochter.

Das ist ihr Wagen, zischte eine Stimme in seinem Inneren. *Es gibt keinen Zweifel, sie ist hier.*

Das war unmöglich. Doch als Maxim langsam den Kopf in Richtung Zaun drehte, war er sich sicher, dass er sie spüren konnte. Daria, seine Jägerin war hier. Sie hatte sein Versteck aufgespürt.

Und er wusste genau, wem er das zu verdanken hatte.

Den Grundstein habe ich schon gelegt ...

Mit einem Mal war sein Zorn auf das blonde Biest nicht mehr halb so stark wie zuvor.

Kapitel 14

Eindrücke strömten auf sie ein: die geborstenen Bodenfliesen, wie von feinen Spinnennetzen durchzogen. Schutt, Müll und Laub, das sich in den Ecken auftürmte. Ein alter Kamin, der nicht so recht in den zugigen Eingangsbereich des Gemäuers passen wollte. Und natürlich Türen, die in andere Räume führten. Eine Taschenlampe benötigten sie nicht, von draußen drang genug Licht herein, um all diese Details bestens erkennen zu lassen. Auf den schmuddeligen Wänden ließen die Bäume sogar Sonnenreflexe tanzen, als wolle das Gemäuer nun selbst beweisen, wie harmlos es war. Daria konnte tatsächlich nichts Ungewöhnliches feststellen – bis auf die Stille. Es war vollkommen ruhig hier drinnen: keine Stimmen, keine Schritte, noch nicht einmal das Klicken eines Fotoapparates.

»Wo sind Ihre Leute, Ziegler?«, wollte sie wissen.

Der Kommissar blieb am Fuße einer Treppe stehen, deren Geländer einfach fehlte, und sah sie an. »Meine Leute? Die sollte ich doch abziehen, sobald die Spurensicherung abgeschlossen ist. Anweisung von Ihrem Boss aus Berlin.«

»Davon wusste ich noch nichts«, sagte Daria. Doch das stimmte nicht so ganz. Amende hatte ja gesagt, dass sie nicht mit der örtlichen Polizei zusammenarbeiten sollten. Dass er allerdings so weit ging, hätte sie nicht geglaubt.

Normalerweise waren an einem frischen Tatort immer Polizisten. Selbst wenn die Erstbegehung vorbei war, wurde er bewacht, bis die Leiche durch den Bestatter in die Rechtsmedizin gebracht worden war, und manchmal noch darüber hinaus.

Die Sache war wirklich äußerst merkwürdig.

»Wie dem auch sei, außer mir und Ihnen ist niemand hier.« Ziegler setzte wieder sein überfreundliches Lächeln auf. »Aber bei allem, was ich über Sie gehört habe, schaffen Sie das auch allein, hm?« Daria sah, dass sein Augenlid leicht zuckte, ehe er sich wieder der Treppe zuwandte. Wurde er jetzt doch noch nervös? »Kommen Sie. Und passen Sie auf. Ich möchte keinen von ihnen mit gebrochenem Genick hier unten liegen sehen.« Damit nahm er die ersten Stufen in Angriff.

Daria folgte ihm mit Martin dicht auf den Fersen. Überall lag Geröll, an manchen Stellen wucherte altes Stahlseil aus der Wand wie die Äste eines Baumes, der sich dort drin versteckte. Man musste höllisch aufpassen. Ein Blick nach hinten verriet ihr, dass sich Izabela bei O'Leary untergehakt hatte, der die Rolle des Gentleman mit einem zufriedenen Grinsen auf den Lippen spielte.

»Verdammte Ruinen«, zischte Izabela.

Daria wandte sich wieder nach vorn. Hier erstreckte sich nach links und rechts ein langer Flur, von dem zahllose Türen abgingen. Reste von Blümchentapeten klebten noch an den Wänden und Darias Eindruck des alten Gemäuers bestätigte sich: Es wirkte friedlich, freundlich, als läge es im Dornröschenschlaf. Auch hier oben war alles verdreckt, Teenager hatten Bierdosen und zerfledderte Comichefte hinterlassen. Aber das Sonnenlicht, das durch die Fenster in den angrenzenden Räumen in den schmalen Korridor strömte, tauchte ihn in ein roséfarbenes Licht und ließ die Vorstellung, dass hier irgendwo ein Mordopfer liegen sollte, geradezu absurd erscheinen.

»Hier entlang«, sagte Ziegler, der schlagartig die Stimme gesenkt hatte, als würden sie belauscht.

Daria folgte ihm und blendete dabei alle anderen aus. Martin, der Ziegler immer wieder argwöhnisch musterte, Izabela und den neuen Kollegen genauso. Sie lauschte auf ihren eigenen Herzschlag, der sich nun spürbar beschleunigte. Gleich würde sie eine Leiche sehen. Ein weiteres Bild, das sich tief in ihr Gedächtnis brannte, sich ihrer inneren Totengalerie hinzufügte.

»Hier ist es.« Ziegler blieb vor einem Raum stehen. Die Tür war zerstört, zersplitterte Holzlatten lagen überall herum. Schon bei den anderen Zimmern war Daria aufgefallen, dass die Türen teils fehlten oder schief in den Angeln hingen, aber so dermaßen kaputt war bisher keine gewesen.

»Dann toben Sie sich mal aus«, sagte Ziegler und wies ins Innere des Raumes.

Daria sah ihn an, dann trat sie vor und zögerte einen allerletzten Moment. Dies würde sie also sein, ihre erste Begegnung mit dem Werk des mysteriösen Schleichers.

Sie atmete noch einmal tief durch, dann drehte sie sich zu dem Raum hinter der zersplitterten Tür um. Es war ein altes Badezimmer, die Fliesen an den Wänden noch intakt, die betonierten Wannen zertrümmert. Und inmitten der Trümmer lag jemand auf dem Boden und sah sie an.

Es war ein Mann, vielleicht Mitte 30, dunkel gekleidet, das braune Haar kurz geschnitten und an den Seiten abrasiert. Er lag auf dem Rücken und hätte darum eigentlich an die Decke blicken müssen. Aber sein Kopf war im Nacken um 90 Grad geknickt, sodass sein totes Gesicht nach hinten starrte, als versuche er seinem Mörder hinterherzuschauen.

Daria trat näher. Blut glänzte rostrot im Sonnenlicht, eine große Lache, die sich unter dem toten Körper ausgebreitet hatte. Sie ballte die Hände zu Fäusten, als sie sah, woher es kam: aus einem tiefen Riss im Bauch des Mannes. Doch Blut war leider nicht das Einzige, was durch diese Wunde aus seinem Körper gedrungen war. Daria begutachtete die rosa-bläulichen Schlingen, die halb den Leichnam und halb den Boden bedeckten und widerstand dem Reflex, den Blick abzuwenden. Sie spürte, dass sie beobachtet wurde. Von O'Leary, aber auch von Martin, der kurz nach ihr den Raum betreten hatte. Izabela und Ziegler standen schweigend an der Tür.

Keine Schwäche zeigen. Keine Angriffsfläche bieten.

»Okay«, hörte Daria sich sagen. »Dann erzählen Sie mal, Ziegler. Was sind die ersten Erkenntnisse?«

»Weit sind wir nicht gekommen, wir haben gleich heute Morgen die Order aus Berlin erhalten, also ...«

»Schießen Sie trotzdem los«, bat Martin. »Alles, was Ihre Leute herausgefunden haben, müssen wir nicht neu erarbeiten.«

»Na ja, meine Leute sind der Auffassung, dass das hier entweder ein Mord war ...«, sagte Ziegler und betrat langsam das Zimmer, »Oder eben ein sehr unglücklicher Unfall.«

»Wie um alles in der Welt«, fragte Martin, ehe Daria dazu kam, »soll das denn bitte ein Unfall gewesen sein?«

Sie war froh, dass Martin es wie sie sah.

Ziegler lachte leise, als sei er ein Zauberkünstler, der kurz davor stand, seinen verblüffenden neuen Trick zu enthüllen. »Nun. Ich erläutere es Ihnen gerne.«

Kapitel 15

Maxim hätte abhauen sollen. Er hätte mit dem Bus oder einem geklauten Auto binnen einer halben Stunde in Polen sein und von Danzig aus mit dem Schiff überall hin gelangen können. Es wäre ein Leichtes gewesen, Daria und ihren Leuten zu entkommen, ehe sie auch nur ahnten, dass sie der richtigen Fährte folgten.

Aber stattdessen war er hier. Er stand in der Diele des früheren Kindersanatoriums, lauschte angestrengt und sein Puls beschleunigte sich mit jedem Geräusch, das er von oben vernahm.

Er glaubte, die Schritte von mindestens vier Personen zu hören. Vielleicht waren es auch fünf. In jedem Fall genug, um ihn zu überwältigen, wenn es hart auf hart kam. Maxim betastete das gebogene Messer in seiner Hosentasche. Er hatte es immer bei sich, nur für den Ernstfall. Nicht, dass er vorhatte, es gleich mit fünf Polizisten aufzunehmen ...

»Okay«, sagte auf einmal eine ihm wohlbekannte Stimme oben im ersten Stock, und sein Herz schlug abermals ein wenig schneller. »... erzählen Sie ... sind die ... Erkenntnisse?«

Das war Daria, zweifellos. Ihre Stimme hätte er unter hunderten erkannt. Ganz automatisch trat er aus den Schatten, näher an die Treppe heran und musste dabei an ihr letztes Zusammentreffen denken. Während er sich erinnerte, wie sie vor ihm gestanden hatte, gefesselt, wie er die Chance gehabt hatte, alles mit ihr zu machen, was ihm in den Sinn kam, fuhr er mit dem Finger über die Klinge des Schindermessers. Er wusste, wie sich Darias Haut anfühlte. Weich. Seidig. Er wusste auch, wie es sich anfühlte, hineinzuschneiden.

Es waren so viele Dinge ungesagt zwischen ihnen. Ungetan. Wenn sie allein hergekommen wäre, so wie früher, als waghalsige Alleingänge praktisch ihr Markenzeichen gewesen waren ...

Aber er fürchtete, sie hatte sich verändert. Aus nächster Nähe hatte er beobachtet, wie sie sich während der vergangenen Jahre von einer arglosen jungen Polizistin zu dem Menschen entwickelt hatte, der sie jetzt war. Entschlossener, vorsichtiger. Und dennoch: Sie war hier. Er war hier. Und damit standen ihm Möglichkeiten offen, von denen er heute Vormittag noch nicht einmal geträumt hatte. Auf einmal war die dumpfe Niedergeschlagenheit verschwunden, die während der letzten Zeit von ihm Besitz ergriffen und ihn daran hatte zweifeln lassen, dass er noch der Alte war. Es fühlte sich an, als habe das Spiel wieder begonnen. Und Maxim war schon immer gern auf Risiko gegangen.

Kapitel 16

»Stellen Sie sich das Ganze als Unfallhergang vor: Unser Opfer hat diesen Raum betreten und die Tür ist hinter ihm zugefallen. Usedom ist eine windige Insel, da geschieht so was. Sie hat sich verklemmt, das kann ich bestätigen, denn wir mussten sie eintreten, als wir gekommen sind.«

Daria lauschte Zieglers Worten und ließ zu, dass sich dabei ein Film vor ihrem inneren Auge abzuspielen begann. Sie sah das Opfer, wie es sich umdrehte, schnell und erschrocken, als die Tür ins Schloss fiel. Dann hastete der dunkel gekleidete Mann zu ihr zurück, rüttelte daran, aber nichts tat sich. Er saß fest. Wenn man ihn erwischte, dann drohte ihm eine Anzeige wegen Hausfriedensbruch. Dabei hatte er sich doch nur mal umsehen wollen! Er musste einen anderen Weg raus finden, blickte sich hektisch in dem dunklen Raum um. Es gab ein Fenster, das war gut, und er befand sich nur im ersten Stock. Nicht sonderlich hoch, und das dichte Grün im Garten würde seinen Sprung abfedern.

Gut. Aber wie hoch war es genau? Er trat auf das Fenster zu, beugte sich hinaus und …

Daria sah, wie die Augen des Mannes weit wurden. Wie er ein ersticktes Keuchen von sich gab. Dann trat sie selbst an das Fenster heran und begutachtete die Scherbe, die aus dem unteren Teil des Rahmens ragte. Ein Überbleibsel der Fensterscheibe, vielleicht acht Zentimeter breit und zwölf Zentimeter hoch. Spitz zulaufend. Blutverschmiert. Tückisch, weil sie im Dunklen sicher schwer zu sehen war. Vor allem für einen Mann in Panik.

»Er hat sich also aus dem Fenster gebeugt und sich dabei selbst auf dieser Scherbe aufgespießt.«

»Nicht ganz. Während er sich hinüberbeugte, gaben die Trümmer unter ihm ein Stück nach und er sackte auf die Scherbe«, erwiderte Ziegler und deutete auf einen kleinen Haufen Schutt.

»Aber da ist nicht einfach nur eine Schnittwunde in seinem Bauch«, widersprach O'Leary, der nun ebenfalls näher getreten war. »Er ist aufgeschlitzt worden.«

»Wenn es ein Unfall war, war er das selbst«, sagte Izabela. Dann beugte sie sich ein Stück aus dem Fenster, um zu demonstrieren, was sie meinte. »In dieser Position war er, als er den Schmerz gespürt hat. Vor lauter Schreck hat er sich ruckartig wieder ins Innere bewegt – und dabei ist es passiert.«

Erneut sah Daria den Mann förmlich vor sich: Er taumelte zurück, presste die Hände vergebens auf den riesigen Schnitt in seinem Bauch, und als er an sich hinunterblickte, um das Ausmaß der Verletzung einschätzen zu können, stolperte er über einen der Badewannentrümmer – und krachte mit dem Genick auf einen zweiten. Reglos blieb er liegen, während der letzten Sekunden seines Lebens auf die Tür starrend, die ihm zum Verhängnis geworden war ...

»Genauso gut kann sich hier aber auch ein Mord ereignet haben«, sagte Daria und blickte in die Runde. Sie versuchte, sich das Geschehene als Gewaltverbrechen vorzustellen und hatte sofort ein paar Bilder vor Augen. Keinen klaren Hergang, aber einen Ansatz. »Jemand hat hier auf diesen Mann gelauert. Hat ihn angegriffen und eine ähnliche Scherbe wie diese da ...« Sie deutete Richtung Fenster. »... in seinen Bauch gestoßen.«

»Und dann ist unser Opfer unglücklich gefallen? Oder hat der Schleicher vorher den genauen Winkel seines Sturzes berechnet?«, fragte Martin argwöhnisch.

»Unsere Rechtsmedizinerin ist der Meinung, dass der Täter auch das Genick des Opfers mit dem Betonstück da zertrümmert und es dann einfach so drapiert haben könnte«, mischte sich Ziegler ein.

Daria nickte. Sie verstand das Prinzip. Wenn man an einem solchen Tatort keine deutlichen Hinweise auf Fremdeinwirken fand, wurde der Fall meist schnell eingestellt. Besonders häufig kam das vor, wenn Leichen in oder am Rande von Gewässern gefunden wurden. Keine Anzeichen für stumpfe Gewalt, keine Wunden, Würgemale oder Anzeichen sexuellen Missbrauchs? Dann war das Opfer eben einfach ertrunken. Ein Unfall, ein Zufall. Auf genau solche Schlüsse spekulierte der Schleicher.

Aber diesmal war man ihm extrem schnell auf die Schliche gekommen ...

Blieb eine weitere Frage zu klären. »Wie sind Sie darauf gekommen, dass *er* es gewesen ist? Der Schleicher, meine ich.«

Ziegler rettete sich wieder in sein etwas zu breites Lächeln. »Das sind wir nicht. Wir waren noch bei der Erstbegutachtung, als auch schon der Anruf aus Berlin kam. Dort muss irgendein kluger Kopf die Fotos gesehen und die richtigen Schlüsse gezogen haben.«

»Was für Fotos?«, wollte Martin wissen.

Ein Hauch von Irritation schlich sich in Zieglers Blick. »Na, die Leichenbilder, die an die Presse geschickt worden sind. Deutschlandweit. Das BKA konnte die Veröffentlichung gerade noch verhindern.«

Daria sah herüber zu Martin. Er runzelte die Stirn und schien sich nicht weniger zu wundern als sie: »Davon hat uns niemand etwas gesagt.«

»Nun ja, Ihr Chef ist sicherlich ein viel beschäftigter Mann. Aber ich weiß, dass die Bilder auch an Berliner Zeitungen gegangen sind. Keine schönen Aufnahmen übrigens, das sage ich Ihnen.«

»Von welcher Adresse kamen sie?«, wollte O'Leary wissen.

»Von einem Mobiltelefon, mehr ist noch nicht bekannt.«

»Und wie sieht's mit der Identität des Toten aus?«, fragte O'Leary weiter.

Ziegler verzog das Gesicht. »Was das angeht, sind wir auch noch nicht sehr weit gekommen. Deshalb dachten wir, wir können es auch gleich den Profis überlassen.«

»Was soll das heißen, Sie sind nicht weit gekommen?«, wollte Daria wissen.

Zieglers Gesicht wurde nun endgültig zu einer Grimasse. »Wir haben nichts bei ihm gefunden. Keinen Ausweis, kein Handy.«

»Niemand geht ohne Handy in ein solches Gemäuer hier«, beharrte O'Leary.

Da konnte Daria ihm nur zustimmen. Menschen, die Lost Places besichtigten, wollten Fotos machen oder Videos drehen, aber wenn sie nachts kamen, dann brauchten sie zumindest Licht.

»Haben Sie eine Taschenlampe gefunden?«, fragte sie Ziegler.

Der Kommissar schüttelte den Kopf.

»Dann muss es ein Handy geben. Vielleicht hat er es aus dem Fenster fallen lassen, als er sich an der Scherbe verletzt hat. Ich sehe unten nach.«

Sofort setzte sie sich in Bewegung und verließ das alte Badezimmer. Erst als sie in den Korridor trat und die Luft wieder nach Staub und Schimmel roch, fiel ihr auf, was für ein Gestank, verursacht durch den Leichnam, dort drinnen geherrscht hatte.

Daria atmete tief durch, während sie auf die Treppe zuhielt. Und dann packte plötzlich eine Hand ihre Schulter.

Kapitel 17

Maxim presste sich gegen die Wand neben der geländerlosen Treppe, hielt die Luft an und lauschte. Gerade eben erst hatte er Darias Schritte gehört. Jetzt war sie stehen geblieben. Für einen Moment war alles absolut ruhig, dann ertönte ihre Stimme, näher als zuvor.

»Martin! Erschreck mich doch nicht so.«

»Ich komme mit«, sagte Martin Thies.

Maxim konnte sich das Schmunzeln nicht verkneifen. Er spielte also immer noch den großen Beschützer. Hatte er ihm nicht vor einigen Wochen erst geraten, dass er damit bei Daria auf Dauer nicht landen konnte? Diese Frau brauchte keinen Aufpasser. Was sie brauchte, war eine Herausforderung.

»Unsinn, nach diesem Handy kann ich gerade noch alleine suchen. Regelt ihr die Übergabe mit Ziegler. Ich will eine Auflistung von allem, was die Spurensicherung gefunden hat. Und –«

»Und ich will nicht, dass du da draußen allein herumläufst. Er könnte immer noch in der Nähe sein.«

Maxim lächelte. Wenn der Kerl wüsste, wie nah er wirklich war. Aber Thies war schon immer ein Blindgänger gewesen, ein Bulle ohne Gespür. Daria war da anders. Es hätte ihn nicht gewundert, wenn sie seine Anwesenheit gespürt hätte und es nur ein Vorwand war, dass sie nach unten wollte, um nach irgendeinem Handy zu suchen. Was für ein Handy überhaupt?

Und woher kam der diffuse Leichengeruch, den Maxim auf einmal wahrzunehmen glaubte? Eben, als er noch ein Stück entfernt stand, hatte er davon nichts gemerkt, aber jetzt ... Irgendetwas schien hier zu verwesen. Er nahm sich einen Moment, um mögliche Erklärungsansätze durchzugehen. Dann verstand er. Dieses blonde Biest! Sie hatte die SoKo nicht nur hergelockt, um sie auf seine Spur zu bringen, sondern schien zusätzlich eine Leiche deponiert zu haben. Wozu? Maxim hatte genug Morde auf dem Konto. Morde, die ihm längst nachgewiesen worden waren. Wenn man ihn erwischte, dann würde er für den Rest seines Lebens weggesperrt werden.

Nun ja, vielleicht hatte sie ihm einfach eins reinwürgen wollen, indem sie ihm seinen Unterschlupf nahm.

»Das ist doch lächerlich«, sagte in dem Moment Daria.

»Wenn das hier wirklich der Schleicher gewesen ist, wovon ich immer noch nicht überzeugt bin ...«, begann Thies, aber Daria ließ ihn nicht ausreden.

»Dann ist er längst weg. Warum sollte er länger als nötig auf der Insel bleiben? Nur um auf Nummer sicher zu gehen, dass er den Ermittlern auch ganz bestimmt in die Arme läuft? Das ist Unsinn.«

Maxim runzelte die Stirn. Der *Schleicher*?

Er hatte den Namen schon mal gehört oder im Vorbeigehen gelesen, irgendwann während der vergangenen Wochen. Angeblich war er ein neuer Serienmörder, für Maxim war er bisher nicht mehr als ein Sommerlochfüller gewesen.

Doch anscheinend hatte er etwas verpasst. Wie es aussah, war die Sonderkommission aus Berlin gar nicht wegen ihm hier.

Enttäuschung machte sich in ihm breit.

Der Schleicher.

Er schloss die Augen und lauschte angestrengt weiter, und was er zu hören bekam, gefiel ihm ganz und gar nicht.

Kapitel 18

»Und wenn nicht?«, fragte Martin, und der Ausdruck in seinen Augen brachte Darias Zorn ein Stück weit zum Verrauchen. Er machte sich nur Sorgen, und nach allem, was passiert war, war das auch kein Wunder. Trotzdem schüttelte sie den Kopf. »Vertrau mir ein wenig, Martin. Ich weiß was ich tue. Und im Endeffekt weißt du auch, dass hier und jetzt gerade keine Gefahr besteht. Wenn wir nicht riskieren wollen, dass wir von diesem Fall abgezogen werden oder gar in unterschiedliche Teams versetzt werden, dann müssen wir unsere privaten Ängste außen vor lassen und auf der Arbeit nur Kollegen sein.«

»Das kann ich aber nicht. Du warst schon in Berlin völlig von der Rolle, und jetzt dieser neue Fall ... Ich habe einfach Angst, dass dir das alles zu viel wird, Daria.«

»Und ich kann auf mich allein aufpassen. Immer noch.«

»Und die Sache mit Nehring?« Martin verschränkte die Arme vor der Brust.

»Er hat mich in eine Falle gelockt. Aber es lauern nicht überall Fallen.« Sie schüttelte den Kopf. Zu gern hätte sie ihm von der Abmachung erzählt, die sie mit Amende getroffen hatte, aber sie wusste, dass seine Sorge nur noch wachsen würde, sobald er erfuhr, welchen Anreiz der Polizeipräsident ihr geboten hatte. »Ich brauche dich jetzt als Partner, Martin. So wie früher.«

Er trat einen Schritt auf sie zu und senkte seine Stimme ein Stück. »Aber du bedeutest mir mehr als früher. Mehr denn je.«

Daria schmerzte es, dass sie nicht ehrlich zu ihm sein konnte. Er legte seine Gefühle für sie offen, und was tat sie? Dennoch ging es so nicht weiter. Er konnte sich nicht dauernd anmaßen, ihren Bodyguard zu spielen. Ein Team funktionierte nur, wenn jeder seine Aufgabe erfüllte, nicht jedoch, wenn sich ein Mitglied das Beschützen eines anderen Mitglieds zur Aufgabe machte. »Dann stell deine Gefühle bitte zurück, während wir arbeiten«, erwiderte sie schweren Herzens. Während sie sprach, griff sie nach seiner Hand und drückte sie, damit er verstand, dass sie ihre Worte nicht böse meinte.

Sie wollte einfach nur, dass sie Arbeit und Privates trennen konnten, so wie früher. Doch Martins ungläubiger Ausdruck sprach Bände und als sie sich abwandte, um nach unten zu gehen, spürte sie seinen Blick in ihrem Nacken brennen. Aber immerhin folgte er ihr nicht, und das war ihr in jeder Hinsicht lieber so. Sie brauchte jetzt ein paar Minuten für sich, um die Stimmung auf sich wirken zu lassen, die Eindrücke zu verarbeiten, um ein Gefühl für den Täter zu bekommen. Es war schon schwer genug, einen Ort wie diesen nicht automatisch mit dem Scharfrichter und erst recht dem Schinder in Verbindung zu bringen; nicht hinter jeder offenen Tür mit einem der von ihm grausam zugerichteten Körper zu rechnen. Wie bei einem Daumenkino liefen vor ihrem inneren Auge die Bilder ab, die sie an Tatorten wie diesem in den vergangenen Jahren zu sehen bekommen hatte. Verkrümmte Körper, hautlos, gesichtslos, die blanken Gebisse für immer grinsend ...

Erst als sie, während sie die Treppe hinab ging, ein Geräusch aus dem Erdgeschoss hörte – Geröll, das wegkullerte, wenn sie sich nicht täuschte – riss der Film hinter ihrer Stirn ab. Sie lauschte, doch es war nichts mehr zu hören. Vermutlich waren in dem früheren Sanatorium einfach Ratten zugange, Marder, vielleicht Raben oder Füchse. Ziegler hatte erzählt, dass man hier auf dem Gelände häufig sogar Rehe beobachten konnte.

Sicher. Dort, wo keine Menschen mehr lebten, nisteten sich Tiere ein.

Sie blieb in der Diele kurz stehen, blickte sich um und beschloss, die Vordertür zu nehmen und das Gebäude von außen zu umrunden.

Das komische Gefühl setzte ein, als sie gerade das Gebäude verlassen hatte. Sie kämpfte sich durchs hohe, feuchte Gras, spürte die Sonne in ihrem Nacken brennen und wusste, dass sie beobachtet wurde. Es war keine Paranoia, es waren nicht ihre angegriffenen Nerven, zumindest glaubte sie das.

Sie blickte hinter sich, aber da war niemand. Rechts ragte das Hauptgebäude des Sanatoriums auf, von Rissen durchzogen, von Efeu überwuchert. Links erstreckte sich der Wald. Doch keine Menschenseele weit und breit.

Daria schüttelte den Kopf über sich selbst und ging weiter. Niemand beobachtete sie, sie hatte sich einfach nur von Martins Nervosität anstecken lassen. Langsam glaubte sie, dass ihm die ganze Geschichte mehr zu schaffen machte als ihr. Sicher, sie hatte seltsame Träume und war schreckhafter geworden. Vielleicht setzte sie sich auch manchmal vorschnell zur Wehr und beobachtete ihr Umfeld ein bisschen zu genau. Doch was Martin tat, diese Angst, die er an den Tag legte, rührte nicht nur vom letzten, nervenzehrenden Fall, sondern lag viel tiefer. Er hatte das Trauma um den Tod seines Bruders nie richtig verarbeitet und projizierte seine Sorgen jetzt auf Daria. Er fürchtete, dass sie die ganze Sache so sehr aus der Bahn werfen würde, dass sie sich ebenfalls das Leben nahm oder sich so dumm verhielt, dass es sie das Leben kostete. Dabei war sie so aufmerksam wie nie und hatte einen Anreiz, der –

Rascheln hinter ihr im Dickicht.

Schnell drehte Daria den Kopf. Niemand. Aber die Zweige dort links, am Waldrand, bewegten die sich nicht ein bisschen zu sehr dafür, dass es absolut windstill war? Sie ließ die Bäume nicht aus den Augen, während sie das Halfter an ihrem Gürtel öffnete und ihre Dienstwaffe hervorzog.

»Hey, Sie!«, rief sie auf gut Glück, während sie die Hand fest um die Pistole schloss. »Kommen Sie mit erhobenen Händen heraus!«

Nichts rührte sich. Niemand zeigte sich. Aber beobachtet fühlte sie sich immer noch.

Sie zwang sich, sich abzuwenden und wachsam weiterzugehen. Sie wollte weder ihre angeschlagenen Nerven noch irgendeinen Verfolger gewinnen lassen, deshalb musste sie einen guten Mittelweg finden.

Also bog sie um die erste Hausecke, und schlagartig wurde es dunkler, schattiger. Sie befand sich nun auf der Rückseite des Hauptgebäudes und der Wald reichte hier bis dicht an die Mauern heran. Um zu dem Fenster zu gelangen, das dem noch namenlosen Opfer zum Verhängnis geworden war, musste sie um eine weitere Ecke. Aber bis dahin lagen sicher 15 Meter Dickicht vor ihr. Sie gab sich einen Ruck und nahm die Strecke in Angriff. Und dann hörte sie es: Knacken im Gehölz, ganz deutlich.

Daria blieb stehen und fuhr herum.

Nichts.

Sie würde jetzt einen kühlen Kopf bewahren. In Wäldern knackte und raschelte es nun einmal. Sie war gut in ihrem Job. Und sie hatte ein gutes Gespür. Also musste sie sich in diesem Moment nur eine einzige Frage stellen.

Sagte Darias Gefühl ihr, dass sie in Gefahr war?

Kapitel 19

Vor kaum zehn Minuten war Daria Storm wieder in sein Leben getreten, und schon hatte sie ihn wütend gemacht – auch wenn er wusste, dass sie vermutlich nichts dafür konnte. Es war nicht ihre Schuld, dass sie von seinem Fall abgezogen worden war. Es war nicht ihre Schuld, dass sie jetzt den Schleicher jagte. Solche Entscheidungen wurden weiter oben getroffen, klar, aber das machte die Sache nicht besser. Es hätte ihm gefallen sollen, dass Deutschlands derzeit fähigstes Team von Kripo-Beamten nicht mehr auf der Jagd nach ihm war. Stattdessen fühlte er sich ausgeschlossen, und zwar in erster Linie aus Darias Leben. Er wollte in ihrem Kopf sein. Dass sie an ihn dachte, was immer sie auch tat. Und jetzt war sie so nah. Durch die Baumstämme hindurch konnte Maxim sehen, wie fest sie ihre Waffe umklammerte. Er hörte, wie tief sie atmete. Und er spürte ihre Anspannung.

Maxims Finger schlossen sich um den Griff des Messers und zogen es hervor. Er wollte ihr nicht wehtun. Aber ehe er sich von ihr erschießen ließ, würde er es tun. Zu genau erinnerte er sich an den Schmerz, mit dem die Kugel aus ihrer Pistole damals seine Lungen durchbohrt hatte. Er erinnerte sich an das Brennen in seiner Brust, wie Feuer, und daran, wie er beinahe an seinem eigenen Blut erstickt war. Er hatte eine Narbe davongetragen, die Spuren des Einschusslochs auf seinem Rücken. Er hatte genug Narben. Noch mehr konnte er nicht gebrauchen.

Daria entsicherte ihre Waffe. Auch wenn sie es vorsichtig tat, hörte er das leise Klicken deutlich. Für einen Moment glaubte er, dass sie ihn entdeckt hatte, dass sie seine Anwesenheit instinktiv spürte.

Trotzdem wollte er mehr. Er wollte ihr Gesicht sehen. Also schlich er etwas weiter und zog sich zugleich etwas tiefer ins Unterholz zurück, sodass er schließlich neben ihr war, aber gleichzeitig im Dunkel des Waldes verborgen. Er erkannte ihr Profil. Sie sah schlecht aus, als hätte sie viel durchgemacht in der letzten Zeit. Wer weiß, vielleicht vermisste sie ihn. Er erinnerte sich, wie er sie gebeten hatte, ihn auf seiner Flucht zu begleiten. Sie hatte nicht Ja gesagt. Aber sie hatte auch niemals Nein gesagt. Auf gewisse Weise war ihr wahrscheinlich klar, dass sie zu ihm gehörte, und vermutlich war das auch ihrem Vorgesetzten klar. Deshalb hatte er sie von seinem Fall abgezogen. Befangenheit. Anders konnte es gar nicht sein. Doch wenn – Maxim lief gegen etwas. Etwas, das metallisch schepperte, laut genug, um den ganzen Ort aufzuschrecken. Verflucht! Er blickte auf und erkannte, dass er eine Art umzäuntes Gehege erreicht hatte, alt und nicht mehr in Gebrauch, halb überwachsen vom dichten Grün. Er war gegen den Zaun gerannt, und wenn Daria die Geräusche, die er bisher verursacht hatte, noch Tieren oder ihrer Einbildung hatte zuschreiben können, so sahen die Dinge jetzt anders aus. Er machte einen Satz zurück und sah noch, wie sie erneut herumfuhr.

»Wer ist da?!«, fragte sie.

Und dann hörte er sie kommen.

Kapitel 20

Daria zögerte nicht länger. Auch wenn ihr Herz raste und ihre Hände vor Anspannung feucht waren. Sie war sich jetzt sicher, dass dort im Wald jemand war. Jemand, der mit voller Wucht gegen den Zaun des alten Wildgeheges gelaufen war. Mit Sicherheit kein Reh.

»Antworten Sie mir und zeigen Sie sich!«, forderte sie mit fester Stimme, während sie sich tiefer ins Dickicht kämpfte. Sie näherte sich dem Gehege. Es erstreckte sich vor ihr auf einer Breite von sicher 10 Metern. Der Maschendraht bebte noch immer von dem Aufprall, aber zu sehen war niemand. Sie lauschte, aber sie hörte auch niemanden weglaufen. Wie konnte das sein?

»Kommen Sie raus!«, rief sie ein weiteres Mal und begann dann, den Zaun zu umrunden. Dabei stellte sie fest, dass das Gehege mehr eine Ansammlung aus Drahtzwingern war, als seien hier einst Hunde gehalten worden. Sie war froh, denn in den Käfigen wuchsen zumindest keine Bäume, sodass sie quasi freie Sicht bis zur anderen Seite hatte. Doch gleichzeitig frustrierte sie diese Tatsache – denn es war keine Menschenseele hier.

»Verdammt noch mal«, flüsterte sie.

Hatte Martin vielleicht doch Recht und sie verlor wirklich den Verstand? Aber es fühlte sich nicht so an. Und ihr Jagdinstinkt war geweckt. Irgendwer hatte sie da gerade aus dem Wald beobachtet. Jetzt sollte er sich auch zeigen!

Sie umrundete die Zwinger weiter, langsam, auf jeden Schritt bedacht ...

Und dann entdeckte sie die Hütte. Es war ein hölzerner Verschlag, in dem vermutlich einmal Futter aufbewahrt worden war. Die Hütte hatte ein kleines schmutziges Fenster und eine Tür, die offen stand ... und sich leicht bewegte, als sei gerade jemand daran entlang gestreift.

»Na warte«, zischte Daria und umfasste die Waffe fester. Sie legte den Finger um den Abzug und war zu allem bereit. Sollte derjenige, den sie hier hoffentlich gleich erwischen würde, sich nicht als absolut harmlos erweisen, würde sie die erste sich bietende Gelegenheit nutzen, um ihm ins Knie zu schießen und ihn unschädlich zu machen. Der Gedanke, am längeren Hebel zu sitzen, gab ihr neuen Antrieb.

Sie presste sich gegen die Seitenwand der morschen Hütte, ging an der schmutzigen Scheibe vorbei, dann erreichte sie die Tür, zählte innerlich bis drei, fuhr herum und zielte ins Innere des Verschlags –

Aber da war niemand. Kein Mensch.

Trotzdem trat sie ein, um sich zu überzeugen, dass niemand in den Schatten kauerte. Sie zielte im grauen Zwielicht in die Ecken der vielleicht fünf mal fünf Meter großen Hütte, aber dort war nirgends ein menschlicher Umriss auszumachen. Wo war ihr Verfolger hin?

Die Antwort kam in Form eines Knalls. Schlagartig wurde es dunkler und Daria realisierte, dass die Tür hinter ihr zugefallen war. Sie fuhr herum. Richtete ihre Waffe auf das Holz, scannte es hektisch mit ihrem Blick ab und erkannte durch die Ritzen, dass sich da draußen etwas bewegte. Sie sah es an dem Licht, das durch die Lücken zwischen den Brettern ins Innere der Hütte fiel, ganz deutlich: Irgendwer entfernte sich von der Tür, bewegte sich auf die Fensterseite zu. Daria zielte dorthin, hörte sich selbst zischen »Komm schon!«

Doch auf das, was dann kam, war sie nicht vorbereitet.

Eine Gestalt tauchte auf der anderen Seite der halbblinden Scheibe auf.

Es war nicht der Schleicher, so viel stand fest.

Es war auch kein harmloser Schaulustiger, und erst recht war es kein verirrtes Reh.

Diese stahlblauen Augen, die ebenmäßigen Züge, die tiefen Narben, die am Kinn begannen ...

Und nicht zuletzt sein überhebliches Lächeln.

Einen Moment lang stand er einfach nur da, blickte zu ihr ins Innere und genoss sichtlich ihre Fassungslosigkeit. Dann wandte er sich ab und lief davon.

»Maxim!«, krächzte Daria. Mit einem Satz war sie an der Tür, rüttelte daran, aber sie ließ sich nicht öffnen und tausende Gedanken strömten durch ihren Kopf, wirr, ohne dass sie einen davon wirklich fassen konnte. Sie hätte schießen sollen. Wie hatte er sie so schnell hier einsperren können? Wieso war er hier? Was hatte das zu bedeuten?

Dann gab die rostige Klinke nach und die Tür schwang auf, und Daria realisierte, dass sie einfach nur geklemmt hatte, vermutlich wegen ihres eigenen Gerüttels. Hektisch sah sie sich um, aber da war nur Wald, nur

Grün, nur dichtes, von Sonnenflecken gesprenkeltes Gehölz. Kein Maxim Winterberg weit und breit, noch nicht einmal verklingende Schritte.

Wo war er hin?

In welche Richtung sollte sie laufen?

War er überhaupt da gewesen ...?

Daria zwang sich, die Waffe zu sichern und sie sinken zu lassen.

»Hier bist du«, hörte sie über ihren rasenden Herzschlag hinweg eine vertraute Stimme sagen.

Sie schloss die Lider. Nur Martin. Zum ersten Mal seit langem war sie froh, dass er nicht fähig war, sie aus den Augen zu lassen.

Kapitel 21

Als Daria wieder in der kleinen Pension war, war es stockdunkel. Es war spät am Abend, aber immer noch schwülwarm, sodass sie das Fenster weit geöffnet hatte und bereits die ersten Mücken die Deckenlampe umschwirrten.

Daria störte sich nicht an ihnen. Sie riss ein Stück Tesafilm ab und klebte ein weiteres Foto an den Querbalken, der das gemütliche Zimmer in Schlaf- und Wohnbereich teilte. Sie hatte sich von Ziegler Ausdrucke der Bilder besorgt, die an die Presse gesendet wurden. Es waren drei Stück, jedes aus einer anderen Perspektive. Bei der ersten Aufnahme hatte der Fotograf an der Tür gestanden, die zweite war eine Nahaufnahme des Gesichts. Weit aufgerissene Augen, die blicklos in die Kamera starrten. Beim dritten Foto musste derjenige, der es gemacht hatte, über dem Leichnam gestanden haben, denn es zeigte dessen Oberkörper in Großaufnahme, von der Leiste bis zu seinem überstreckten Hals, aus dem der Adamsapfel unnatürlich weit herausragte.

Doch das Entscheidende war nicht die Optik der Fotos – sondern die Tatsache, dass diese überhaupt gemacht und an die Medien geschickt worden waren. Was das bedeutete, war ihr erst nach ihrem Ausflug in den Wald so richtig klar geworden, als sie auf dem Rückweg vom Sanatorium Gelegenheit gehabt hatte, ihre Gedanken zu ordnen.

Sie hatte sich fest vorgenommen, Amende zu glauben und davon auszugehen, dass es den Schleicher gab. Und die Fotos waren der eindeutige Beweis dafür, dass sie es wirklich mit einem Mörder zu tun hatten.

Denn es gab nur zwei Möglichkeiten: Unfall oder Mord.

Wenn es ein Unfall war, konnte die Fotos kein Schaulustiger gemacht haben, denn die Tür war fest verrammelt gewesen und hatte von der Polizei zerstört werden müssen, um sie aufzubekommen. Wie hätte der Fotograf also ins Innere kommen sollen? Er musste bereits im Raum gewesen sein, dort die Bilder von der Leiche gemacht und die Tür nachträglich verriegelt haben.

Das wiederum bedeutete, dass der Täter beschlossen hatte, mit ihnen in Kontakt zu treten.

Und das wiederum warf eine Reihe neuer Fragen auf. Wieso gab er sich zu erkennen und weshalb jetzt? Vielleicht, weil die Medien in den letzten Wochen so verstärkt über ihn berichteten?

Weshalb hatte er den Mord dann trotzdem noch wie einen Unfall aussehen lassen?

Was sollte diese Vorgehensweise generell, was trieb den Täter an?

Sie sah sich die Bilder genauer an. Vor allem die Nahaufnahme ließ sie nicht los. Manche Mörder schlossen die Augen ihrer Opfer, weil sie sich nach der Tat wegen dem schämten, was sie getan hatten. Als eine Art Wiedergutmachung. Dieser Killer hier fühlte offenbar nichts dergleichen. Im Gegenteil. Durch das Foto hatte er seinem Opfer auch noch das letzte bisschen Würde genommen, als wollte er seinen Triumph bis über den Tod hinaus auskosten. Als habe es ihm nicht gereicht, diesen Menschen einfach nur umzubringen. Erbarmungslos.

Daria dachte an die drei Fälle, von denen sie im Radio gehört hatte, aber um auszumachen, ob er da ähnlich vorgegangen war, reichten die Infos, die sie hatten, einfach nicht. Außerdem hatte es sich bei der Sendung um reine Spekulation gehandelt. Was sie jetzt brauchte, waren Fakten. Wie viele bizarre Unfälle waren tatsächlich dem Schleicher zuzuordnen? Und wodurch zeichneten sich diese aus?

Sie würde den Rest des Teams in Berlin darauf ansetzen. Und zwar dringend.

Das Geräusch des Schlüssels, der in die Zimmertür geschoben wurde, riss Daria aus ihren Gedanken, und im nächsten Moment kam Martin herein.

»Burger«, sagte er. »Das einzige Restaurant weit und breit, das nicht nach Fisch und Hummer aussah, war ein Diner, also essen wir heute amerikanisch.«

Daria spürte, wie sich ihr Magen zusammenzog, als ihr der Geruch von gebratenem Fleisch und fettigen Pommes in die Nase stieg. Hatte sie heute überhaupt schon etwas gegessen? Sie wusste nur, dass sie einen Bärenhunger hatte.

»Du bist der Beste«, sagte sie und wandte sich von den Fotos ab, die Martin argwöhnisch begutachtete, während er seine Schuhe abstreifte.

»Nette Deko«, sagte er scherzhaft. Er war zum Glück nicht sauer wegen ihrer Auseinandersetzung im Waisenhaus. Daria hatte ihm aber auch nicht alles erzählt. Dass sie glaubte, Maxim gesehen zu haben, verschwieg sie ihm, obwohl es ihr nicht ganz richtig vorkam. Doch was hatte sie für eine Wahl? Martin würde ihr so oder so nicht glauben, dafür hatte sie in der letzten Zeit zu oft Gespenster gesehen.

Wenn Maxim wirklich hier gewesen war, dann würde er nach ihrem Zusammentreffen längst über alle Berge sein. Und da Amende sie von seinem Fall abgezogen hatte, würden sie auch nicht die Verfolgung aufnehmen dürfen.

Und wenn sie ihn sich nur eingebildet hatte, dann bestand ohnehin kein Grund, Öl ins Feuer zu gießen und Martin zu beunruhigen. Trotzdem hatte sie vorsichtshalber einen anonymen Hinweis an die Polizei abgegeben. Sie konnte nur hoffen, dass die neue SoKo diesem auch nachging.

»Mal was anderes, hm?« Sie grinste leicht, nahm ihm die weiße Plastiktüte mit dem Essen aus der Hand und setzte sich aufs Sofa, um die Speisen auszupacken. »Ich frage mich, weshalb uns Amende nichts von den Fotos gesagt hat.«

»Ich frage mich in diesem Fall bisher so einiges!« Martin ließ sich neben sie fallen und griff nach einem in Alufolie verpackten Burger. »Die Heimlichtuerei, der übereilte Abzug von Zieglers Leuten, die fehlenden Papiere und das fehlende Handy beim Opfer ... und dieser Ziegler kam mir übrigens auch ein bisschen neben der Spur vor.«

»Wie meinst du das?« Daria entfernte den Pappdeckel von einer Schale und schob sich hungrig ein paar Pommes in den Mund.

»Na ja, diese Schleimerei und das ewige Gekicher. Entweder hat der Typ 'nen Knall oder er verheimlicht uns was. Besser, wir nehmen ihn noch mal unter die Lupe.«

Daria nickte. Das sah sie genauso. Sie griff nachdenklich nach einer weiteren Handvoll Pommes.

»Hey, Daria.«

Sie sah auf und blickte Martin an, der seinen Burger schon fast komplett aufgegessen hatte.

»Wenn das hier vorbei ist«, begann er und sah ihr in die Augen. »Dann lass uns beide Urlaub nehmen und mit Kristin irgendwo hinfahren. Kanada, Karibik, einfach für eine Weile raus aus dem ganzen Mist. Okay?«

Daria zögerte. Einerseits liebte sie Martins abenteuerlustige Seite. Andererseits liebte sie ihr Leben so, wie es war.

Trotzdem lächelte sie und beugte sich anstelle einer Antwort zu Martin herüber. Er zögerte nicht lange, sondern zog sie in seinen Arm und küsste sie voller Leidenschaft. Daria erwiderte seinen Kuss und genoss es, ihn so nah bei sich zu spüren und dass sie mal nicht stritten.

Doch während sie versuchte, sich ganz auf ihn einzulassen, flackerte immer wieder ein Gesicht vor ihrem inneren Auge auf, und es war nicht das des Toten aus dem Sanatorium.

Stahlblaue Augen. Überlegenes Lächeln. Jäger und Gejagter zugleich.

Kapitel 22

Maxim hatte Glück im Unglück. Sie hatten ihm vielleicht das ehemalige Waisenhaus als Unterschlupf genommen, aber zumindest hatte jemand so viel Anstand besessen, seine Tasche vorher ins alte Kulturhaus zu bringen. Seine blonde Freundin vermutlich, in der Erwartung, dass er sich ihr doch noch anschließen würde. So konnte er sich in dessen Gemäuern verkriechen wie ein räudiger Straßenköter und hoffen, dass Daria Storms neuer Fall sie nicht auch hierher führen würde.

Eigentlich wollte er längst weg sein. Doch sobald ihm klar geworden war, dass die SoKo nicht *ihm* auf den Fersen war, hatte er sich gegen die Flucht entschieden. Nicht zuletzt wegen eines Menschen.

Daria Storm.

Er hatte hier auf Usedom mit vielem gerechnet, aber nicht damit, ihr über den Weg zu laufen. Und er konnte sich nicht helfen: Irgendetwas an diesem Zufall kam ihm verdammt komisch vor. Als müsste er nur zwei simple Fäden verknüpfen, um der Wahrheit dahinter auf die Schliche zu kommen ... aber er fand den Verbindungspunkt einfach nicht.

Wütend kickte Maxim einen Stein weg, der lose auf dem Boden lag. Dann zwang er sich zur Ruhe und atmete tief durch.

Hier unten im Keller des alten Gebäudes hallte sein Atem mehrfach gebrochen von den Wänden wider. Wenn er es nicht besser wüsste, hätte er geglaubt, dass sich noch jemand anderes im Haus befand. Doch das war unmöglich. Er hatte alle Räume gründlich durchsucht. Nach Polizisten, Schaulustigen und seiner ... *Henkerin*.

Oder Helferin. Oder was auch immer sie war.

Also gut. Er sollte seine Gedanken ordnen. Noch mal ganz von vorne.

Der Polizeichef hatte ihm eine Auftragsmörderin auf den Hals gehetzt. Diese wiederum hatte keinerlei Interesse daran gehabt, ihn zu töten. Stattdessen wollte sie den Mann um die Ecke bringen, der ihr den Auftrag erteilt hatte. Und warum? Wegen irgendeines ominösen Gefallens, den Maxim ihr unbekannterweise getan hatte.

Dann war auch noch Daria hier aufgetaucht. Verdankte er diesen

Umstand wirklich der Blondine, wie er anfangs geglaubt hatte? Oder handelte es sich um einen sehr seltsamen Zufall?

Darauf würde er heute keine Antwort finden, aber die Tatsache, dass seine Tasche vor der neugierigen Spurensicherung gerettet worden war, sprach irgendwie für sich.

So weit, so gut.

Maxim hatte sich in einem Anflug von Eitelkeit geweigert ihr zu helfen, ganz instinktiv. Jetzt gab es zwei Möglichkeiten: Entweder, die Blondine ging ihrer Wege und erledigte Amende selber. Oder aber sie hatte jetzt doch vor, Maxim umzubringen. Vielleicht hatte sie deshalb seine Sachen hierher gebracht. Damit sie wusste, wo sie ihn fand, wenn sie ihn erledigen wollte.

Wenn er Möglichkeit eins in Betracht zog, machte die Leiche im Waisenhaus absolut keinen Sinn und musste wirklich Zufall sein.

Möglichkeit zwei konnte er sich einfach nicht vorstellen. Sie hatte ihm versichert, dass sie gute Gründe hatte, ihn nicht zu töten. Und sie wirkte auf ihn nicht wie eine Frau, die ihre Meinung allzu schnell änderte. Warum sollte sie auch? Sie verfolgte schließlich einen Plan und der beinhaltete die grausame Schindung von Wolf Amende. Maxim nützte ihr also nur lebendig etwas.

Die grausame Schindung von Wolf Amende ...

Eins stand fest: Sie hatte Amende noch nicht verraten, wo Maxim steckte.

Blieb die Frage, was Daria hier suchte. Sicher, diesen Schleicher, das hatte er mitbekommen. Aber ihr eigentlicher Zuständigkeitsbereich war Berlin, was ging es sie also an, wenn der Schleicher hier auf Usedom gemordet hatte?

Das alles erschien ihm suspekt und es gab für ihn bisher wenig, was in dieser ganzen Sache feststand: Erstens – die Blondine hatte mit alldem zu tun.

Zweitens – das alles hier gefiel ihm nicht.

Nein, es war eigentlich mehr als nicht gefallen. Es fühlte sich an, als wäre er eine matt gesetzte Schachfigur, die dem Spiel nun vom Rand aus zusah. Dabei hätte er der Mittelpunkt des Spiels sein sollen. Derjenige, der die Kontrolle hatte. Doch wenn überhaupt, dann hatte sie im Moment die Blondine, die das alles hier eingefädelt hatte.

Er ertappte sich dabei, wie er in Gedanken die Möglichkeit durchspielte, doch mit ihr zusammenzuarbeiten.

Konnte er dabei verlieren?

Er wüsste nicht, wie. Er würde endlich aufhören, einfach nur ziellos davonzulaufen. Er würde seine Situation sogar verbessern, denn wenn er Amende leben ließ, hetzte der ihm vielleicht einen weiteren Killer auf den Hals. Jemanden, der keine Kompromisse machte. Außerdem würde er ein klares Zeichen setzen. Den Polizeipräsidenten zu schinden ...

Wenn der Kerl ihn tot sehen wollte, dann verdiente er es nicht anders. Maxim war schon immer gut darin gewesen, zu überleben.

Zu bleiben hieß außerdem, dass er noch eine Weile in Darias Nähe sein würde ...

Zurück zu seiner blonden Bekanntschaft. Die Sache hatte einen Haken. Er wusste beim besten Willen nicht, wo sie steckte. Wenn er Pech hatte, war sie bereits abgereist. Mit etwas Glück war sie allerdings noch in der Nähe. Die Insel war nicht groß. Er musste die Suche nur eingrenzen und systematisch vorgehen.

Er setzte sich auf einen Mauertrümmer, den er in der Finsternis nur erahnen konnte und genoss die Kühle, die durch seine Kleider drang.

Was wusste er?

Zum einen ging er davon aus, dass die hübsche Killerin sicher nicht offiziell in einem Hotel oder einer Ferienwohnung übernachtete – schließlich hatte sie vor, einen Mord zu begehen und möglicherweise schon einen begangen. Und selbst wenn die Buchung über Amende oder einen Handlanger erfolgt wäre, hätte sie kein Zimmer genutzt, das von ihrem Zielobjekt bereitgestellt worden war. Zu groß war die Gefahr, dass die Stimmung umschlagen und sie zu Amendes Zielscheibe werden könnte. Schließlich schien zwischen den beiden etwas vorgefallen zu sein.

Wie sah es mit Ruinen aus?

Selbst wenn Maxim davon ausging, dass es außer dem Kinderheim und dem Kulturhaus noch weitere bewohnbare Ruinen im Ort gab, dann bezweifelte er trotzdem, dass sie darin untergekommen war.

Sie war perfekt gestylt gewesen, kein bisschen Staub hatte auf ihren Schuhen gelegen, ihre Haare sahen aus als käme sie gerade vom Friseur. Sicher, sie hätte es wie Maxim machen und die Stranddduschen nutzen können, doch das glaubte er nicht. Es fiel ihm schon schwer, einen halbwegs gepflegten Eindruck zu machen. Wenn sie sich wirklich am Strand fertig gemacht und danach ausgesehen hatte, als käme sie frisch vom Laufsteg, dann war sie eine Zauberkünstlerin.

Nein, sie musste Zugriff auf eine Behausung mit fließendem Wasser haben.

Hatte sie vielleicht jemanden umgebracht, um seine Wohnung zu beziehen?

Eher nicht. Sie war nicht dumm. Jeder Tote wurde irgendwann vermisst und sie wollte sicher nicht die Angehörigen mit Polizei und Feuerwehr im Schlepptau vor ihrer Tür stehen haben. Auch wenn sie sich einen einzelgängerischen Urlauber oder einen familienlosen Geschäftsmann ausgesucht hätte, war der Ort viel zu dicht besiedelt, um einfach jemanden verschwinden zu lassen und seinen Platz einzunehmen.

Gut so, weiter.

Die dichte Besiedlung ließ ihn generell ausschließen, dass sie sich direkt im Ort befand. Sie fiel dank ihres perfekten Äußeren auf, deshalb musste sie schon etwas außerhalb wohnen.

Was konnte er noch ausschließen?

Er dachte nach, scannte die Blondine vor seinem inneren Auge. Aber da war nichts mehr, was ihn weiterbrachte.

Dann eben anders.

An welchem Ort mit fließendem Wasser und halbwegs annehmbarem Hygienestandard konnte sie sich befinden?

Wo konnte man schlafen, wenn man weder in einem Hotel oder einer Privatbehausung noch in einer Ruine unterkommen wollte?

In einem Auto.

Maxim fiel sein Fehler sofort ein. Ein Auto bot vielleicht eine Schlafmöglichkeit, aber für alles Weitere hätte sie wieder auf öffentliche Einrichtungen zugreifen müssen.

Ein Wohnmobil vielleicht. Ein Wohnwagen, noch besser.

Die Idee gefiel Maxim.

Kapitel 23

Philipp Steiner hatte sich selbst übertroffen. Der ausgebaute Dachboden, den ihnen die Besitzer der Pension als Büro überlassen hatten, beinhaltete nun einen Tisch mit ausreichend Stühlen, eine große Pinnwand aus Kork, an der bereits die ersten Tatortfotos hingen sowie einen Beamer inklusive Leinwand. Gut, denn genau dieses technische Equipment würden sie heute brauchen.

»Fehlt nur noch ein Ventilator«, grinste Martin und klopfte dem neuen Kollegen auf die Schulter.

»Nun, nicht wirklich«, antwortete dieser und deutete auf einen noch verschweißten Karton, der in der Zimmerecke an einem Balken lehnte. »Ich kam bisher nicht dazu.«

»Kümmer dich darum, Martin«, flehte Daria und ließ sich auf einen Stuhl sinken. In dem kleinen Raum gab es ganze vier Fenster und bereits jetzt, um neun Uhr morgens, hatte die Sonne ihn so extrem aufgeheizt, als wolle sie alle hier Anwesenden bei lebendigem Leib kochen.

»Dein Freund und Helfer«, erwiderte Martin, salutierte lässig und begann dann, den Ventilator aus seiner Verpackung zu befreien. Währenddessen kam O'Leary herein, der nicht nur eine Sonnenbrille trug, sondern auch Kaffee für alle dabei hatte.

»Mir brummt der Schädel«, lautete seine Begrüßung. »Ich dachte gestern Abend, ich hör mich mal in den Kneipen an der Promenade ein bisschen bei den Einheimischen um ...«

»Und jetzt wissen Sie nicht mehr, was die gesagt haben«, folgerte Daria aus seinem verkaterten Auftritt.

O'Leary grinste schief und ließ sich auf einen Stuhl fallen. »Ian, bitte. Und doch, ich weiß es noch: Die haben nichts gesagt. Weil sie nämlich noch nichts von dem Mord gehört haben. Ein bisschen seltsam, was?«

»Ein bisschen mehr als seltsam«, gab Steiner zurück, ohne von seinem Laptop aufzusehen. Er war damit beschäftigt, eine Verbindung nach Berlin herzustellen, tippte stirnrunzelnd auf der Tastatur herum und richtete sich schließlich auf. Er rückte seine Brille gerade, und einen Moment später erschien auf der Leinwand ein deutlich jüngerer, blonderer Computernerd, der in Berlin ebenfalls seine Brille gerade rückte.

»Hallo?«, erklang Mickeys Stimme leicht zeitversetzt zu seinem Bild auf der Leinwand. »Können Sie mich hören?«

»Wir hören und sehen dich«, bestätigte Martin und stellte den halb aufgebauten Ventilator beiseite, um sich ebenfalls zu setzen.

»Prima, dann Hallo an alle. Ich hoffe, Sie sind gut angekommen.«

Mickey fühlte sich offenbar etwas unwohl im Fokus der Aufmerksamkeit. Vielleicht rührte dieser Eindruck aber auch nur daher, dass er keinen von ihnen direkt an-, sondern stattdessen über sie hinwegzublicken schien. Das lag jedoch nur daran, dass er angestrengt in seine Webcam schaute.

»Hallo, Mickey. Erzähl, was hast du für uns?«, wollte Daria wissen.

»Eine ganze Menge und gleichzeitig nicht viel«, erwiderte Mickey und grinste schief, und Daria erinnerte sich, so etwas Ähnliches gestern schon von Ziegler gehört zu haben.

»Dann schieß mal los, Kleiner!«, forderte O'Leary den PC-Experten auf, lehnte sich zurück und verschränkte die Arme vor der Brust.

Noch einen Moment lang war Mickeys Gesicht auf dem Bildschirm zu sehen und es war zu hören, wie er ein paar Klicks machte. Dann erschien eine Powerpoint-Präsentation – in grellem Lila stand auf schwarzem Hintergrund: DER SCHLEICHER.

»Das war Pia«, erklang Mickeys Stimme.

Daria und Martin warfen sich einen kurzen belustigten Blick zu, dann konzentrierten sie sich wieder auf den Bildschirm. Steiner war der Einzige, der sich nicht setzte, er lehnte sich an einen Balken an der Kopfseite des Tisches und sah gebannt zu, wie die erste Folie erschien. Sie enthielt Stichpunkte, die von Mickey aus dem Hintergrund kommentiert wurden.

»Der sogenannte Schleicher gilt als deutscher Serienmörder, von dem 2010 das erste Mal die Rede war, und zwar auf *Gorestery.de*. Der Begriff ist, wie Sie vielleicht erkennen, eine Mischung aus Gore, was für ein sehr brutales Filmgenre steht, und Mystery.«

Auf dem Bildschirm erschien nun der Screenshot einer Startseite, die komplett in Schwarz gehalten war. In ihrer Mitte war ein Gesicht zu sehen, mit so weit aufklaffendem Mund, dass in den Wangen blutige Risse erkennbar waren. *Enter* stand in flimmriger weißer Schrift zwischen den geöffneten Lippen.

»Es handelt sich hier um eine Art Forum, in dem im weitesten Sinne über aufsehenerregende Verbrechen und angebliche Spukgeschehnisse diskutiert wird. Das Besondere ist die garantierte Anonymität der User. Das könnte ich jetzt technisch erläutern, aber Sie würden es vermutlich nicht verstehen also ...«

»Weiter«, forderte Martin.

»Es gilt jedenfalls als sicher, auf *Gorestery* jugendgefährdende Bilder und Inhalte zu teilen. Vermutlich aus diesem Grund erschienen die ersten Fotos von Leichen, deren Tod dem Schleicher zugeschrieben wurde, genau hier.«

Erneut wechselte das Bild, aber diesmal folgte keine harmlose Folie. Stattdessen die Nahaufnahme eines Mannes, der in leuchtend grünem Gras lag – das bärtige Gesicht wächsern, die Augen zugeschwollen wie nach einem Faustkampf, aber das war nicht alles. Der Rasen um den Kopf des Mannes herum war blutbespritzt und die Ursache dafür war offensichtlich: Sein wirres Haar lag, inklusive Kopfhaut und Gewebe, über ihm im Gras, zerfasert, als wäre es mit einer Heckenschere bearbeitet worden.

Steiner verzog das Gesicht, O'Learys Ausdruck blieb dank Sonnenbrille unverändert. Daria wusste, dass Martin, genau wie sie, Schlimmeres gesehen hatte. Ganze Körper, die so zugerichtet waren.

»Dieser Mann hier«, erklärte Mickey, »wurde 2010 von seiner Frau, nach deren Kurzurlaub, so aufgefunden. Er hatte den verwilderten Garten des neu gekauften Hauses der beiden auf Vordermann bringen wollen. Die Ermittler rekonstruierten, dass Folgendes geschehen sein musste ...«

Das Bild wechselte, der Mann war nun ganz zu sehen. Er lag auf der Seite, schräg hinter ihm ein umgekippter Rasenmäher. Daria sah das Blut und die Hautfetzen, die sich in den Messern und der Antriebswelle verfangen hatten.

»Das Opfer ist mit dem Rasenmäher in ein Bienennest gestoßen. Er war Allergiker und geriet in Panik, als er versuchte, sich gegen die angreifenden Insekten zu wehren. Der Mäher kippte und unser Opfer fiel in seiner Hysterie über den Griff. Dabei gerieten seine Haare in die Antriebswelle und die Messer erledigten den Rest. Gestorben ist das Opfer aber in Folge der Stiche ... was erst einige Minuten nach der Skalpierung geschehen sein dürfte.«

»Ein bizarrer Unfall«, sagte Martin. »Eine Anhäufung wirklich dummer Zufälle ...«

»Es sah alles danach aus. Keine DNA, keine fremden Fingerabdrücke am Mäher, keine Zeugen, nichts. Der einzige Hinweis auf Fremdeinwirken war, dass die Sicherheitsbügel am Griff modifiziert wurden, was den automatischen Messerstopp deaktiviert hat. Allerdings gab die Frau an, das Opfer sei ein Bastler gewesen. Trotzdem ...«

»Sekunde.« Daria schloss die Augen und versuchte, die Tat aus der anderen Richtung zu rekonstruieren – als Mord. Sie stellte sich vor, wie sich der Schleicher, ein noch gesichtsloser Mann, an sein Opfer herangeschlichen und ihm irgendein Betäubungsmittel injiziert hatte. Wenn bekannt gewesen war, dass der Getötete unter einer Allergie litt, hatte es sicher keine toxikologische Untersuchung gegeben. Sobald der Mann bewegungsunfähig war, hatte der Schleicher ihn skalpiert – mit einer scharfen Klinge, ähnlich den Schneiden eines Rasenmähers. Mit einem Rasiermesser vielleicht. Aber wo hatte er es getan?

Daria dachte nach. Er konnte es überall im Haus getan haben. Wenn er wusste, dass die Frau des Opfers im Urlaub war, hatte er alle Zeit der Welt gehabt, um für sein Vorhaben Folie oder ähnliches auszulegen.

Und dann war das Gift zum Einsatz gekommen, welches das Opfer schließlich getötet hatte: Bienengift konnte man kaufen, zum Beispiel um rheumatische Schmerzen zu behandeln. Der Schleicher hatte es dem Mann ganz einfach gespritzt und das Nest dann erst platziert, ehe er den Tatort verlassen hatte. Nein. Vorher hatte er noch den Rasenmäher manipuliert. Und das nicht nur technisch. Irgendwie musste er ja auch Blut, Haare und Gewebereste an der richtigen Stelle platziert haben. Ein ziemlich Aufwand, doch offenbar hatte es sich gelohnt.

»Ist es aufwendig, den Messerstopp zu deaktivieren?«, fragte sie in die Runde.

Martin und O'Leary machten ratlose Gesichter, genau wie Steiner.

»Das ist ein Kinderspiel«, sagte schließlich Mickey, der sicher nicht viel mit Gartenarbeit am Hut hatte, dafür aber mit Technik. »Man muss nur dafür sorgen, dass der Bügel am Griff nicht zurückschnappt, sobald man loslässt.«

Daria nickte. Ein Kinderspiel also. »Okay, weiter«, sagte sie.

»Trotzdem«, wiederholte Mickey, »fingen die Leute im Netz an, ähnlich absurde Unfälle zu sammeln und nach Anzeichen für ein Muster zu suchen. Wir haben uns die Threads mal genau angesehen und uns dann ebenfalls auf auffällige Unfälle während der letzten sechs Jahre konzentriert. Und davon gab es eine ganze Menge. Unsere Indikatoren waren ...«

Mickey machte eine Pause und ließ erneut eine Auflistung von Stichpunkten erscheinen.

Daria blinzelte, als das grelle Lila sie blendete.

»Ein Unfallhergang musste theoretisch möglich sein, ein Gewaltverbrechen aber auch. Und es durfte keine Zeugen geben.«

»Wie viele Fälle habt ihr gefunden?«, fragte Daria.

»Insgesamt?«, gab Mickey zurück. »Über 50.«

Steiner sog scharf die Luft ein.

»Aber wir dürfen nicht vergessen, dass viele davon auch tatsächliche Unfälle gewesen sein können«, warf O'Leary ein.

»Sicher. Wir haben einfach nur die Fälle zusammengetragen, bei denen Fremdeinwirken nicht ausgeschlossen werden kann. Und, was soll ich sagen? Bei denen ließ sich tatsächlich so was wie ein Muster erkennen: Zum einen ist es nie schnell gegangen. Der Tod erfolgte immer langsam und auf schmerzhafte Art und Weise.«

Daria dachte nach und revidierte ihre Rekonstruktion von gerade noch ein wenig. Wahrscheinlich hatte der Schleicher sein Opfer vor dem Skalpieren nicht betäubt. Oder aber er hatte gewartet, bis es wieder aufgewacht war.

»Außerdem sind wir auf auffallend viele Fälle gestoßen, bei denen die Opfer polizeibekannt waren. Junkies, Dealer, Zuhälter, Hehler, aber auch Prostituierte und Bordellbesitzer, das volle Programm«, fuhr Mickey fort.

Daria erinnerte sich an die Radiosendung neulich. Auch dort war spekuliert worden, dass es der Schleicher auf zwielichtige Gestalten abgesehen hatte. Die Frage war nur, weshalb.

»Gib uns noch ein Beispiel«, sagte Martin, der wohl ähnliche Gedanken zu haben schien.

Mickey schwieg, es waren wieder Klicks zu hören. »Hier hatten wir es mit einer Stuttgarter Bordellbesitzerin zu tun«, sagte er dann. »Moderne

Penthousewohnung mit Smart-Home-Ausstattung. Nur blöd, wenn die auf einmal verrückt spielt.«

Ein Foto erschien, es zeigte ein vollkommen zerschmolzenes Modul mit Thermostat.

»Was ist da passiert?«, wollte Martin wissen.

»Wenn wir an die Unfalltheorie glauben?« Mickey machte ein paar Klicks, während er weitersprach. »Dann hat ein Kurzschluss im Thermostat das Badewannenwasser unter Strom gesetzt. Unser Opfer kam nach Hause, freute sich auf das bereits eingelassene Bad und stieg in die Wanne – wo sie sofort einen heftigen Stromstoß erlitt und das Bewusstsein verlor.«

Ein neues Bild erschien und Daria ertappte sich dabei, wie sie angewidert das Gesicht verzog. Ein Körper in einer edlen Rundwanne war zu sehen, das Wasser bräunlich verfärbt, die hinausragenden Knie sowie der Kopf, der an der Oberfläche trieb, von hellgrauer, fast weißer Farbe und seltsam zerfasert in der Konsistenz. »Das sieht mir nicht nach Verwesungsmerkmalen aus«, sagte sie.

»Nein, es gab auch keine. Der Körper wurde schon am nächsten Tag vom Partner des Opfers gefunden. Was Sie hier sehen, ist laut rechtsmedizinischer Untersuchung ein Körper, der, nun ja, gekocht wurde. Das ist passiert, weil der Strom noch eine Weile weiter floss, nachdem die Frau tot war. Bis es zum Kurzschluss kam, wurde die Wanne praktisch zum Durchlauferhitzer.«

»Kann so was passieren?«, fragte Martin, der ebenfalls leicht angewidert klang. »Rein theoretisch natürlich.«

»Bei billigen Smart-Home-Lösungen kann alles passieren, aber für eine genauere Untersuchung waren Modul und Thermostat viel zu sehr in sich zusammengeschmolzen.«

Daria nickte. Darauf hatte der Schleicher wohl spekuliert. Sie überlegte, wie die ganze Sache wirklich abgelaufen sein mochte. Der Schleicher musste sich Zutritt zur Wohnung verschafft und dem Opfer aufgelauert haben. Dann hatte er die Bordellbesitzerin überwältigt, sie vermutlich gefesselt ...

»Mickey, wurden bei irgendeinem dieser Menschen je Fesselspuren gefunden?«

»Nein, nicht, dass ich wüsste. Aber ihr müsst auch bedenken, dass nie in Richtung Mord ermittelt worden ist. Zumindest nie sonderlich gründlich, denn Fremdeinwirken war nie ersichtlich.«

Daria nahm sich vor, sich mit dieser Frage später noch zu beschäftigen. Es gab definitiv Möglichkeiten, beim Fesseln keine Spuren zu hinterlassen, so viel stand fest: In der SM-Szene zum Beispiel wollte nicht jeder unterwürfige Beteiligte am Tag nach dem Sex mit Striemen an den Armen herumlaufen. Wenn sie also davon ausging, dass die Frau gefesselt worden war, konnte sie sich auch gut vorstellen, was der Schleicher dann getan hatte: sich mit seinem Opfer amüsiert. Diesmal hatte er es nicht skalpiert, ihm kein Gift injiziert, es nicht ausgeweidet. Er hatte es mit Strom gefoltert.

»Konnte eine genaue Todesursache ermittelt werden?«

»Im Gewebe des Opfers konnten ...« Mickey pausierte kurz, während er etwas nachzuschlagen schien, »sogenannte tetanische Verkrampfungen festgestellt werden, die typisch sind bei Stromeinwirkung.«

Diese Verkrampfungen mochten durch die Folter entstanden sein, vermutete Daria, nicht jedoch durch einen einzigen tödlichen Stromstoß. Denn der Schleicher ließ nicht zu, dass seine Opfer schnell und vergleichsweise schmerzlos starben.

»Es gab vermutlich keine Methode, zweifelsfrei festzustellen, ob das Opfer noch lebte, als das Wasser heißer und heißer wurde, oder?«

»Nein, dafür war der Leichenzustand zu schlecht. Die Haut zerfiel förmlich, als der Körper geborgen wurde.«

Das war klug. Auf diese Weise hatten auch keine Strommarken oder andere oberflächliche Verletzungen festgestellt werden können.

»Wenn's ein Smart Home war, wird es doch Kameras gegeben haben!«, sagte plötzlich Izabela.

»Nein, keine Kameras. Die Besitzerin hatte wohl oft ziemlich zwielichtigen Besuch und wollte, wie es aussieht, keine Zeugen.«

Daria atmete durch und versuchte erneut zu verstehen, was einen Killer antrieb, solche Dinge zu tun. »Was ist das verbindende Element zwischen allen Taten?«, fragte sie. »Neben der Tatsache, dass er sie wie Unfälle aussehen lässt?«

Eine Weile sagte niemand etwas. Dann war es Steiner, der sich zu Wort meldete.

»Die Brutalität«, sagte er. »Keine dieser Taten ist harmlos wie ... sagen wir, ein einfacher Treppensturz.« Er runzelte die Stirn und sah ins Leere, während er weitersprach: »Einen Unfall könnte man doch eigentlich ein-

facher vorgaukeln. Aber der Täter zieht die Sache in die Länge. Verwendet mehrere Schritte. Als ob er seine Taten voll auskosten wollte.«
»Passt das auch zu den anderen Fällen, die ihr gefunden habt, Mickey?«, fragte Martin.
»Im Grunde schon«, erwiderte der PC-Experte, doch ehe er seine Antwort weiter ausführen konnte, öffnete sich die Tür und Izabela kam herein. Sie sah verärgert aus.
»Was ist los?«, fragte Martin als Erster.
»Ich hatte eben Amende am Apparat.« Sie hielt ihr iPhone in die Höhe. »Er gibt die Fotofahndung nach dem Opfer nicht frei.«
Daria runzelte die Stirn. Das konnte sie nicht verstehen. Heute Morgen waren in der Rechtsmedizin Bilder des Getöteten angefertigt worden, die nicht halb so erschreckend waren wie die vom Tatort. Man hätte sie problemlos der Öffentlichkeit präsentieren können. »Wo ist das Problem?«, fragte sie.
»Er sagt, er will nicht, dass die Bevölkerung in Panik versetzt wird«, erklärte Izabela. »Offiziell gibt es weiterhin keinen Schleicher und auch keine Fahndung nach ihm.«
»Das ist total fahrlässig«, sagte Daria.
Izabela zuckte mit den Schultern. »Sag das Amende.«
Daria wusste, dass das nichts gebracht hätte. Schon als er ihr den neuen Fall übertragen hatte, war ihm dessen Geheimhaltung auffallend wichtig gewesen. Weshalb, würde sie schon noch erfahren. Aber sicher nicht von Amende selbst.
»Konzentrieren wir uns auf die Ermittlungen«, sagte sie. »Mickey, gute Arbeit, aber versucht das Ganze noch etwas weiter einzugrenzen. Gibt es eine Region, in welcher der Schleicher besonders aktiv gewesen sein könnte? Wo hat er angefangen? Und wie haben sich die zeitlichen Abstände zwischen seinen Taten entwickelt? Behandelt erst mal alles, worauf eure Kriterien passen, als Mord – ausschließen können wir immer noch.«
»Wird gemacht«, erwiderte Mickey.
»Wir anderen versuchen weiterhin herauszufinden, mit wem wir es bei dem Opfer zu tun haben. Wenn wir erst die Identität kennen, lässt sich vielleicht eine Verbindung zu anderen potenziellen Schleicher-Opfern herstellen. Izabela und Ian«, Daria wandte sich ihren beiden Kollegen zu,

»ihr hört euch noch mal im Ort um und erkundigt euch im Umkreis nach aktuellen Vermisstenmeldungen. Steiner, Sie sehen sich an, was die Spurensicherung gefunden hat. Und wir ...« Sie drehte sich in ihrem Stuhl zu Martin um. »Wir fahren in die Rechtsmedizin. Die Obduktion steht heute an.«

Kapitel 24

Mit einem angeekelten Geräusch zog sich Maxim vom Fenster zurück. Beinahe wäre er über die gespannte Schnur des Nachbarzeltes gestolpert, konnte sich aber gerade noch abfangen, bevor er rücklings in die graugrüne Plane fiel.

Er war erschüttert darüber, was man nicht alles sah, wenn man in fremde Wohnwagenfenster spähte. Beinahe vorsichtig schaute er noch einmal in Richtung der Luke, durch die er gerade eben noch geblickt hatte. Der Gedanke an die nackte Dicke ließ Übelkeit in ihm aufsteigen. Zwar war sie ebenfalls blond gewesen, aber trotzdem nicht die Frau, die er suchte. Und der arme Kerl, der unter ihr gelegen hatte ... Maxim fragte sich ernsthaft, wie er es fertig gebracht hatte, zu atmen, während sie mit dem Hintern – Schluss damit.

Wenn er sich nicht auf der Stelle auf den Rasen übergeben wollte, sollte er seine Gedanken schleunigst unter Kontrolle kriegen. Aber das war nicht so einfach, denn das hier war zweifellos nicht sein Milieu. Er hatte geglaubt, den Höhepunkt hätte der Wohnwagen mit den zahllosen Katzen geboten. Auf den ersten Blick hatte er sechzehn Tiere gezählt. Die zerfetzte Einrichtung war nur das kleinste Übel gewesen. Überall hatte Dreck geklebt, sogar an den Wänden.

Doch die meisten der Wagen, die er vorgefunden hatte, waren glücklicherweise verwaist gewesen. Die herumliegende Kleidung hatte nicht auf seine spezielle Freundin hingedeutet und so war er weitergezogen. Er war sich mittlerweile ziemlich sicher, dass sie hier irgendwo war. Auf einem der vielen Campingplätze der Insel verschanzte sie sich, denn etwas Anonymeres gab es kaum. Nur wo?

Maxim drehte sich einmal um die eigene Achse. Das war der zweite Platz den er absuchte und er hatte ihn bereits zur Hälfte überquert. Die einzelnen Zelte ließ er außen vor. Zu schwer war es, dort hinein zu sehen. Er konnte ja schlecht die Reißverschlüsse aufziehen und den Bewohnern Hallo sagen. Außerdem wollte er sich auf die Behausungen mit eigenem Wasseranschluss beschränken.

Es war auch ohne dreistes Eindringen in fremde Zelte riskant, was er tat.

Er hatte die letzte Nacht über unbehelligt suchen können und teilweise sogar mit einer Taschenlampe in die Fenster geleuchtet, ohne dass ihn jemand bemerkte. Das Gewitter, das in den frühen Morgenstunden aufgezogen war, hatte ihm in die Hände gespielt. Aber jetzt, bei Sonnenschein, herrschte für seinen Geschmack ein zu reges Treiben auf dem Platz. Einmal wäre er beinahe erwischt worden, hatte sich dann aber noch rechtzeitig hinter einen Baumstamm zurückziehen können. Und auch jetzt sollte er hier nicht einfach so auf der Rückseite zweier Wohnwagen herumstehen und Löcher in die Luft starren. Wenn er nachdenken wollte, sollte er sich eine Bank suchen, auf die er sich setzen konnte. Aber unbedingt eine, die im Schatten lag. Nach dem Regenschauer gestern war es unerträglich schwül. Die langen Sachen, mit denen er seine Narben verbergen musste, ließen ihn schwitzen. Am liebsten hätte er einen Sprung ins Meer gemacht, aber damit hätte er sein Glück wohl vollends überstrapaziert. Er musste so unauffällig wie möglich bleiben, denn ins Spiel zurückzukehren, barg schon genug Risiken. Dass Daria ihn auf dem Waisenhausgelände gesehen hatte, machte seine Situation umso komplizierter. Er wollte sie wiedersehen. Unbedingt. Aber er musste bestimmen können, wann und wo und das bedeutete, dass er sich nicht mehr in Zinnowitz verstecken konnte, wo sie sich jeden Moment über den Weg laufen konnten. Auf dem weitläufigen Gelände des alten Sanatoriums hätte er sich wunderbar verstecken können, ehe dort der Mord geschehen war, ausgerechnet ...

Moment.

Wieder blieb Maxim abrupt stehen.

Wie konnte er nur so blöd sein? Er neigte dazu, seine Umgebung zu unterschätzen, vor allem die kleine Killerin. Bisher hatte sie ihm bewiesen, dass sie bei Weitem nicht so unbedarft war, wie sie aussah.

Und auch jetzt verstand er langsam aber sicher, was wirklich geschehen sein musste. Sie hatte gesagt, dass sie den Grundstein für ihre Zusammenarbeit gelegt hatte. Und dann war Darias Team im alten Waisenhaus aufgetaucht. Die Blondine wollte Amende an den Kragen, und Amende war der Boss von Daria Storm. Wenn sie hergeschickt worden war, dann wusste er das, und vermutlich wusste er auch von dem Toten im Sanatorium – der nicht Maxim war.

Er verstand noch nicht alle Zusammenhänge, aber er verstand, dass seine neue Freundin etwas mit diesem Toten zu tun haben musste. Alles andere wäre einfach ein zu großer Zufall gewesen.

Weiter.

Mal angenommen, sie war genauso klug wie er. Hatte er selbst nicht gerade darüber nachgedacht, Zinnowitz zu verlassen, weil er Daria Storm nicht zufällig in die Arme laufen wollte? Mit seinen Narben fiel er auf, genau wie die Blondine mit ihrer außergewöhnlichen Schönheit. Also versteckte sie sich sicher nicht auf dem Campingplatz, der dem Ort am nächsten war. Nein. Wenn er sie finden wollte, dann musste er weiter außerhalb suchen.

Maxim seufzte innerlich. Noch mehr Einblicke in Leben, von denen er gar nichts wissen wollte, standen ihm also bevor.

Aber mit ein wenig Glück würde sich das Ganze lohnen.

Kapitel 25

Daria überließ Martin das Fahren, um sich ein paar Notizen machen zu können. Mickeys Ausführungen schwirrten ihr noch durch den Kopf, und langsam aber sicher nahm die Vorstellung des Schleichers in ihrem Kopf Gestalt an. Jemand der zornig war und dies an seinen Opfern ausließ. Aber wieso gerade an Kriminellen?

Nicht, dass es ungewöhnlich wäre, dass sich die Wut eines Serientäters gegen eine ganz bestimmte Gruppe von Personen richtete. Junge schöne Frauen beispielsweise. Doch was bewegte speziell den Schleicher zu der Auswahl seiner Opfer?

Gerade machte sie dazu einen Vermerk, als Martin rechts ran fuhr, um den Wagen zu parken.

»Hier?«, fragte Daria ungläubig, als sie das Häuschen erblickte, vor dem er hielt. Es war einer von mehreren cremefarben gestrichenen Bauten, deren rote Dächer in der Sonne glänzten. Blumen standen in den Fenstern und die Tür, ebenfalls rot, wies ein aufwendiges Schnitzmuster auf.

»Laut Navi«, sagte Martin, beugte sich zu ihr herüber und begutachtete das Häuschen ebenfalls. »Und laut dem Schild neben der Tür auch.«

Er hatte Recht. *Universität Greifswald, Rechtsmedizinisches Institut* stand dort in schwarzen Lettern auf weißem Hintergrund.

»Pass auf, der Seziertisch ist gleich vermutlich mit 'ner Spitzendecke dekoriert und im Hintergrund läuft leise Mozart.«

»Quatschkopf«, sagte Daria.

»Hey«, erwiderte Martin und sie sah ihn an.

Er lächelte, und als sie sein Lächeln erwiderte, beugte er sich zu ihr herüber und küsste sie, zu lange und leidenschaftlich dafür, dass sie gerade im Dienst waren. Daria wehrte sich nicht. Sie erwiderte seinen Kuss und schloss sogar für einen Moment die Augen. Es kam ihr vor, als sei Martin erleichtert, dass sie den Schinder-Fall hatte abgeben müssen.

Dann stieg sie aus, Martin trat neben sie auf die Schwelle des hellen, freundlichen Häuschens und Daria klingelte an. Eine leise Melodie erklang. Vermutlich wirklich Mozart.

Einen Moment lang geschah nichts, dann ertönten Schritte aus dem In-

neren und schließlich öffnete eine nicht mehr ganz junge, leicht rundliche Frau die Tür, die ihr rotes Haar mit einem bunten Tuch zurückgebunden hatte und eher Yogalehrerin als Rechtsmedizinerin hätte sein können.
»Daria Storm und Martin Thies aus Berlin, wir hatten ...«
Die Frau lächelte. »Kommen Sie rein, ich habe schon auf Sie gewartet.«
Daria trat als Erstes ein und nahm sofort den süßlichen Geruch wahr, der in der Luft lag – grüner Tee und Vanille, wenn sie sich nicht täuschte. Sie sah sich um und entdeckte helle Eichenholzmöbel, perfekt gebohnertes Parkett und an der Decke kleine Kronleuchter, die abends sicher stimmungsvolles Licht verbreiteten.
»Möchten Sie einen Tee? Ich habe gerade welchen aufgebrüht. Oder eine Tasse Kaffee?«
»Nein danke, Frau Doktor ...«
»Ziegler.« Die Ärztin drückte ihre Hand. »Mit meinem Mann haben Sie schon Bekanntschaft gemacht, glaube ich.«
Daria ging ein Licht auf. Die Rechtsmedizinerin war die Frau von Kommissar Ziegler, dem alternden Surfer mit dem nervös zuckenden Auge. Die Gegend hier war wirklich das reinste Dorf.
Höflich erwiderte sie den Händedruck der Rechtsmedizinerin und lächelte. »Ja, wir haben uns gestern kennengelernt, bei der Erstbegutachtung des Leichnams.«
»Und jetzt möchten Sie sehen, wie es mit unserem unglückseligen Freund weitergeht.« Doktor Ziegler zwinkerte ihr zu. »Kommen Sie mit«, sagte sie dann, »wenn Sie nichts trinken wollen, können wir direkt anfangen..«
Daria und Martin folgten ihr durch einen schmalen Korridor. Die Kunstdrucke, welche die Wände zierten, stellten den einzigen Kontrast zur sonst freundlichen Einrichtung dar – sie zeigten allesamt Röntgenaufnahmen, nicht im Üblichen Schwarz-Weiß, sondern grellbunt aufgemacht, und auf jedem der Bilder stellte sich eine Fraktur dar, mal glatt, mal ein richtiger Trümmerbruch. Die Rechtsmedizinerin hatte einen eigentümlichen Kunstgeschmack.
»Wollen Sie Minzpaste?«, fragte Doktor Ziegler, die vor einer Tür stehen geblieben war und ihnen eine kleine Dose entgegen hielt.
Sie verneinten beide. Verwesungsgestank war in der Rechtsmedizin

nicht halb so schlimm wie an einem frischen Tatort. Lüftungssysteme und der allgegenwärtige Formalingeruch überdeckten beziehungsweise neutralisierten das Schlimmste.

»Dann kommen Sie. Der Patient wartet schon.« Ziegler lächelte, dann öffnete sie die Tür und ging vor.

Martin ließ Daria als Erste reingehen. Sie war nicht überrascht, dass auch der Sektionssaal hell und freundlich wirkte, doch anstelle des Parkettbodens lagen hier Fliesen und statt Kunstdrucken gab es an den Wänden Tafeln und Plakate mit anatomischen Begriffserklärungen darauf. Nur der Kronleuchter war gleich, er hing in der Mitte des Raumes und verlieh dem Ganzen eine Tanzsaalatmosphäre.

Diese erstarb jedoch sogleich, als Daria den Körper erblickte.

Der Tote aus dem Waisenhaus war nackt, lediglich ein dünnes Tuch bedeckte seine Scham. Das Erste, was Daria auffiel, war sein Körperbau. Er war durchtrainiert, machte einen gesunden, fitten Eindruck. Seine Brustmuskeln wölbten sich deutlich hervor und auch seine Arme wirkten kräftig, ohne wuchtig auszusehen.

Sie trat näher heran, wobei sie versuchte, die verheerende Bauchwunde zu ignorieren und ihm stattdessen ins Gesicht zu sehen. Das dunkle Haar war zurückgekämmt und sah feucht aus, was vermutlich daher rührte, dass der Körper bis gerade in der Kühlkammer gelegen hatte. Daria schätzte das Opfer auf höchstens 30 und seine Züge wirkten wie die eines Mannes, der nicht viel durchgemacht hatte in seinem Leben. Er sah nun, da seine Augen geschlossen waren, friedlich aus. Wie ein Mensch, der einfach schlief. Und da war noch etwas: Irgendwie kam ihr dieser Kerl bekannt vor.

Sie blickte herüber zu Martin, aber wenn er den Mann ebenfalls wiedererkannte, ließ er sich das zumindest nicht anmerken.

»Wollen wir beginnen?«, fragte Ziegler und ging um den Tisch herum, wobei sie sich dünne Latexhandschuhe anzog. »Oder will von Ihnen noch mal jemand an die frische Luft?«

»Das ist nicht unsere erste Obduktion«, stellte Martin klar.

»Meine auch nicht.« Die Rechtsmedizinerin lächelte und schaltete ein Diktiergerät ein. »Aber so richtig gewöhnt man sich nie daran, finde ich.« Sie deutete auf den Toten und fuhr im selben Plauderton fort: »Die äußerliche Begutachtung habe ich schon vorgenommen, ich hoffe, das stört Sie nicht. Wir haben einen offensichtlichen Halswirbelbruch, eine stumpfe Schlagverletzung am Kopf ...«

Daria nickte. Genau das hatte sie sich schon gedacht.

»Und natürlich die Verletzung am Bauch, die ich gleich näher betrachte.«

»Irgendwelche Tattoos oder Piercings? Etwas, das uns bei der Identifikation helfen könnte?«, hakte Martin nach.

Ziegler schüttelte den Kopf. »Aber vielleicht finden wir gleich eine seltene Missbildung oder was Besonderes im Zahnprofil. Doch zunächst ...«

Sie senkte ein Vergrößerungsglas auf den Toten herab. »Der Thorax. Ich habe gestern erst mal wieder alles eingeräumt, nicht dass Sie sich gleich wundern, wenn ich mit dem Wiegen beginne.«

»Was war denn ... draußen?«, wollte Daria wissen.

»Teile des Darms. Sonst nichts.«

Daria nickte. Klar. Der Darm war vermutlich das Einzige, das bei einem aufgeschlitzten Bauch einfach herausfallen konnte. Hätte der Täter sein Opfer noch weiter ausgeweidet, hätte die Tat nicht mehr nach einem Unfall ausgesehen.

»Wir haben hier einen langen Schnitt in der Bauchdecke«, sagte Ziegler, deren Stimme nun einen konzentrierteren Tonfall angenommen hatte, »verursacht durch einen gezackten, scharfen Gegenstand.«

Sicher. Der Schleicher musste etwas verwendet haben, das der Scherbe im Fensterrahmen ähnelte.

»Fett- und Muskelgewebe sind vollständig durchdrungen.«

Um auf Nummer sicher zu gehen, fragte Daria: »Wie wahrscheinlich ist es, dass man sich so eine Verletzung selbst zufügt?«

»Sehr, sehr unwahrscheinlich.«

Sie dachte nach. Der Schleicher folgte seinem gewohnten Muster, aber er gab sich nicht mehr ganz so viel Mühe, seine Tat zu verschleiern. Wieso nicht?

Sie beobachtete, wie Ziegler sich die Bauchwunde im Detail ansah, wie sie dabei irgendwelche Fachausdrücke auf Band sprach, um schließlich nach einem scharfen Skalpell zu greifen.

»Ich setze jetzt den Ypsilonschnitt«, kündigte sie an und Daria beobachtete aus dem Augenwinkel, dass Martin den Blick senkte. Vor diesem

Teil hatte er sich schon immer geekelt, und sie konnte es ihm nicht verübeln. Es war nie ein schöner Anblick, wenn ein menschlicher Körper auf diese Weise geöffnet wurde.

Dennoch sah sie selbst zu, als Ziegler begann, die Organe zu entnehmen und genau zu begutachten. »Dünndarm und Grimmdarm sind durch den Schnitt perforiert worden«, sagte sie. »Außerdem der Magen und Teile des Bauchspeicheldrüsenganges. Sonst keine Auffälligkeiten.«

Sie widmete sich wieder dem Innenleben des Getöteten und Daria blickte ihm dabei abermals ins Gesicht. Woher kannte sie ihn nur?

»Seine Sachen, kann ich mir die ansehen?«, fragte sie und warf Martin einen kurzen Blick zu. Er schien einverstanden zu sein, die Obduktion allein weiter zu überwachen.

Ziegler jedoch zögerte. »Ja, aber das würde Ihnen nicht viel nützen. Wir haben nur die Kleidung, keinen Schmuck, nichts.«

»Das macht nichts«, beteuerte Daria und wartete, bis die Rechtsmedizinerin die Handschuhe ausgezogen hatte. Dann ließ sie sich in einen Nebenraum führen. Die Kleider des Toten waren ordentlich in transparente Plastikbeutel verpackt und sie musste nun ihrerseits Handschuhe überziehen, ehe sie die Sachen anrührte.

Als Ziegler zurück in den Saal gegangen war, begutachtete Daria zuerst die Jacke des Toten. Es war eine Windjacke, sehr dünn, gehobenes Preissegment. Eigentlich vollkommen übertrieben bei der Wärme, schwarz und mit einer Kapuze versehen. Vielleicht hatte er sie nur getragen, um sich zu tarnen, während er Hausfriedensbruch beging. Am Bauch war sie aufgerissen und von geronnenem Blut verkrustet. Sie griff in die Taschen, auf der Suche nach einer vergessenen Notiz oder etwas anderem, das auf die Identität des Mannes hätte hindeuten können. Aber sie wurde weder dort noch in der Hose fündig.

Also ließ sie beides zurück in die Plastiktüte gleiten und nahm sich stattdessen das ordentlich gefaltete Hemd vor. Es war anthrazitfarben und offensichtlich teuer, aus Seide, wenn sie sich nicht täuschte. Arm war das Opfer also offensichtlich nicht gewesen. Daria warf einen Blick in den Kragen, denn wenn das Hemd aus einer kleineren Boutique stammte, konnte das vielleicht helfen, die Identität des Opfers zu klären. Überrascht stellte sie fest, dass es keinen Waschzettel und auch keine Größenangabe gab, und dann überfiel sie auf einmal so etwas wie ein Déjà-vu: Sie hatte genau so ein Hemd schon mal in der Hand gehabt. Maßgeschneidert, darum ohne eingenähte Zettelchen. Etwas hektisch ließ sie den ebenfalls blutigen Stoff durch ihre Finger gleiten, nahm sich erst den linken, dann den rechten Ärmel vor. Sie sah sich die Manschetten ganz genau an – und dann breitete sich ein zufriedenes Lächeln auf ihren Lippen aus. Mit schwarzem Garn war auf dem rechten Ärmel ein Monogramm eingestickt worden: ED. Die Initialen des Toten. Das verriet ihr zwar immer noch nicht, wer er war, aber es bedeutete einen Anfang. Sie zückte ihr Handy und informierte Mickey, Lea und Pia – mal sehen, was sie daraus machen konnten. Vorsichtshalber schickte sie auch die Information mit, dass sie glaubte, das Opfer irgendwo schon mal gesehen zu haben.

Dann ging sie zurück in den Saal und beobachtete gemeinsam mit Martin den Rest der Obduktion.

Eines musste man Doktor Ziegler lassen: So seltsam die Medizinerin wirkte, so geschickt war sie in ihrem Fach. Sie schaffte es nach der Hirnuntersuchung scheinbar mühelos, die Schädeldecke wieder an ihren Platz zu setzen und zu verkleben, und als sie fertig war, fiel der dünne Schnitt am Kopf des Toten kaum noch auf. Daria fand es immer schlimm, wenn Rechtsmediziner schlampig arbeiteten. Man wusste nie, ob die Angehörigen nicht einen offenen Sarg wünschten.

»Also«, sagte Ziegler auf Darias Nachfrage hin, nachdem sie sich die Hände gewaschen hatte. Sie lehnte sich ans Waschbecken und verschränkte die Arme. »Meiner Meinung nach war die Todesursache der Genickbruch.«

»Nicht etwa das Ausweiden?«, fragte Martin ein wenig ungläubig.

»Nein. Die Verletzungen an den Organen sind dafür nicht schwer genug und die Bauchaorta ist auch nicht verletzt worden. Wäre dies der Fall, wäre er binnen Sekunden verblutet. So jedoch haben wir es mit einer schweren, jedoch nicht tödlichen Blutung zu tun. Mit anderen Worten: Der Täter hat das Opfer durch den Bauchschnitt und das Herausziehen der Gedärme lediglich quälen wollen. Und als er mit ihm fertig war, hat er ihm das Genick zertrümmert.«

Daria dachte an das, was sie bisher über den Schleicher wusste und war sich sicher, dass das Opfer nicht mehr bewusstlos gewesen war, als der Schleicher den verheerenden Schnitt gesetzt hatte.

Der Tod erfolgte immer auf langsame und schmerzhafte Art und Weise, hallte es in ihrem Kopf wider.

Kapitel 26

Maxim hatte aufgehört, die Campingplätze zu zählen, die er absuchte. Es gab unzählige und je mehr er sich ansah, desto klarer wurde ihm, wie perfekt sie als Versteck waren. Kaum jemand kannte den anderen, es herrschte ein ständiges Kommen und Gehen.

Jetzt gerade steuerte er einen Campingplatz an, der abseits des Tatorts lag, aber immer noch auf der Insel. Neben ihm glitzerte das sogenannte Achterwasser, ein Binnengewässer, im Licht der untergehenden Sonne. Mücken surrten um seinen Kopf, aber er hatte es schon lange aufgegeben, sie zu verscheuchen. Er zupfte sich das schweißfeuchte Hemd vom Körper, während er die letzte Düne erklomm. Vor ihm, zwischen den Bäumen, erstreckte sich eine Wiese, auf der zahlreiche Wohnwagen und Zelte im Abendrot standen. Zwischen einigen Stämmen hingen Hängematten und auf dem Rasen saßen Menschen in verstreuten Grüppchen, grillten und genossen nach dem Regen die neuerliche Wärme.

Maxim gab sich Mühe, sie nicht anzustarren und trotzdem abzuchecken – auch wenn er nicht glaubte, dass seine Zielperson unter ihnen war. So unauffällig es ging, überquerte er die Wiese, die von feinen weißen Weben nahezu komplett überzogen war. Spinnennetze. Doch das störte ihn nicht. Er hatte keine Angst vor Insekten. So schnell, dass es nicht aussah, als wüsste er nicht wohin und trotzdem langsam genug, dass es als Spaziergang durchgehen würde, schlenderte er über den Platz.

Wo hätte er sich versteckt?

Ganz sicher nicht hier vorne. Zu viele Menschen, zu viele potentielle Verehrer und somit zu viele unbequeme Fragen. In der Mitte des Platzes? Nein. So wie das Ganze konzipiert war, ging er davon aus, dass dort nur Stammcamper lebten, da die Wagen teils von richtigen Gärten umrahmt waren. Würde dort plötzlich eine hübsche Blondine statt der alteingesessenen Omi wohnen, würde das zwangsläufig Misstrauen wecken.

Kurzentschlossen lief er weiter, auf den Rand des Platzes zu. Je näher er dem angrenzenden Wald kam, desto weiter standen die notdürftigen Behausungen auseinander.

Er passierte ein graues Zelt, vor dem zwei Klappstühle aufgestellt worden waren, das aber ansonsten verwaist wirkte. Dann ein orangefarbenes mit Hirschgeweih darauf, aus dem Partylärm drang. Eines, das irgendwann einmal weiß gewesen, jetzt aber mit Moos überzogen war. Dann entdeckte er einen Bauwagen und ganz am Ende des Platzes einen alten Wohnwagen ohne Vorzelt. Ein paar Pflastersteine an der Vorderseite bildeten eine Art Terrasse, an der Rückseite befand sich eine ausgebeulte Regentonne. Im Inneren des Wagens brannte Licht hinter zugezogenen Gardinen.

Maxim war sich sicher, am Ziel zu sein. Genau hier hätte er sich an ihrer Stelle versteckt. Er spielte erst mit dem Gedanken, sein Glück herauszufordern und anzuklopfen, ohne vorher einen Blick hineinzuwerfen. Dann entschied er sich aber dagegen. Wozu ein unnötiges Risiko eingehen?

Er näherte sich dem Wagen und erkannte, dass die weiße Farbe an einigen Stellen rostig und an anderen grau von Dreck und Spinnenweben war. Er machte einen großen Bogen um die Vordertür und ging so leise er konnte zur Hinterseite. Neben der Regentonne befand sich ein Fenster, das einen Spalt geöffnet war. Er lauschte, doch er konnte nichts hören. Vorsichtig hob er den Kopf und spähte durch die Scheibe. Zuerst sah er nichts, doch dann nahm er rechts am Rande seines Gesichtsfeldes eine Bewegung wahr.

Bingo.

Nach zwei Tagen Suche hatte er sie gefunden.

Die Blondine stand vor einem Spiegel und bürstete sich ihr nasses Haar. Sie trug nichts außer einem weißen Handtuch. Vielleicht war sie bei der spätsommerlichen Wärme schwimmen gewesen oder hatte gerade geduscht.

Maxim hatte genug gesehen.

So leise, wie er sich dem Fenster genähert hatte, entfernte er sich wieder und steuerte die Tür ihrer Behausung an. Er tastete nach dem Messer in seiner Tasche und als er es an Ort und Stelle fand, hob er die Hand und klopfte.

Drei Mal schlug er mit der Faust zu, laut und fest. Farbe bröckelte ab und hinterließ weiße Sprenkel auf seinen Schuhen.

»Moment!« Schritte aus dem Innern.

»Ich habe keinen Moment.« Maxim grinste, als er hörte, wie die Schritte verstummten.

Da staunte sie, was?

Es dauerte nicht lange, bis seine blonde Freundin sich wieder gefangen hatte, dann öffnete sie die Tür.

Noch immer trug sie nichts außer dem Handtuch, doch das schien sie nicht zu stören. »Ach.« Sie verschränkte die Arme vor der Brust und musterte ihn, als wisse sie nicht so recht, was sie mit seinem Besuch anfangen sollte. Doch ihre Worte straften ihren Ausdruck Lügen: »Ich hatte früher mit dir gerechnet. Viel früher. Wo bist du gewesen?«

»Willst du das hier draußen besprechen?« Maxim wandte sich demonstrativ um und ließ seinen Blick schweifen. Doch dort war niemand. Der Anfang des Platzes, an dem gegrillt wurde, war nicht einmal in Sichtweite.

»Ja. Will ich.«

»Du hast es mir nicht gerade leicht gemacht, dich zu finden.« Maxim trat auf die einzige Stufe, die vor dem Wohnwagen angebracht worden war. Sie machte keine Anstalten ihm aus dem Weg zu gehen, also packte er sie kurzerhand an den Hüften und schob sich an ihr vorbei. Der Duft nach Shampoo und einem frischen Duschgel wehte zu ihm herüber.

»Ich dachte, du bist so klug. Ein Kombinationstalent.« Sie blickte ihm hinterher, machte aber keine Anstalten die Tür zu schließen.

»Ein Kombinationstalent, ja.« Maxim griff an ihr vorbei und zog die Tür zu. »Aber kein Zauberkünstler.«

»Und trotzdem hast du mich gefunden.« Sie lehnte sich mit dem Rücken an die Wand und gab dabei ihre Abwehrhaltung kein Stück auf.

»Was wiederum an meiner Klugheit und meinem Kombinationstalent liegt.« Maxim machte einige Schritte durch den Wohnwagen. Er war größer, als er von außen den Anschein gemacht hatte. An der rechten Seite befand sich ein großes Doppelbett, links eine Sitzecke sowie eine Tür, die sicher in eine Art Badezimmer führte. Vor Kopf befand sich eine Kochzeile. Überall stapelten sich Bierdosen, an der Wand hingen Schals und signierte Poster irgendwelcher Fußballspieler und an der Tür ein Pin-Up-Model in einem knappen, weißen Bikini. »Wo ist er?«

Die Blondine seufzte schwer, dann löste sie sich von der Wand und deutete mit dem Kopf hinter sich. »Draußen. Regentonne.«

»Darf ich?«

»Von mir aus. Wenn du dich dann nicht mehr so alleine fühlst.«

Maxim zwängte sich erneut an ihr vorbei und umrundete den Wagen. Die Regentonne war ihm sofort ins Auge gestochen. Sie waren sich eben ähnlicher, als er zuvor gedacht hätte.

Er vergewisserte sich kurz, dass er alleine war, dann hob er den Deckel ab. Der Geruch, der ihm entgegen kam war beißend, aber nicht so stark, wie er gedacht hätte. Er legte den schweren Plastikdeckel beiseite und beugte sich über die Tonne. Sie war bis zum Rand mit einer nahezu undurchsichtigen Flüssigkeit gefüllt. Oben drauf hatte sich eine ölig-schmierige Schicht gebildet und er konnte etwas, das nach einem Arm aussah, darunter treiben sehen.

Maxim schob den Ärmel seines Hemdes so weit es ging nach oben. Dann steckte er die Hand in die Brühe und packte den Körperteil, um ihn herauszuheben. Es war tatsächlich ein Arm, fein säuberlich am Gelenk abgetrennt. Die Fingernägel waren allesamt vorhanden, er musste also nicht fürchten, dass sie irgendwo in der Tonne herumtrieben, die Armhaare des Toten waren feucht und mit fettigen Schlieren überzogen. Maxim hatte genug gesehen und ließ ihn zurück in die Flüssigkeit plumpsen. Er bemerkte seinen Fehler erst, als ein paar Tropfen der Suppe auf seinem Hemd landeten. Er fluchte leise, doch seine Neugier war noch nicht gestillt.

Wieder langte er in die Tonne, ertastet einen weiteren Arm, dann etwas wabbeliges, dass ein Hinterteil sein konnte. Angewidert verzog er das Gesicht und beugte sich etwas weiter herunter. Sein Arm steckte jetzt fast bis zur Schulter in der Brühe aus altem Regenwasser, Blut und anderen Körpersekrete, über die er nicht näher nachdenken wollte. Der Gestank war jetzt, wo er so nah dran war, fast unerträglich, doch das hielt ihn nicht ab, weiter zu suchen. Er ertastete Haar. Nicht genug, als dass es Kopfhaar sein könnte, Zehen, dann griff er in eine Körperöffnung, die ringsherum Zähne aufwies und in deren Mitte er etwas Aufgequollenes ertastete. Die Zunge.

Na endlich.

Er griff mit den Fingern in den Mund des Toten und presste den Daumen von außen unter sein Kinn. Als er den Kiefer fest genug gepackt hatte, sodass dieser ihm nicht mehr entgleiten konnte, begann er zu ziehen, doch die anderen Leichenteile versperrten ihm den Weg. Er überlegte kurz, den anderen Arm zur Hilfe zu nehmen und den Schädel wieder loszulassen, um sein Hemd hochzukrempeln. Aber das hätte bedeutet, dass er erneut in der Tonne hätte herum suchen müssen und darauf hatte er wenig Lust. Sein Oberteil war sowieso hin, also griff er kurzerhand auch mit Links in die Flüssigkeit und schob die Körperteile beiseite, die ihm im Weg waren. Dann endlich konnte er den Schädel herausheben. Er war schwer, sodass er beide Hände brauchte.

Maxim blickte nun in das Gesicht eines Mannes, den er auf 35 bis 40 schätzen würde. Das Haar war hellblond und reichte ihm, in nassem Zustand, bis über die Ohren. Die Augen hatten sich zum Teil zersetzt oder sie hatte sie ihm ausgestochen, sodass er die Farbe nicht mehr erkennen konnte. Der Kiefer war kantig, die Wangen mit Bartstoppeln übersät. Der Kerl machte keinen sonderlich gepflegten Eindruck auf ihn, aber wer tat das schon, wenn er seit Tagen oder Wochen in einer Regentonne versauerte?

Mit einem weiteren, langen Blick prägte er sich das Gesicht des Toten ein, dann ließ er ihn vorsichtig zurück sinken. Wie seine blonde Freundin es zuvor getan hatte, beschwerte er den Kopf mit den restlichen Körperteilen, sodass er nicht nach oben treiben konnte. Wenn jemand einen flüchtigen Blick in die Tonne warf, würde er also nicht gleich erkennen, dass sie die letzte Ruhestätte eines Campers war.

Maxim trocknete seine Arme so gut es ging mit seinem Hemd ab, dann befestigte er den Deckel wieder und ging zurück in den Wohnwagen.

»Oh bitte, muss das sein?« Die Killerin saß auf einem Stuhl, kämmte sich das feuchte Haar und musterte ihn, als käme er vom Schlammcatchen und würde den teuren, weißen Teppich versauen.

Indirekt tat er das ja auch. Nur eben nicht mit Schlamm. »Ist doch nur Wasser und Blut.« Maxim hob die Schultern.

»Und –«

»Du musst das nicht weiter ausführen.«

»Alkohol.« Die Blondine legte die Bürste beiseite, stand auf und öffnete die Tür, hinter der er das Bad vermutet hatte.

»Alkohol? Wolltest du den Kerl konservieren?«

»Warum nicht?« Nun zuckte sie mit den Schultern. »Aber ich hatte nicht genügend Hochprozentiges hier, also ... Willst du den Gestank vielleicht mal abwaschen?«

»Aber sicher.«

»Gerne. Ist mir ein Vergnügen, dass du nach meinem Wohnzimmer jetzt auch noch mein Bad ruinieren darfst.«

Grinsend ging Maxim an ihr vorbei. »Das ist das Bad von diesem Hinterwäldler.«

»*War.*«

»Du bist ganz schön kleinlich, Hannibal.« Er wollte die Tür hinter sich schließen, doch sie stellte einen Fuß dazwischen.

»Hannibal, ernsthaft?« Sie funkelte ihn aus ihren eisblauen Augen an. »Weißt du, dass mich so ziemlich alles von Doktor Lecter unterscheidet? Nur mal so am Rande.«

»Ihr tötet beide Menschen, so groß kann der Unterschied also nicht sein. Nur mal so am Rande: Ich habe nicht so gerne Zuschauer, wenn ich mich frisch mache.« Er erwiderte ihren Blick.

Widerwillig zog sie ihren Fuß zurück. »Beeil dich«, knurrte sie, dann wandte sie sich ab und setzte sich wieder an den Tisch.

Maxim stieß die Tür zu und sah sich um. Eine provisorische Dusche, ein Waschtisch und sogar eine Toilette. So alt, wie der Wagen schien, konnte er also nicht sein. Er beschloss, die Annehmlichkeiten zu nutzen und nach den Strapazen der letzten Tage erstmal ausgiebig zu duschen. Und vielleicht hatte er sogar Glück und würde im Schrank des Toten etwas Brauchbares zum Anziehen finden.

Doch bevor er den Gedanken zu Ende geführt hatte, öffnete sich die Tür einen Spalt und ein Stapel Klamotten wurde ihm vor die Füße geschmissen. »Zieh dich um.«

»Danke, Hannibal!« Maxim lächelt in Richtung Tür, die in diesem Moment wieder zu fiel.

»... Larissa.«

»Na, wer sagt es denn?«, murmelte Maxim »Larissa also.« Überaus zufrieden schälte er sich aus seinen Kleidern. »Dann wollen wir mal«, sagte er an die brünette Schönheit gewandt, deren Poster hier die Wand zierte und stieg unter die Dusche.

Kapitel 27

Es war gerade früher Nachmittag und Daria und Martin fuhren eine Landstraße entlang, zurück zum Rest ihres Teams. Gerade bestaunte sie die weiten Felder, als eine WhatsApp-Nachricht ihr Handy erreichte.

»Mickey«, sagte sie mit einem Blick aufs Display und spürte, wie sich Aufregung in ihr breit machte. Sie rief seine Nachricht auf, die ein Foto und einen kurzen Text enthielt. Das Bild war noch ganz verpixelt, aber darunter stand:

Kommt Ihnen dieser Mann bekannt vor?

»Er hat mir ein Bild geschickt«, sagte sie.

»Und?« Martin blickte kurz zu ihr herüber, aber das Foto war immer noch nicht aufgebaut. Der Empfang hier draußen war ziemlich mies.

»Moment noch«, murmelte sie, während sie auf die Ladeanzeige starrte – und dann, endlich, nahm das Bild an Kontur zu. Darias Herz machte einen Hüpfer. Es zeigte einen Mann um die 30, der sich offenbar vor dem Spiegel selbst fotografiert hatte. Er trug sportlich-elegante Kleidung und einen modernen Undercut. Was neu war, war das selbstsichere Lächeln. Trotzdem erkannte Daria ihn sofort.

»Er ist es.«

Wieder, diesmal schnell, sah Martin zu ihr. »Im Ernst?«

Sie nickte und tippte eine kurze Bestätigung an Mickey. Im nächsten Augenblick klingelte ihr Handy. Er rief sie an.

Daria nahm ab und stellte das Telefon auf Lautsprecher. »Gute Arbeit, Mickey! Wie um alles in der Welt habt ihr das so schnell hingekriegt?«

»Nun, das war gar nicht so schwer. Dank Ihrer Anmerkung, dass er Ihnen bekannt vorkommt, haben wir erstmal Sie genauer unter die Lupe genommen.«

»Mich?«, wiederholte Daria irritiert.

»Ja. Wir haben eine Art Rollendiagramm erstellt und die verschiedenen Kreise ausgewertet, in denen sich Ihr Leben abspielt. Ihr Arbeitsumfeld, Ihre Nachbarschaft, das schulische Umfeld Ihrer Tochter –«

»Ich verstehe schon«, unterbrach Daria, der nicht ganz wohl dabei war, dass die drei Superhirne ihr Leben seziert hatten.

»Dann haben wir den Berliner Schneider, der die Hemden mit diesen Monogrammen anfertigt, um eine Kundenliste der letzten 5 Jahre gebeten, aber es gab zu viele Kunden mit denselben Initialen, weshalb wir uns etwas anderes überlegt haben.«

Daria lauschte gespannt weiter.

»Wir wussten ja, dass Sie letztes Jahr ein ähnliches Hemd im Besitz von Maxim Winterberg gefunden haben, also mussten wir nur die Überschneidungen zwischen seinem und Ihrem Leben finden ...«

Darias Mund wurde trocken. Jetzt war ihr noch unwohler bei der ganzen Sache, denn sie befürchtete, die Computergenies könnten herausgefunden haben, wie nah sie Maxim gekommen war. Aber das war natürlich Blödsinn. Von ihrem ersten Kuss wusste nur Martin. Von ihrem zweiten noch nicht einmal er.

»... Und diese Überschneidungen finden sich natürlich im polizeilichen Bereich. In der Tat gibt es einen Schneider, der auf dem Dezernat recht beliebt ist – zumindest in den oberen Etagen. Dort haben wir dann nach Personen mit den Initialen ED gesucht und konnten drei Treffer erzielen. Einer davon ist eine Frau. Einer ist wohlauf und sitzt gerade in seinem Büro. Und der dritte ist Enrico Drees.«

Daria runzelte die Stirn. Hatte sie den Namen schon mal gehört? Sie sah Martin an und erkannte sofort, dass ihm bereits ein Licht aufgegangen war.

»Das ist einer von Amendes Leuten«, sagte er. »Einer aus dem Führungsstab«

»Das *war* einer aus dem Führungsstab«, korrigierte Mickey, »aber ansonsten haben Sie Recht: Bei dem Toten aus dem Waisenhaus handelt es sich um Enrico Drees, einen der engsten Mitarbeiter von Wolf Amende, was ihm ein so gutes Gehalt beschert hat, dass er sich davon locker einen Maßschneider leisten konnte.«

»Das ergibt keinen Sinn«, hörte Daria sich sagen. Und doch erinnerte sie sich jetzt, woher sie das Opfer kannte: Als der kleine Adrian Amende verschwunden war und Wolf Amende die Suchaktion koordinierte, hatte er Drees im Schlepptau gehabt. Ein stiller Typ, ständig mit Handy am Ohr, ganz auf seinen Chef fixiert. Sie spürte, wie sämtliche Zellen in ihrem Gehirn zugleich begannen, mit Hochdruck zu arbeiten. »Was soll Drees hier zu suchen gehabt haben?«

»Viel wichtiger ist doch die Frage«, begann Martin, »weshalb Amende seinen eigenen Mitarbeiter auf dem Foto nicht erkannt hat. Beziehungsweise, warum er uns die Fotos verschwiegen hat und somit die Tatsache, dass das Opfer aus Berlin stammt? Dann hätte er sich die blöden Ausreden doch sparen können!«

»Er *muss* ihn auf den Fotos erkannt haben«, stimmte Daria zu. »Das steht außer Frage. Aber was könnte er für einen Grund haben, uns das nicht zu sagen?«

»Und dass das Opfer keine Papiere bei sich hatte, erscheint mir vor dem Hintergrund auch wie ein seltsamer Zufall«, warf Mickey ein.

Martin warf einen Blick über die Schulter und wendete dann abrupt den Wagen.

»Was soll denn das?«

»Reden wir mit diesem Ziegler«, knurrte Martin und gab Gas. »Er wusste von den Fotos und er hat uns davon erzählt. Entweder ist er also ziemlich blöd oder Amende wollte ganz sicher gehen, dass wir die Sache als Mord enttarnen und dranbleiben.«

»Seien Sie bloß vorsichtig«, sagte Mickey. »Und melden Sie sich, sobald Sie neue Infos für uns haben. Solange arbeiten wir weiter an unserem Schleicher-Profil.«

»Eine Sache noch.«

Martin sah sie an und Mickey schwieg erwartungsvoll.

»Kein Wort zu niemandem außerhalb des Teams.«

»Und ich schätze, Amende gehört nicht zum Team?«, hakte Mickey nach.

»Nein«, bestätigte Daria, in deren Kopf noch immer die Gedanken tobten. »Nein. Tut er nicht.«

Kapitel 28

Maxim fühlte sich wie ein neuer Mensch, als er nach gut zwanzig Minuten aus dem stickigen Badezimmer heraus trat. Er trug jetzt ein dunkelblaues Jeanshemd und dazu schwarze Jeans, die ihm glücklicherweise passten. Larissa stand wieder am Spiegel, immer noch nur mit einem Handtuch bedeckt. Das blonde Haar fiel ihr ordentlich gekämmt und glänzend über die Schultern und sie war gerade dabei, ihre Augen in einem tiefen Schwarz zu schminken.

Maxim trat näher an sie heran.

»Also?« Larissa hob den Blick und schaute ihn durch den Spiegel an.

»Hier bin ich.« Maxim streckte die Hand aus und ließ sie vorsichtig über die Haut an ihrer Schulter gleiten. Sie fühlte sich seidig an und er fragte sich unwillkürlich, wie es bei ihr darunter aussah. Ihre Maske war perfekt, doch ihr wahres Inneres ...

»Das sehe ich«, holte sie ihn aus seinen Gedanken. Sie hob zweifelnd eine Braue und legte den Kajalstift auf eine Ablage unter dem Spiegel.

Erst jetzt sah Maxim, dass sich dort noch etwas befand: Ihre Pistole. Natürlich, sie wäre dumm, ihn einfach so in ihr Zuhause zu lassen und dabei unbewaffnet zu bleiben.

»Das wolltest du doch.« Maxim strich mit den Fingern ihr Schulterblatt entlang.

Larissa griff nach einem Lippenstift, ohne auf seine Berührung zu reagieren. »Und du wolltest nicht, wenn ich mich richtig erinnere.«

»Tust du.« Er trat noch einen Schritt näher an sie heran, sodass ihr Rücken jetzt an seiner Brust lag und legte nun auch die zweite Hand auf ihre Schulter.

»Du bist sprunghaft. Ich weiß nicht, was ich davon halten soll.« Sie trug kirschroten Lippenstift auf und wehrte sich noch immer nicht gegen seine Nähe, was ihm verdammt gut gefiel.

»Ich würde es vernünftig nennen. Ich übereile eben nichts.« Langsam ließ er seine Hände von hinten über ihre Schultern und ihr Schlüsselbein weiter nach unten wandern. »Ich habe es mir überlegt und denke, dass sich der gute Wolf Amende noch umgucken wird, wenn wir erstmal zusammen arbeiten. Vorausgesetzt ...«

Seine Finger hatten den Saum ihres Handtuchs erreicht, doch Larissa drehte sich um und lehnte sich mit dem Rücken an den Spiegel.»... *Vorausgesetzt?*«

Maxim stützte seine Hände links und rechts von ihr ab und blickte ihr direkt ins Gesicht.»Vorausgesetzt, du sagst mir die Wahrheit.«

Larissa senkte die Stimme und sah ihm in die Augen.»Die ganze Wahrheit?«

Maxim nickte.»Die ganze.«

»Vergiss es.« Energisch schob sie ihn zur Seite und sich an ihm vorbei. Ihre Stimme klang jetzt eisig.»Du glaubst also, ich schenke dir dein Leben, lenke deine Jägerin von dir ab, indem ich ihr was zu tun gebe und du kannst einfach hier rein marschieren und Forderungen stellen? Ich hatte dich wirklich für klüger gehalten!«

Maxim hob die Schultern und ließ sich dann auf einen Stuhl fallen.»Ich dachte, ich versuche es mal.«

»Lehn dich nicht zu weit aus dem Fenster.« Sie funkelte ihn noch eine Sekunde lang kalt an, dann schnappte sie sich ihre Waffe und ein paar Kleidungsstücke, die auf einem Schränkchen bereit lagen und verschwand kopfschüttelnd im Bad.

Maxim seufzte. Sie war wirklich ein schwieriger Fall. Sie wusste genau was sie wollte und würde keine Kompromisse eingehen.

Aber konnte er ihr geben, was sie wollte? Theoretisch ja. Hemmungen, den Polizeipräsidenten zu töten, hatte er sicher nicht. Was wäre mit der Umsetzung? Die gestaltete sich deutlich schwieriger, denn er hatte eigentlich keine große Lust, nach Berlin zurückzukehren und vor den Augen der Kripo herumzuspazieren. Er würde Amende also auf keinen Fall aufsuchen.

Was konnte er ihr also anbieten? Sein Handwerk, die Schindung. Für das richtige Setting würde sie sorgen müssen.

Er erhob sich und klopfte an die Badtür.»Larissa?«

»Du bist ja immer noch da.«

»Komm raus und wir reden.«

»Ich komm lieber raus und befördere dich vor die Tür. Oder in die Regentonne, da hat es dir doch so gut gefallen.«

Maxim musste schmunzeln und steuerte wieder seinen Platz auf dem Stuhl an. »Versuch's.«

Larissa schob die Badtür auf. Sie trug jetzt enge Jeans und einen dünnen schwarzen Pullover. »Du bringt mir nichts, wenn du nur herumalberst und dumme Forderungen stellst.«

»Das ist mir auch klar geworden.« Er hob beschwichtigend die Hände. Was hatte er schon zu verlieren? Rein gar nichts. Sie hatte recht. Sie hatte ihm das Leben gerettet und stellte die direkteste Verbindung zu seinen Verfolgern dar. Außerdem gefiel sie ihm. Sie interessierte ihn. Vielleicht wurde es einfach Zeit, das Kriegsbeil zu begraben. Wenn er ehrlich war, konnte auch ein bisschen Gesellschaft nicht schaden.

»Ich bin bereit dir zu helfen, aber ich möchte trotzdem erfahren, was das alles zu bedeuten hat. Deal?«

Larissa musterte ihn misstrauisch, dann kam sie auf ihn zu und beugte sich zu ihm herunter. »Ich warne dich. Wenn du irgendeine krumme Tour versuchst, dann liegst du schneller unter der Erde, als du deinen Namen buchstabieren kannst.«

»Du drohst mir schon wieder.«

»Nein.« Larissa richtete sich auf. »Ich benenne nur die Fakten. Und eins sag ich dir: Diese Sache hier ist meine Chance. Wenn irgendwas schief läuft, dann habe ich rein gar nichts mehr zu verlieren. Und was das bedeutet ...«

»Das kann ich mir denken. Ja.« Er hielt ihrem Blick mühelos stand und war erstaunt, was sich in ihrer Mimik binnen weniger Augenblicke abspielte. Zum einen waren da eine gehörige Portion Hass und Wahnsinn. Aber zum anderen auch etwas wie Sorge und Hoffnung. Er war sich sicher, sie würde ihm nicht alles erzählen, aber vielleicht konnte er anhand der Puzzleteile, die sie ihm Stück für Stück vorwarf, zumindest erahnen, wie das Gesamtbild aussah. »Du hast mein Wort, dass ich Amende zur Strecke bringe, so, wie du es dir vorgestellt hast. Aber ich will ehrlich zu dir sein. Ich tue es nicht um jeden Preis. Wenn ich ihn irgendwie in die Finger kriege, dann töte ich ihn. Aber ich werde dafür nicht meine Freiheit aufs Spiel setzen und zurück nach Berlin gehen.«

»Mit anderen Worten ...« Larissa machte ein paar Schritte und lehnte sich an die Tür. »Du riskierst nichts.«

»Ganz genau.«

»Gut. Denn das musst du auch nicht. Mein Plan ist soweit wasserdicht.«

»Dazu kann ich erst etwas sagen, wenn du ihn mir endlich erzählst.« Maxim musterte sie noch immer eindringlich.

»Schön. Amende hat mich angeheuert, um dich zu töten, das weißt du ja bereits. Was du allerdings nicht weißt, ist, dass er damit nicht nur dich, sondern auch mich aus dem Weg räumen wollte. Er hat mir seinen Schoßhund, diesen Enrico, hinterher gehetzt, der zuschlagen sollte, sobald ich dich gefunden habe. Mir sollte er den Garaus machen und mich verschwinden lassen, dich sollte er festnehmen. Amende wollte den *Schinder* also höchstpersönlich zurück in den Knast bringen. Gleichzeitig würde es keine weiteren Schleicher-Morde mehr geben und endlich würde wieder Ruhe einkehren.« Den letzten Satz seufzte sie, als würde sie das Ende eines Märchens erzählen.

Aber Maxim hörte gar nicht mehr richtig hin. Er hatte abgeschaltet, als sie begonnen hatte, über den Schleicher zu reden. Seine Gedanken rasten und kamen zu dem einzig logischen Schluss. »Du bist der Schleicher.«

Larissa sah ihn an, dann nickte sie langsam. »Aber ja. Das ist doch ein offenes Geheimnis. Ich bin ein bisschen enttäuscht, dass du erst jetzt darauf kommst. Ich musste diesen Enrico also aus dem Weg schaffen, nicht zuletzt um ein Zeichen zu setzen.«

Mit einem Mal wurde Maxim so einiges klar: Amende hatte Daria und ihr Team hergeschickt um sie beide zur Strecke zu bringen. Zuerst hatte er Larissa auf ihn angesetzt, die wahrscheinlich den Hinweisen irgendwelcher Zeugen gefolgt war wie ein Spürhund. Anders als Amende gehofft hat, war es aber nie ihr Ziel gewesen, Maxim zu töten. Sie hatte die Hinweise und Hilfsmittel, die Amende ihr zukommen ließ, zwar genutzt, um Maxim aufzuspüren, aber nicht mit dem Plan, ihn umzubringen, sondern um ihn anzuheuern. Dabei war ihr aufgefallen, dass sie nicht nur Maxims Jägerin, sondern gleichzeitig die Gejagte von Amendes Handlanger war. Sie hatte ihren Plan erneut geändert und beschlossen, Amende offiziell den Krieg zu erklären, indem sie ihm demonstrierte, dass sie nicht nur von seinem Bluthund wusste, sondern sich auch seinem Auftrag entzog.

»Der Tote im Waisenhaus ...«

»Enrico Drees, ganz genau.«

Maxim nickte. Amende hatte also von seinem Tod erfahren und die richtigen Schlüsse gezogen. Er hatte Panik gekriegt und sein bestes Team auf ihre Ergreifung angesetzt.

Mit anderen Worten: Der Polizeipräsident hatte zwei Fliegen mit einer Klappe schlagen wollen. Und dadurch sein Todesurteil unterschrieben.

»Gut, Larissa.« Er sah die Frau, die sich soeben als der Schleicher entpuppt hatte, fest an. »Ich werde dir helfen, ihn zu töten. Die Frage ist nur, wie wir an ihn heran kommen.«

»Ich garantiere dir, dass er zur richtigen Zeit bei uns aufkreuzen wird.« Sie machte eine Kopfbewegung in Richtung Tür. »Komm jetzt, wir haben noch einiges vor.«

Kapitel 29

»Showtime«, sagte Martin leise, als sie den Biergarten des italienischen Restaurants betraten. Er schob sich an Daria vorbei und hielt auf Kommissar Ziegler zu, der an einem Tisch ein wenig abseits vor einer Tomatensuppe saß und auf seinem Handy herumtippte. »Was dagegen, wenn wir uns zu Ihnen setzen?«

Ziegler blickte auf. Eine Sonnenbrille bedeckte seine Augen, aber das überfreundliche Lächeln saß. »Kommissar Thiel!« Offenbar war er nicht überrascht, Martin und Daria hier anzutreffen. Sie hatten die Information, dass sie ihn hier beim späten Mittagessen antreffen würden, auf seinem Revier erhalten. Wer weiß, vielleicht hatte man ihn schon informiert.

»Thies.« Martin setzte sich, ohne dass Ziegler seine Zustimmung gegeben hatte, auf den leeren Stuhl ihm gegenüber.

»Na, wie unhöflich, jetzt ist gar kein Platz für Ihre Kollegin mehr frei.«

»Partnerin. Und sie steht lieber.«

Um Martins Worte zu bekräftigen, verschränkte Daria die Arme vor der Brust und nickte. Ziegler, der sich bereits nach einem freien Stuhl an einem anderen Tisch umsah, schien jetzt endlich stutzig zu werden. Langsam sah er erst Daria, dann Martin an. »Stimmt was nicht?«, wollte er wissen.

»Sagen Sie es uns«, erwiderte Martin, während Daria versuchte, einen Blick auf Zieglers Handy zu werfen, ehe das Display erlosch.

»Bei mir stimmt alles.« Der Kommissar lächelte erneut und tupfte sich dann mit einer Serviette den Mund ab, obwohl das vollkommen unnötig war. »Ich habe viel Freizeit, jetzt, wo ich den einzigen Mordfall weit und breit an Kollegen abtreten konnte, von denen ich weiß, dass sie absolut fähig sind –«

»Sparen Sie sich die Schleimerei«, fuhr Martin dazwischen. »Und seien Sie zur Abwechslung ehrlich.«

Daria konnte sehen, wie sich Zieglers Brauen über dem Rand seiner Brille zusammenzogen. »Bezichtigen Sie mich der Lüge, Kommissar Thies? Das ist –«

»Wieder verflucht unhöflich, ich weiß.« Martin beugte sich zu ihm vor und senkte die Stimme ein wenig, was auch besser so war, denn einige der anderen Gäste drehten bereits die Köpfe in ihre Richtung. »Aber dass Sie uns hier was vormachen, finde ich auch nicht sehr höflich. Sie etwa?«

Ziegler sah erneut von ihm zu Daria. Sein Lächeln wirkte längst nicht mehr entspannt, sondern ziemlich gequält, aber er schien nicht bereit, irgendetwas zuzugeben. »Also, ich weiß wirklich nicht, was in Sie gefahren ist, aber Sie befinden sich hier auf dem ganz falschen Dampfer. Und ich muss jetzt auch zurück ins Revier.«

»Sie müssen ...« Daria griff blitzschnell zu, ehe er sein Handy in der Hosentasche verschwinden lassen konnte. »... uns jetzt in erster Linie erklären, weshalb Sie sich mit unserem Vorgesetzten schreiben!« Damit ließ sie das Display aufleuchten, und die halb geschriebene SMS, die darauf zu lesen war, ließ keinen Zweifel. „Ich wollte mich nur bedanken, die Ü" stand in dem kleinen weißen Tippfeld, und die Nummer, an welche die Nachricht gehen sollte, war eingespeichert als W. Amende, Berlin.

Daria hielt das Telefon den beiden Männern hin und zum ersten Mal, seit sie ihn kennengelernt hatte, bröckelte Zieglers fröhliche Fassade. Seine Lippen kräuselten sich und sein Gesicht nahm einen verhärmten Zug an, das ihn gleich 5 Jahre älter aussehen ließ. Martin hingegen setzte ein breites Grinsen auf.

»Da haben wir Sie wohl auf frischer Tat ertappt, was?«

»Da gibt es nichts zu ertappen«, zischte der Kommissar, der auf Daria plötzlich wirkte wie ein aufgescheuchtes Rumpelstilzchen. Er entriss ihr das Handy und stand so ruckartig auf, dass der Rest seiner Suppe über den Tellerrand schwappte. »Und ich muss jetzt wirklich gehen!«

»Ich dachte, Sie haben nichts zu tun«, konterte Martin, aber davon ließ sich Ziegler nicht abhalten. Er schob seinen Stuhl zurück, wandte sich ab und stürmte ins Restaurantinnere, wobei er hart Darias Schulter streifte.

Martin blickte ihm finster nach. »Ich mag es nicht, wenn man mich einfach so sitzen lässt.«

»Ich weiß.« Sie nickte.

»Mir ist klar, dass dir meine Beschützermaske nicht gefällt. Trotzdem mag ich es auch nicht, wenn man dich anrempelt.« Damit stand er auf und folgte Ziegler.

Daria lächelte in sich hinein. »Ich weiß«, wiederholte sie an sich selbst gewandt und folgte ihm ebenfalls.

Ziegler wusste ja gar nicht, was er sich mit diesem Abgang für Probleme eingehandelt hatte. Denn jetzt war Martin sauer, und das war für seine Kontrahenten noch nie sonderlich gut ausgegangen.

Sie warf ein entschuldigendes Lächeln in die Runde der neugierigen Gäste, dann ließ sie den Tisch mit der Tomatensuppen-Sauerei zurück und folgte ihrem Partner. Kaum hatte sie den schattigen kühlen Flur betreten, sah sie, wie die Tür zu den Herrentoiletten zufiel und hörte dahinter ein ungesundes Krachen.

Sie wartete einige Sekunden, denn sie hatte keine Lust, mitten in den Tumult zu geraten, dann sah sie sich kurz um und betrat ebenfalls die Herrentoilette. Was sie zu sehen bekam, überraschte sie nicht. Aber es gefiel ihr. Martin hatte Ziegler gegen die Wand zwischen zwei Waschbecken gepresst und hielt ihn mühelos mit einer Hand am Kragen fest.

»Ich habe keine Ahnung, was für ein Spielchen Sie hier spielen, Ziegler, aber eins sollten Sie sich klarmachen: Wir sind härtere Gegner gewöhnt, wir sind hier, um einen Serienmörder zu stellen und wir haben keine Geduld für Ihren Schwachsinn! Also, raus mit der Sprache: Wofür wollten Sie sich da gerade bei Amende bedanken, he?«

»Etwa dafür, dass er Ihnen den einzigen prestigeträchtigen Fall weggenommen hat, den Sie vermutlich je haben werden?«, fügte Daria hinzu und kam näher. »Kommen Sie schon. Kein Polizist wird von so einem Mord gern abgezogen. Und schlimmer noch: Sie waren doch völlig fasziniert von der Idee, dass Sie es hier mit einem Serienmörder zu tun haben. Aber schnappen wollen Sie ihn selber nicht? Das kaufe ich Ihnen nicht ab.«

»Ich auch nicht«, knurrte Martin.

Ziegler machte ein gequältes Gesicht. Seine Sonnenbrille lag auf dem Boden und in seinen Augen stand ein unglücklicher Ausdruck. Auf eine Art tat er Daria fast leid. Sie glaubte nicht, dass er an sich ein schlechter Kerl war. Aber er war da in etwas hineingeraten, das eindeutig eine Nummer zu groß für ihn war.

Und das bekam er im nächsten Moment in aller Deutlichkeit zu spüren.

»Sie können mir vertrauen«, setzte er an, aber Martin hatte offenbar nichts dergleichen vor.

Er zog Ziegler zu sich und donnerte ihn dann noch mal mit voller Wucht gegen die Wand. »Reden Sie!«, forderte er.

»Dann lassen wir Sie in Ruhe aufessen, was von Ihrem Mittagessen noch übrig ist«, fügte Daria deutlich freundlicher hinzu.

Ziegler keuchte und atmete dann tief ein, Martins Stoß schien ihm sämtliche Luft aus den Lungen getrieben zu haben. »Amende ist Ihr Vorgesetzter«, sagte er leise und schmerzerfüllt. »Ihnen muss doch klar sein, dass Sie Ihre Jobs riskieren, wenn Sie ihm hinterher spionieren ...«

»Ich bin der festen Überzeugung, dass er davon nichts erfahren wird«, sagte Daria vollkommen beherrscht, auch wenn sie der Gedanke, gerade ausgerechnet gegen Amende zu ermitteln, in Wahrheit doch nervös machte. Wenn sie eines nicht wollte, dann ihren Job verlieren. Aber noch weniger wollte sie sich korrumpieren lassen, wie Ziegler es offenbar getan hatte. »Sagen Sie uns, was wir wissen wollen oder wir ... *befragen* Ihre Frau. Oder wir melden Sie gleich beide bei der Dienstaufsichtsbehörde.« Es war nicht fair, ihm auf diese Art zu drohen, aber das war im Augenblick Darias kleinste Sorge.

Ziegler kniff die Augen zusammen, als wolle er sie vor der Wahrheit verschließen. »Was denken Sie denn?«, fragte er dann.

»Geld«, sagte Martin.

Ziegler zog die Schultern hoch, dann atmete er aus, es war fast ein Seufzer. Ob aus Erleichterung oder Resignation, vermochte Daria nicht zu sagen. »Meine Frau und ich wollen eine Weltumsegelung machen«, rückte er dann endlich mit der Sprache heraus. »Nächstes Jahr. Da konnten wir etwas Extrageld gut gebrauchen.«

»Und was mussten Sie für dieses *Extrageld* tun?«, hakte Martin nach.

Ziegler senkte den Blick. Auf einmal sah er unglaublich alt und erschöpft aus. »Sagen Sie bitte niemandem, von wem Sie diese Information haben.«

»Wenn es sich vermeiden lässt«, erwiderte Daria vage.

»Wolf Amende hat mich gestern in aller Frühe angerufen. Er klang nervös. Aufgebracht. Und er sagte mir, dass ich ihm einen Gefallen tun solle.«

»Um was für einen Gefallen ging es?«, fragte Daria, obwohl sie die Antwort schon ahnte.

Ziegler blickte immer noch nicht auf, plötzlich schien er sich regelrecht zu schämen. »Ich sollte mich des Waisenhaus-Mordes annehmen und die

Brieftasche und das Handy des Opfers vernichten. Ich habe mich zuerst geweigert, aber er versicherte mir, dass er sein fähigstes Team schicken und dass dieser kleine Gefallen nichts an der Ergreifung des Täters ändern würde.«

Daria schloss die Augen. »Vernichten«, wiederholte sie. »Aber das haben Sie nicht getan, oder?«

Ziegler räusperte sich und ihm schien beinahe die Stimme wegzubleiben, als er zurückgab: »Ich habe beides von der Seebrücke in Zinnowitz geworfen.« Er zuckte zusammen, als Martin seine flache Hand gegen die Wand dicht neben seinem Kopf knallen ließ.

»Verdammt nochmal, Ziegler! Auf dem Handy können Beweise gewesen sein! Ein Foto des Täters, was weiß ich!«

Und nicht zuletzt eine Antwort darauf, was Enrico Drees überhaupt hier gesucht hat, vervollständigte Daria in Gedanken.

»Vielleicht haben Sie Glück und die Sachen werden angespült oder ...« Ziegler gab seinen kleinlauten Beschwichtigungsversuch von selbst auf.

Martin schüttelte den Kopf. »Ein schöner Ermittler sind Sie mir! Haben Sie uns sonst noch was zu sagen?«

Ziegler schüttelte den Kopf. »Das war alles. Ich gebe Ihnen mein Wort.«

Martin ließ von ihm ab und trat einen Schritt zurück. »Dann gehen Sie, zischen Sie ab, los! Und kein Wort zu Amende oder sonst wem, sonst ...« Er ließ offen, was sonst, aber Daria ging davon aus, dass die Drohung ausreichte, damit Ziegler schwieg.

Ziegler wollte die Flucht ergreifen, aber Daria stellte sich ihm in den Weg. »Ihr Handy«, sagte sie und streckte die Hand aus.

Ziegler sah sie flehentlich an. »Das ist mein Diensthandy, ich brauche ...«

»Ich lassen Sie wissen, wenn Sie es zurückhaben können.«

Widerwillig legte Ziegler das Telefon in ihre Hand. Dann verließ er mit hängenden Schultern den Toilettenraum.

Daria blickte ihm nach. »Den hast du schön zur Schnecke gemacht.«

»Er hat dich angerempelt«, grummelte Martin.

Daria lächelte in sich hinein, betrachtete das Handy des Kommissars und spürte, wie sich dem Puzzle ein neues Teil hinzufügte.

Kapitel 30

Maxim hatte schon wieder vergessen, wie das Dorf hieß, in das sie gefahren waren. Er wusste nur, dass es weniger von Touristen übervölkert war als Zinnowitz und trotzdem noch auf der Insel lag. Es war also ideal für ihr Vorhaben. Sie hatten sich von einem Taxi im Ortskern rauswerfen lassen und dann eine Bar angesteuert, die perfekt für ihre Jagd erschien. Schummriges Licht, zerkratzte Holztische und ein Barkeeper, der so übersät war mit schlechten Knasttattoos, dass Maxim sind nicht gewundert hätte, wenn die Handschellen noch an seinem Handgelenk baumeln würden.

Larissa hatte einen Whiskey auf Eis bestellt, während Maxim sich mit einer Cola zufrieden gab, um nüchtern zu bleiben. Obwohl er mittlerweile eigentlich glaubte, Larissa weitestgehend trauen zu können. Ihr Plan war riskant, würde aber im Endeffekt nur sie den Kopf kosten, wenn er schiefging. Maxim musste zwar mitspielen, doch sollten die Dinge außer Kontrolle geraten, konnte er immer noch abhauen. Er konnte nur gewinnen und ging kein sonderlich großes Risiko ein. Gleichzeitig hielt er es aber trotzdem für besser, einen klaren Kopf zu bewahren. Denn eins war sicher: Larissa hatte ihm noch immer nicht die ganze Wahrheit gesagt.

»Der da.« Larissa deutete unauffällig auf einen Kerl, der seit einiger Zeit an einem Einzeltisch saß und auf seinem Smartphone herumtippte. »Typischer Kleinkrimineller.« Sie schaute über den Rand ihres Glases hinweg zu ihm herüber. »So gespielt gelassen wie er tut, schreibt er sich gerade mit einem Kunden.«

Maxim musterte den Typen, den sie ihm gezeigt hatte. Er trug eine dünne Brille und ein schwarzes Poloshirt mit weißen Streifen am Kragen. Sein Haar hatte er kurzgeschoren. Für Maxim sah er aus wie ein Neonazi, aber nicht wie jemand, der zwielichtige Geschäfte mit irgendwelchen Kunden per Handy abwickelte. An ihrer Menschenkenntnis würde der *Schleicher* noch arbeiten müssen.

»Auf keinen Fall.«

Larissa sah ihn vielsagend an, dann verzogen sich ihre Mundwinkel, doch bevor sie wirklich grinste, nahm sie einen großen Schluck Whiskey und schaute sich weiter um. »Wie du meinst. Du wirst es ja sehen.«

Auch Maxim ließ seinen Blick schweifen. Er hatte begriffen, dass es wichtig war jemanden zu finden, der dem Drogen- oder Waffenhandel nachging oder im Prostitutionsgewerbe tätig war. Nur so konnten sie sicher gehen, dass Amende ihren geplanten Mord auch Larissa zuschrieb. Nur eins war ihm noch nicht so ganz klar.

»Wieso bist du so sicher, dass Amende höchstpersönlich hier aufkreuzt?«

»Bin ich einfach.« Larissa zuckte mit den Achseln, als ginge sie das alles nichts an.

»Dir ist klar, dass ich das nicht einfach so stehen lassen kann, oder?«

»Trink aus.« Noch immer hatte Larissa ihr Opfer im Visier. Ihr Whiskey war jetzt fast leer und sie wirkte ein wenig unruhig. »Mach schon. Trink aus.«

Maxim hob die Brauen, nahm dann aber ebenfalls einen Schluck von seiner Cola. »Lenk nicht ab. Du hast gesagt, Amende hätte diesen Enrico geschickt, damit er dich umlegt. Was hat sich seitdem geändert? Wieso glaubst du, dass er jetzt plötzlich auftauchen wird?«

»Enrico Drees hätte mich umgelegt, ohne mit der Wimper zu zucken. Er hat für Amende und genug Bares alles getan. Vielleicht wollte er auch warten, bis sein Boss zur Stelle ist und es vor seinen Augen zu Ende bringen. Wie auch immer. Das spielt keine Rolle, denn eine Sache hat sich geändert: Daria Storm und ihre Leute sind es, die mich stellen werden, wenn alles so läuft wie geplant. Und dann *wird* er aufkreuzen, weil er mich zur Strecke bringen muss, denn es besteht ein viel zu großes Risiko, dass ich rede. Und da er keinen mehr an der Hand hat, der die Drecksarbeit für ihn erledigt, wird er es höchstpersönlich tun. Da bin ich mir mehr als sicher.«

Maxim war nicht überzeugt. Zwar klang es logisch, was sie sagte, aber er hatte irgendwie das Gefühl, dass noch mehr dahintersteckte. Dass Larissa und Wolf Amende mehr verband als der bloße Auftrag, Maxim zu töten.

»Warum willst du dich unbedingt an ihm rächen?«

»Trink.« Larissa leerte ihr Glas und ließ es eine Spur zu laut auf den Tisch krachen. Doch niemand schien sich daran zu stören. Sie legte einen Geldschein auf den Tisch, wobei sie den Typen mit dem Handy nicht aus den Augen ließ.

Das war doch nicht zu fassen. Kam sie immer noch nicht von dem kleinen Faschisten los?

»Sag's mir. Dann frage ich nicht weiter nach.«

Larissa sah ihn genervt an. »Er wollte mich töten. Also will ich ihn töten. Ist das nicht Grund genug?« Sie stand auf und warf sich ihre Tasche über die Schulter. »Komm und guck nicht zu ihm.«

Maxim sah zu, wie Larissa sich Richtung Ausgang bewegte. Er stellte seine Cola hin und folgte ihr.

Der Neonazi beachtete sie nicht weiter und schien noch immer voll und ganz auf sein Telefon konzentriert.

Draußen vor dem Laden blieb Larissa stehen und blickte sich demonstrativ um.

Maxim stellte sich neben sie. »Was wird das jetzt, du Meisterdetektivin?«

»Wir warten auf unser Opfer.«

»Den Telefontypen? Der ist kein passendes –«

»Spiel einfach mit«, zischte Larissa, dann wandte sie sich auch schon um und wieder der Bar zu. »Entschuldigen Sie ...«

Mit diesen Worten ging sie auf den jungen Typen zu, der in diesem Augenblick die Bar verließ.

»Entschuldigung.«

»Ja?« Der vermeintliche Drogendealer sah zuerst kurz von seinem Handy auf, dann wieder weg. Dann schien ihm klar zu werden, wer ihn gerade angesprochen hatte und er schaute erneut auf. Musterte Larissa. Ließ seinen Blick über ihren Körper wandern, das lange Haar, und blieb schließlich an ihren Lippen hängen.

Larissa lächelte. »Ich wollte ...« Sie ließ sich Zeit mit dem Reden. Zeit, in der sie auf den Kerl zuging, bis sie ihm ganz nah war. »Ich komme nicht von hier«, sagte sie, bevor sie sich gespielt hilflos umsah. »Und suche eine bestimmte Adresse ...«

Offenbar zog genau diese Nummer bei dem Kerl, denn sein Blick wurde eine Spur aufgeschlossener und er lächelte sogar. »Ich kann Ihnen helfen.«

»Oh, das wäre ganz toll!« Bei „toll" legte sie ihm eine Hand auf den Oberarm und lachte leise. Dann beugte sie sich zu ihm rüber und senkte ihre Stimme soweit, dass Maxim nichts mehr hören konnte.

Das musste er auch nicht, denn es war offensichtlich, was sie tat. Immer wieder lachte sie und fasste den Typen an. Sie flirtete so offensiv mit ihm, dass Maxim sich fragte, wie dem Typen nicht klar sein konnte, dass da etwas faul war. Hatte er denn keinen Spiegel?

Nach wenigen Augenblicken war der Spuk vorbei. Larissa ließ den Glatzkopf stehen und kam zu Maxim zurück.

»Und?«

Mit einem Blick hinter sich vergewisserte sich Larissa, dass ihr Opfer weitergegangen war, dann öffnet sie die Hand und präsentierte ihm ein kleines Tütchen, in dem sich grünes, krümeliges Zeug befand.

»... Drogen.«

»Ich sage es doch. Und er hat noch mehr davon. Wenn wir ihm jetzt also folgen können ...«

Maxim hatte nichts mehr dagegen.

Kapitel 31

Das Haus des Drogendealers befand sich in einem Wohngebiet, das leicht erhöht über dem Ortskern lag. Es war das letzte Gebäude am Ende der Straße und von Tannen umrahmt.

Maxim wartete im Schatten der Bäume auf den Steinstufen, die hinunter zur Eingangstür führten. Da es bereits dämmerte, war er gut vor Blicken geschützt. Trotzdem sah er an der Fassade nach oben und suchte ein Fenster nach dem anderen ab. In keinem der Zimmer brannte Licht, was seltsam war, denn Larissa und er hatten genau gesehen, dass der Dealer nach Hause gegangen war. Möglicherweise beobachtete er ihn aus der Dunkelheit oder aber er hatte bemerkt, dass er verfolgt wurde und erwartete Larissa bereits im Innern. Mit einer Schrotflinte bewaffnet. Oder einem vergoldeten Revolver oder was Kriminelle seines Kalibers sonst so mit sich herumschleppten.

Was würde Maxim in diesem Fall tun?

Vermutlich gar nichts. Larissa bedeutete ihm nichts, außer kurzzeitigem Zeitvertreib und er würde, wie er ihr auch schon gesagt hatte, nichts für sie riskieren.

Maxim gähnte. Es war noch keine Minute her, dass Larissa um das Haus geschlichen war und trotzdem langweilte er sich schon. Er musste zugeben, dass er ihre Nähe in gewisser Weise genoss. Aber das war auch schon alles.

Über ihm knackte es im Geäst und er hob den Blick – ohne selber zu wissen, wen oder was er dort oben im Baum erwartet hatte. Ein dicker Tannenzapfen flog geradewegs auf sein Gesicht zu und Maxim konnte sich im letzten Moment wegdrehen, sodass nur eine Schulter getroffen wurde. Eine Taube erhob sich mit klatschendem Flügelschlag aus dem Geäst und flog davon.

»Mistvieh.« Maxim rieb sich über die Stelle, an der ihn der Zapfen erwischt hatte.

Dann hörte er plötzlich aus dem Inneren des Hauses Gepolter und der Ärger über den kleinen Zwischenfall war sofort vergessen. Leise ging er die Stufen hinunter und näher an den Eingang heran. Er legte sein Ohr gegen das Holz und lauschte.

Nichts.

Kein Geschrei, kein Kampflärm, kein Abfeuern einer Waffe. Es herrschte Totenstille.

Maxim runzelte die Stirn.

Wer hatte da gerade wen überwältigt? Er wollte hoffen, dass Larissa den Dealer erledigt hatte, aber wer wusste das schon?

Er lauschte eine ganze Weile weiter in die Stille. Wie lange würde er hier stehen bleiben, wie lange auf Larissa warten? Für den Fall, dass der Dealer sie tatsächlich umgebracht oder in seiner Gewalt hatte, um weiß Gott was mit ihr anzustellen, würde Maxim lange warten können.

Gerade beschloss er, ihr eine Viertelstunde zu geben, als er Schritte jenseits der Eingangstür vernahm. Schnell zog er den Kopf zurück, als sie auch schon geöffnet wurde.

»Belauschst du mich etwa?« Larissa stand mit verschränkten Armen vor ihm. Sie trug weiße dünne Handschuhe und hatte das Haar unter einer schwarzen Mütze verborgen.

Maxim wollte protestieren und irgendwas zu seiner Verteidigung sagen, aber ihm fiel nichts Plausibles ein, also trat er, auf ihre Aufforderung hin, ein.

Larissa schloss die Tür hinter ihm und es wurde fast komplett finster. Maxim nutzte den Moment, den seine Augen brauchten, um sich an das wenige Licht zu gewöhnen, um sich wieder zu fangen.

»Was soll der Aufzug?«, fragte er schließlich. »Hoffst du, dass ich Haare verliere oder Fingerabdrücke hinterlasse und du mir die Sache anhängen kannst?«

»Du bist mehr als paranoid«, schnaubte Larissa belustigt, dann kramte sie im Dämmerlicht herum und hielt ihm kurz darauf ebenfalls eine Mütze und Handschuhe hin. »Ich sauge und wische hinterher sowieso alles nochmal ab, damit dieser Tatort zu den anderen passt. Das hier ist nur zur Sicherheit, wenn du verstehst ...« Noch immer schwang Belustigung in ihrer Stimme mit. Als er nicht antwortete, sprach sie weiter. »Wie auch immer. Ich warte auf dich.« Damit durchquerte sie den kleinen Eingangsbereich und verschwand durch eine der Zimmertüren.

Maxim beeilte sich, sein Haar unter der Mütze zu verstecken und die

Handschuhe überzuziehen. Sie konnte ihn als paranoid hinstellen, so viel sie wollte. Ohne Handschuhe würde er hier sicher nichts berühren. Als er fertig war, folgte er ihr.

Larissa erwartete ihn in einem Wohnzimmer, das viel zu spießig und altmodisch für den Neonazi aussah. Überall hingen diese grauenhaften Stickereien an den Wänden, die man sonst nur aus den Wohnungen alter Menschen kannte. Auf einem Holztisch lag ein Spitzendeckchen und das Sofa war mit Zierkissen übersät.

Hätte der Glatzkopf nicht gefesselt und geknebelt in der Mitte des Raums auf einem Stuhl gesessen, dann hätte Maxim vermutet, dass sie sich im Haus geirrt hatten. So allerdings ...

»Er hat einen schlimmen Einrichtungsstil«, sagte Maxim.

Larissa lächelte unbestimmt und legte dem Dealer beide Hände auf die Schulter. »Unser Freund hier wird noch ein paar Minuten schlafen. Möchtest du vielleicht etwas trinken?«

Mit Sicherheit nicht. Aber sollte sie ruhig ihre DNA überall verteilen. Maxim schüttelte den Kopf und musterte den Dealer genauer, während Larissa die Bar in der Schrankwand öffnete und sich einen weiteren Whiskey einschüttete. Anscheinend war sie besessen von dem Zeug.

»Was hast du mit ihm gemacht? Gift? Ein Betäubungsschuss für Elefanten?«

»Ha ha.« Larissa schloss die Schranktür und kam mit dem Glas in der Hand zu ihm zurück. »Dim Mak, schon mal gehört?«

»Die tödliche Berührung? Ein Mythos.«

Larissa lachte kurz auf. »Ein Mythos? Nein. Das ist keine Zauberkunst, wie du siehst.« Sie deutete auf den Glatzkopf. »Wenn du den menschlichen Körper kennst, den Verlauf der Nervenbahnen, und wenn du schnell bist, dann ist es ganz einfach. Man muss es sich nur trauen, denn man hat meist nur einen Versuch. Beim nächsten Angriff ist dein Opfer gewarnt und dann musst du tatsächlich auf klassisches Chloroform oder eben den Betäubungspfeil zurückgreifen. Aber ich stehe mehr auf die Dinge, die man nicht im Blut nachweisen kann.«

Maxim glaubte nicht an den Unsinn von irgendwelchen zu Lähmungen, Bewusstlosigkeit oder dem Tod führenden Druckpunkten. Aber offenbar wollte Larissa, dass er es doch tat. Sollte sie doch für sich behalten, wie sie den Typen in ihre Gewalt gebracht hatte, ihm war es egal. Er hatte seine eigenen Methoden.

»Also, Mr. Spock, was jetzt?«

Larissa verdrehte die Augen und nahm noch einen Schluck Whiskey.

»Mach dich nur darüber lustig.«

Maxim hob grinsend die Hände. »Bitte, wenn du meinst. Mir fallen sicher noch ein paar blöde Sprüche ein.«

Larissa leerte ihr Glas und schwieg.

Maxim begann langsam an ihrem Verstand zu zweifeln. Nicht nur, dass sie ihm diesen Dim-Mak-Quatsch auftischte, scheinbar hatte sie auch noch nie etwas von DNA gehört, denn sie stellte das Glas einfach achtlos auf einem Sideboard ab. Vielleicht war er hier auf eine Betrügerin reingefallen, die sich nur als Schleicher ausgab. In Wirklichkeit war sie vermutlich irgendeiner ansässigen Psychiatrie entflohen und hatte hier gerade die Zeit ihres Lebens.

»So, wenn du dann keine weiteren Fragen mehr hast, dann werde ich den Kerl jetzt mal aufwecken.«

Mit diesen Worten ließ sie Maxim alleine im Wohnzimmer zurück.

Kapitel 32

Daria wachte von einem leisen *Pling* auf. Sie griff nach ihrem Handy und dimmte das Display-Licht. Dann las sie die Nachricht von Mickey, auf die sie den ganzen Abend über gewartet hatte.

Sind Sie noch wach? Ich hab was.

Sie tippte nur ein Wort ein: Sofort.

Dann stand sie auf und tastete in der fast vollkommenen Dunkelheit ihres Pensionszimmers nach irgendeinem ihrer Kleidungsstücke, aber alles, was sie fand, war Martins kariertes Hemd. Kurzerhand schnappte sie es sich von dem Stuhl, über den er es achtlos geworfen hatte, und streifte es über ihren nackten Körper. Dann sah sie zurück zum Bett. Martin schlief tief und fest und hatte an ihrer Stelle jetzt das Kissen im Arm.

Sie tappte, so leise sie konnte, rüber in den Wohnbereich. Dort ließ sie sich aufs Sofa sinken, schlug die Beine unter und schnappte sich ihren Laptop. Sobald sie das Gerät angeschaltet hatte, regelte sie die Bildschirmhelligkeit so weit herunter, dass sie gerade noch etwas erkennen konnte. Nun würde sie mit Mickey sprechen können, ohne dass Martin sie direkt zu überreden versuchte, wieder ins Bett zu kommen. In ihrer gemeinsamen Wohnung war das einfacher, dort hatten sie ein Arbeitszimmer. Daria hatte das Gefühl, in diesem Raum bisher mehr Stunden verbracht zu haben als in irgendeinem anderen Zimmer der Wohnung. Aber es würden auch andere Zeiten kommen. Sie würde sich entspannen, sobald sie ihre Tochter wieder hatte. Und da tauchte gleich das erste Problem auf: Amende hatte versprochen, sich dafür einzusetzen. Aber das würde er mit Sicherheit nicht tun, wenn sie ihn der Korruption überführte.

Also musste sie das Wissen, dass er irgendwie in den Fall verwickelt war, nutzen ohne aufzufallen. Das war kompliziert, und wenn es kompliziert wurde, konnte man eines stets besonders gut gebrauchen: ein paar Superhirne.

Sie zückte ihr Handy, stellte den Ton aus und schrieb an Mickey:

Okay, ich bin online. Was gibt es?

Sehen Sie in Ihren Mails nach.

Daria loggte sich in ihr Mailprogramm ein und wartete gespannt. Sie hatte Zieglers Handy noch heute Nachmittag per Expresssendung an die Technikfreaks in Berlin geschickt.

Ganz oben in ihrem Postfach befand sich eine Mail mit dem Betreff: „Two Face".

Sie musste grinsen. So konnte auch nur Mickey seine Mails tarnen. Sie rief die Nachricht auf und fand eine kleine Sammlung von Screenshots vor, die einen Nachrichtenverlauf zeigten. Zwischen Amende und Ziegler.

Daria beugte sich vor und las.

Ziegler: Auftrag ausgeführt. Die Sachen planschen wie gewünscht in der Ostsee.

Amende: Sehr gut.

Ziegler: Wie erkläre ich den Leichenfund?

Amende: Ganz einfach: Der Schleicher hat Fotos des Opfers an die Presse geschickt. Wir konnten im letzten Moment eine Veröffentlichung der Bilder verhindern.

Daria sog überrascht die Luft ein. Dann stimmte es überhaupt nicht, dass der Schleicher in den Fokus der Öffentlichkeit geraten wollte? Sie schüttelte irritiert den Kopf und las weiter.

Ziegler: Sie werden die Bilder sehen wollen.

Amende: Dann zeigen Sie sie ihnen.

Ziegler: Mit Verlaub, wie soll ich, wenn es doch keine Fotos gibt?

Als Antwort kamen von Amende drei Fotos, die Daria bereits kannte. Es waren die Aufnahmen von Enrico Drees, die der Schleicher angeblich der Presse geschickt hatte.

Ziegler: Woher haben Sie die?

Amende: Was glauben Sie denn, woher ich von dem Mord im Waisenhaus wusste? Hellseherische Fähigkeiten? Dieser Mistkerl hat MIR die Fotos geschickt, mit GPS-Koordinaten.

Ziegler: Ich versteh nicht ganz ...

Amende: Müssen Sie auch nicht. Halten Sie sich an meine Anweisungen und die Sache ist schneller geregelt, als Sie denken.

Amende: Ich verlasse mich auf Sie.

Ziegler: Das können Sie.

Das war die letzte Nachricht, doch Daria hatte ohnehin genug gelesen. Sie schrieb Mickey eine Mail zurück:

Gute Arbeit, Mickey! Aber verstehen Sie, was da vor sich geht?

Daria wartete auf eine Antwort, während es in ihrem Kopf schon wieder arbeitete.

Amende hatte Ziegler also nicht nur dafür bezahlt, dass er Enrico Drees' Papiere und sein Handy verschwinden ließ, sondern auch dafür, dass er falsche Informationen streute. Ganz offensichtlich hatte er nicht gewollt, dass jemand herausfand, wer dort in dem alten Waisenhort gestorben war. Und trotzdem hatte er sein bestes Team auf die Sache angesetzt.

Wie passte das zusammen?

Eigentlich ganz einfach: Aus irgendeinem Grund war ihm die Ergreifung des Schleichers besonders wichtig, er hatte sie ja praktisch selbst auf diesen Killer gestoßen.

Aber er wollte keinesfalls mit der ganzen Sache in Verbindung gebracht werden.

Was hatte das zu bedeuten?

Die einfachste Lösung lautete wohl, dass Wolf Amende selbst irgendwie in die ganze Sache verstrickt war. Aber dann hätte er sie nicht herbeordert. Er hätte die Füße still gehalten und darauf gesetzt, dass ihm die weniger erfahrene und schlechter besetzte Kripo Greifswald nicht auf die Schliche kommen würde.

Eine Nachricht leuchtete auf ihrem Handy auf.

Amende steckt irgendwie in dieser ganzen Sache mit drin.

Mickey bestätigte das Offensichtliche. Doch offenbar verstand auch er die Zusammenhänge nicht.

Daria dachte über den Schleicher nach, über das, was sie bisher wussten. Er tötete Kriminelle. Was, wenn Drees in etwas verwickelt gewesen war? Es wäre nicht das erste Mal gewesen, dass ein Polizist krumme Geschäfte deckte oder sogar sichergestellte Drogen aus der Asservatenkammer verkaufte.

Aber Amende? Was sollte er damit zu tun haben? Als Polizeipräsident verdiente er weiß Gott genug. So viel, dass er mit seiner Familie draußen in Grunewald wohnen konnte. Aber vielleicht reichte ihm das nicht. Geld konnte man nie genug haben, oder? Vielleicht war er in irgendwelche krummen Geschäfte verstrickt, aber die Sache war ihm zu heiß geworden und Enrico Drees, sein Kontaktmann in der Szene, hatte deshalb sterben müssen.

Doch was hatte dann der Schleicher damit zu tun?

Daria schloss die Augen. Verdammt noch mal. Dieser Fall war ein einziges Rätsel und sie blickte nicht mehr durch. Vielleicht ging sie das Ganze falsch an. Möglicherweise musste sie in eine andere Richtung denken.

Noch eine Nachricht.

Ich habe Ihnen gerade Akten gemailt.

Daria aktualisierte ihr Mailprogramm, dann rief sie die E-Mail samt Anhang auf. Er war ziemlich groß und es dauerte eine Weile, bis ihr Laptop die PDF aufgebaut hatte. Dann erkannte sie, dass es sich um Scans von Akten handelte insgesamt 23 Stück, jeweils mit ein paar Notizen versehen. Sie scrollte das Dokument durch und stieß auf unzählige Fotos von Körpern. Verstümmelte Körper, verkrümmte Körper, versengte Haut, verspritztes Blut und immer wieder gebrochene Genicke. Seine Opfer bewegungsunfähig zu machen, schien dem Schleicher irgendwie besonders zu gefallen. Aber das brachte Daria zu diesem Zeitpunkt auch nicht weiter.

Sie sah sich die Todesursachen an, die in den Akten vermerkt waren. Unfall. Unglück. Verstorben infolge eines tragischen Sturzes. Kein Fremdeinwirken feststellbar.

Und doch wiesen die Akten eine Gemeinsamkeit auf, die sie von den übrigen tragischen Unfällen, die Mickey und die anderen am Anfang herausgearbeitet hatten, unterschied. Daria fand sie in den Notizen, in denen sich ebenfalls ein paar Formulierungen häufig wiederholten: hatte eine Vorstrafe wegen Autoschieberei. War Mitglied einer Straßengang. Vorbestraft wegen Raubüberfällen. War bekannter Drogendealer. Arbeitete als Prostituierte. Soll Zuhälter gewesen sein.

Das waren sie also. 23 Fälle, die man dem Schleicher insofern zuordnen konnte, dass die Opfer alle eine gewisse Gemeinsamkeit aufwiesen. Aber was sagte das nun über den Schleicher aus?

Sie seufzte und minimierte die PDF, um per Mail eine Überprüfung von Enrico Drees' Führungszeugnis anzuordnen. Dann hielt sie inne und bemerkte ihren Fehler. Wenn jemand sich das Führungszeugnis unauffällig ansehen konnte, dann waren es die Computerleute aus ihrem Team. Sie leitete diese Aufgabe also stattdessen an Mickey weiter. Dann nahm sie sich die Akten noch einmal vor. Es musste mehr Antworten geben. Bessere. Irgendwo zwischen den Bildern dieser zerstörten Körper.

Kapitel 33

Die Augenlider des Dealers zuckten. Zuerst das rechte, dann das linke. Als wolle er die Augen öffnen, wisse aber nicht so recht, wie das geht. Dann beobachtete Maxim, wie die Leblosigkeit langsam aus seinem Gesicht wich. Zuerst war es kaum auszumachen, aber nach wenigen Sekunden hatte seine Mimik wieder mehr Spannung. Der Typ presste die Lippen zusammen, dann seufzte er, schlug jedoch immer noch nicht die Lider auf.

Larissa war jetzt seit ein paar Minuten weg und hätte er nicht ihre leisen Schritte im Haus gehört, wäre er überzeugt gewesen, dass sie längst über alle Berge und die Polizei auf dem Weg zu ihm war. Doch er hatte weder die Tür noch Larissas Stimme gehört.

Also beobachtete er weiter, wie der Glatzkopf langsam zu sich kam. Larissa hatte gesagt, sie würde ihn wecken und war dann verschwunden. Nach ihrer Nervendruckpunkt-Geschichte hätte es ihn nicht gewundert, wenn sie ihm gleich weiszumachen versuchen würde, dass sie den Kerl durch reine Willenskraft aufgeweckt hatte.

»So.« Larissa erschien im Türrahmen und hatte eine Packung Heftzwecken dabei. »Die Bude ist richtig gut sortiert, also ...« Sie schüttelte die kleine Schachtel und das Rascheln ließ den Dealer erneut seufzen.

»Ich glaube, dein Zauber wirkt nicht mehr.« Schmunzelnd sah Maxim zu ihrem Opfer herüber.

»Wie kindisch du sein kannst.« Sie kramte einen Reißnagel aus der Packung und trat näher an den Stuhl heran.

»Das lasse ich jetzt mal so stehen.«

Larissa schob das Shirt des Dealers nach oben und fuhr mit den Fingern über seinen Oberkörper, ganz langsam, als würde sie irgendein kostbares Material berühren. Dabei war nichts Kostbares an der Haut dieses Kerls – das wirklich Wertvolle lag darunter. Maxim erinnerte sich, wie es sich anfühlte, mit seinem Messer tief in einen Körper hineinzuritzen, die Klinge ins Gewebe gleiten zu lassen, die Schale abzulösen, bis man mit den Fingern dazwischenkam, bis man sie einfach herunterreißen konnte.

Ein Teil von ihm hätte gern unter Larissas Maske geblickt. Doch er war klug genug zu wissen, dass das ein kurzes Vergnügen gewesen wäre, gefolgt von Zufriedenheit, aber auch Leere. Lebendig gefiel sie ihm besser. Das hatten andere Blondinen vor ihr aber auch schon getan ... eine Weile.

Maxim ballte die Hände unmerklich zu Fäusten und lenkte sich von seinen Gedanken ab, indem er sich weiter auf die Show konzentrierte, die sich gerade vor ihm abspielte. Larissa hatte die Rippen des Typen erreicht, doch anstatt weiter seine Haut zu liebkosen, rammte sie ihm in diesem Moment eine der Heftzwecken ins Fleisch.

Der Dealer schrie gedämpft in seinen Knebel und riss die Augen auf.

»Hallo«, säuselte Larissa, beugte sich zu ihm herunter und lächelte. »Ich habe gefunden, was ich suche. Vielen Dank für deine Hilfe, Joshua.«

Der Kerl, *Joshua*, wie sie ihn genannt hatte, starrte sie an und nuschelte etwas in seinen Knebel.

»Du kannst dir das sparen, denn ... ich verstehe kein Wort.« Damit platzierte Larissa die nächste Heftzwecke genau unter seinem Rippenbogen.

Joshua schrie wieder und begann sich mit Händen und Füßen gegen seine Fessel zu wehren. Er gab allerdings sofort Ruhe, als Larissa ihm einen der Reißzwecken direkt vors Auge hielt.

»So ist es gut, Josh. So ist es gut ...« Sie strich ihm übers Haar, bevor sie zwei weitere Nägel aus der Packung kramte. »Wenn du dich wehrst, weißt du, dann muss ich mir ein anderes Opfer suchen. Und ich glaube, das wollen wir beide nicht, oder?« Sie zwinkerte Maxim über die Schulter hinweg zu.

Joshua starrte sie wütend an, gab aber Ruhe.

Obwohl Maxim auf eine Art gefiel, was er sah, nervte ihn Larissas Getue andererseits. Es war offensichtlich, dass sie sich nicht mehr an ihren Plan hielt und nur eine gute Vorstellung abliefern wollte, denn das, was sie hier tat, würde sie nie im Leben irgendjemandem als Unfall verkaufen können.

Er äußerte seine Bedenken nicht laut. Noch nicht. Es war äußerst aufschlussreich, ihr zuzusehen. Sie liebte es offensichtlich, andere zu degradieren, sie unter sich zu haben. Die Art, wie sie mit ihrem Opfer redete ... freundlich, beinahe fürsorglich. Sie stellte sich nicht als Gegner dar, sondern verhielt sich mehr wie eine Art Mutter. Eine wunderschöne, eiskalte Mutterfigur, die den Tod brachte.

Maxim lächelte unbestimmt. Kein Wunder, dass er sich auf eine Art wünschte, ihr die Maske herunterzuschälen.

»Ich hatte gehofft, Spritzen bei dir zu finden.« Sie hob die Augenbrauen und zuckte mit den Schultern. »Klar, bei *dir* hätte ich sicher welche gefunden, hm? Na ja, was soll's? Dann muss ich eben improvisieren. Unser eigentlicher Plan ist ja genau genommen, vom eigentlichen Plan abzuweichen.« Sie lachte kurz. »... Das musst du jetzt nicht verstehen, Josh. Willst du dir eine Farbe aussuchen?« Larissa öffnete die Hand und präsentierte drei verschiedenfarbige Heftzwecken.

Joshs Atem beschleunigte sich und er schien Mühe zu haben, genügend Luft durch die Nase zu bekommen. Doch er war klug genug, sich nicht auf irgendwelche Gesprächsversuche mit Larissa einzulassen.

»Scheinbar nicht.« Mit Bedacht wählte sie eine Heftzwecke mit weißem Plastik. »Passt perfekt zu dem Streifen an deinem Shirt.« Sie näherte sich seinem Hals.

Josh zuckte zusammen und funkelte sie finster an.

»Ich wollte nur nach deinem Kragen sehen, nicht so schreckhaft.« Larissa lächelte und widmete sich wieder seinen Rippen. Mit dem Finger fuhr sie eine nach der anderen nach. »Eigentlich ist es nicht meine Art, mir willkürlich irgendwelche Menschen zu suchen ... Sie zu foltern ...« Die weiße Heftzwecke landete zwischen der sechsten und siebten Rippe und entlockte Joshua ein gequältes Stöhnen. »Und zu töten.«

Josh riss bei ihrem letzten Satz entsetzt die Augen auf und er begann erneut, etwas in seinen Knebel zu nuscheln. Jetzt klang er regelrecht panisch, doch Larissa ließ sich nicht beeindrucken.

»Diesmal geht es allerdings nicht anders. Weißt du, es geht hier nicht einfach nur um dich oder mich ...« Sie ließ den Blick über die Stickereien im Wohnzimmer gleiten, über die kleinen Porzellanfiguren und die langsam verkümmernden Topfpflanzen. »Ich denke, du verstehst mich nur zu gut.«

Schön für Josh, wenn er verstand, worum es Larissa ging. Maxim konnte sich auf ihre kryptischen Andeutungen keinen Reim machen und langsam machte es ihn wirklich wütend, dass sie so ein Geheimnis aus ihrer Person machte. Sie war der mysteriöse Schleicher, ein Phantom, das aus Gründen tötete, die keiner kannte und das eine Fehde mit dem Polizeipräsidenten von Berlin hatte, von der niemand wissen durfte. Er hatte es satt, von Leuten umgeben zu sein, die sich für die großen Killer hielten. Julian Nehring war schon einer dieser Spinner gewesen, von Larissa hatte er etwas anderes erwartet. Er schaute wieder zu ihr rüber.

»Was ist?«

Mittlerweile bildeten die Heftzwecken ein schönes Muster auf der bleichen, schlanken Brust des Dealers. An manchen Stellen lief ein wenig Blut aus seinen Wunden.

»Maxim. Was ist?«

Erst jetzt verstand er, dass er gemeint war.

»Warum guckst du so finster? Stimmt etwas nicht?«

Ob etwas nicht stimmte? Gar nichts stimmte hier. Nicht nur, dass sie von ihrem Plan abwich, sie verhielt sich auch noch wie ... Ja, wie eigentlich? Wenn er ehrlich war, dann war es nicht ihre Art zu töten, die ihn störte. Auch nicht die Art, wie sie ihr Opfer dabei behandelte. Auch wenn er es sich ungern eingestand, es machte ihn rasend, dass sie ihm nicht vertraute. Dass sie ihm nicht die Wahrheit über sich verriet.

»Alles bestens«, knurrte er deshalb nur.

»Sehr schön.« Larissa lächelte, dann griff sie in die Gesäßtasche ihrer Jeans und zog eine Zange hervor. »Dann wollen wir mal zu Phase zwei übergehen.«

Joshua schrie in seinen Knebel, aber das hinderte Larissa nicht darin, ihn aus seinem Mund zu ziehen.

Sie hielt die Zange dicht vor sein Gesicht und zischte: »Wenn du nicht möchtest, dass ich dieses Schätzchen in deinen unteren Regionen anwende, dann erträgst du alles, was jetzt kommt, wie ein Mann. Höre ich auch nur einen Laut von dir, dann war es das mit deiner Männlichkeit. Haben wir uns da verstanden?«

Joshua schluckte und nickte dann hastig. Sein Blick, mittlerweile leicht glasig, schnellte zu Maxim herüber. Er sah ihn beinahe flehend an.

»Hör lieber auf sie«, stimmte Maxim seiner blonden Gefährtin zu. »Sonst bekommst du es mit mir zu tun.«

Ehe Joshua reagieren konnte, setzte Larissa auch schon die Zange an ...

Kapitel 34

Die Sonne war bereits aufgegangen, aber der Himmel noch leicht grau, als läge ein dünner Film aus Sand und Salz über dem Sommertag. Daria zog ihre Jacke enger um die Schultern, auch wenn es sicher nicht kalt war. Nach der Hitze der letzten Wochen war man normale Temperaturen nur einfach nicht mehr gewöhnt.

Sie lief durch den Sand, bemühte sich langsam zu gehen, den feuchten Boden und die kleinen Steinchen unter ihren Füßen bewusst zu spüren. Sie war nervös. Heute Nacht hatte sie eine Entdeckung gemacht, die sie mit Glück ein ganzes Stück weiterbringen konnte: Im Umkreis von gleich mehreren potenziellen Schleicher-Tatorten hatten Passanten oder Polizeibeamte bei Routineuntersuchungen Handyteile gefunden. Billige alte Telefone, die man auf Ebay oder vergleichbaren Seiten für ein paar Euro bekam. Daria wusste, dass Verbrecher gerne solche Handys benutzten, und dazu eine Prepaid-SIM vom Schwarzmarkt. Solche SIM-Karten wurden häufig in großen Mengen auf falschen Namen gekauft und dann für viel Geld weitergegeben, da es in Deutschland kaum mehr möglich war, wirklich anonym an eine solche Karte zu kommen. Die meisten Netzbetreiber verlangten bei der Registrierung die Personalausweisnummer, und selbst wenn nicht, half die IP im Ernstfall, die Person, die sie registriert hatte, ausfindig zu machen. Schwarzmarkt-SIMs wurden oft irgendwann bei toten Terroristen gefunden. Dass es sich beim Schleicher um einen Terroristen handelte, glaubte Daria allerdings kaum. Terroristen töteten meist keine Einzelpersonen, sondern versuchten, so viele Menschen wie möglich zu erwischen. Und sie hinterließen an ihren Tatorten Botschaften, Bekennerschreiben oder Forderungen. Sie hatte einen anderen Verdacht und hoffte, dass sich dieser im Laufe des Morgens erhärten würde. Denn nicht nur Terroristen verwendeten anonyme Wegwerf-Handys.

Daria warf einen Blick auf ihr eigenes Telefon, dann steckte sie es zurück in ihre Hosentasche und bemerkte dabei, dass sie schon bis zur Seebrücke gelaufen war. Das hölzerne Bauwerk ragte geschätzte 300 Meter in den Ozean. Sie zögerte, doch dann erklomm sie die wenigen Stufen, streifte sich den Sand von den Füßen und zog ihre Schuhe an. Kurz blickte sie hinter sich. Die Pension konnte sie von hier aus gar nicht mehr sehen. Eigentlich hatte sie nur ein bisschen frische Luft schnappen und sich dann noch mal zu Martin ins Bett legen wollen, jetzt war sie schon fast seit einer Dreiviertelstunde unterwegs. Sie war so ruhelos. Wenn sie doch nur schneller voran kämen ...

Erneut zog Daria das Handy hervor, während sie über die Brücke lief, und öffnete WhatsApp. Sie hatte Kristin gestern Abend eine Nachricht geschrieben, nur kurz nachgefragt, was sie so machte und ob bei ihr alles okay war. Normalerweise bekam sie immer spätestens nach ein paar Stunden ein „Kontrollier mich nicht, Mom!" zurück, versehen mit einem augenrollenden Smiley. Jetzt jedoch hatte ihre Tochter die Nachricht zwar aufgerufen, hielt es aber offenbar nicht für nötig, ihr zu antworten.

Daria seufzte, blickte auf und fragte sich, wo dieser dämliche Ziegler die Sachen von Enrico Drees versenkt hatte. Ganz hinten vermutlich, dort wo das Wasser nicht mehr so seicht war. Aber selbst wenn das Handy irgendwann angespült würde, hätte das Salzwasser sicherlich dafür gesorgt, dass es nicht mehr brauchbar war.

Genau wie die Telefone, die der Schleicher nach seinen Taten möglicherweise hatte loswerden wollen. Und er hatte es klug angestellt: Es waren immer nur Einzelteile gefunden worden, mal ein Akku, mal ein Gehäuse. Nie eine SIM. Die musste er zerstört haben, vermutlich verbrannt oder irgendwo ins Wasser geworfen. Natürlich mochte es auch Zufall sein, dass diese Teile gefunden worden waren. Aber Daria glaubte nicht daran. Wer warf ein altes Handy schon stückchenweise weg?

Sie erreichte das Ende der Seebrücke, eine ausgedehnte Plattform, auf der es Bänke sowie eine Tauchglocke gab, die wie der Kopf einer Rakete aussah und sicher eine der Touristenattraktionen war. Daria sah sich die schmalen Fenster der Glocke an, dann drehte sie sich um und überblickte einen Moment lang den Strand. Irgendwo weit hinten sah sie einen Spaziergänger, sonst war sie der einzige Mensch weit und breit. Und sie fühlte sich nicht beobachtet. Doch komischerweise war es gerade dieser Gedanke, der sie beunruhigte. Denn wären ihre Nerven so angegriffen gewesen, wie sie zuletzt geglaubt und Martin immer behauptet hatte, hätte sie dann nicht gerade in einer Situation wie dieser total paranoid werden müssen? Früh morgens. Unbewaffnet. Allein.

Sie runzelte die Stirn über den Gedanken, doch ehe sie wirklich einen Schluss daraus ziehen konnte, vibrierte endlich das Handy in ihrer Tasche. Mehrfach. Ein Anruf also und keine Antwort von Kristin.

Daria zog das Gerät hervor und ging ran. »Mickey?«

Eine winzige Pause, dann eine verärgerte Stimme. »Nein, hier ist Martin! Wo steckst du?«

In Daria regte sich Widerstand, sie war ihm schließlich keine Rechenschaft schuldig. Zum gefühlt hundertsten Mal in der letzten Zeit rief sie sich innerlich selbst zur Vernunft, ehe sie antwortet: »Am Strand. Spazieren.«

Es war gut, dass er schon wach war, denn sie musste ihm und den anderen unbedingt erzählen, was sie über Amende und die Handyteile herausgefunden hatte. Doch als sie gerade zu sprechen ansetzte, sagte Martin: »Dann sieh bitte zu, dass du schleunigst wieder herkommst. Wir müssen los. Jetzt gleich.«

Daria spürte, wie sie von jetzt auf gleich hellwach wurde. Das letzte bisschen morgendliche Kühle verging und ihr war schlagartig warm. »Was gibt es?«

»Einen weiteren *Unfall*. Wie es aussieht, hat der Schleicher zugeschlagen – schon wieder.«

»Hol mich an der Seebrücke ab«, sagte Daria. »Bring meine Waffe mit!« Damit legte sie auf und lief so schnell zurück ans Ufer, als wäre der Leibhaftige hinter ihr her.

Schon wieder ein Mord. Schon wieder der Schleicher. Und schon wieder hier oben, an der Ostsee.

Daria konnte es gar nicht erwarten, diesen Fall endlich zu durchschauen.

Kapitel 35

Es sah aus, als sei die Brust des Opfers mit Konfetti bedeckt.

Daria stand ungefähr einen Meter von dem toten Körper entfernt und spürte, wie wütend sie der Anblick machte. Joshua Kaiser war jung gewesen, verdammt jung. Gerade erst 19 – kein Alter, in dem man sterben sollte.

Sie ließ ihren Blick am Oberkörper des Jungen hinaufwandern, zu seinem Kopf, der schief auf dem Hals zu sitzen schien. Wieder ein Genickbruch. Wieder reiner Zufall, ein Unfall – angeblich.

Und wie schon bei Enrico Drees war sichergestellt worden, dass die Leiche schnell entdeckt würde, doch diesmal hatte Amende nichts damit zu tun. Daria drehte den Kopf, als sie das Schluchzen der Frau aus dem Nebenzimmer hörte. Joshua Kaisers Mutter war vollkommen außer sich gewesen, als Daria, Martin und der Rest ihrer Leute hier eingetroffen waren. Sie selbst war es gewesen, die ihren Sohn gefunden hatte. Sie war schwer krank, litt seit Jahren unter Parkinson und nahm starke Schlafmittel, um nachts Ruhe zu finden. Ihr Sohn, der eigentlich eine Einzimmerwohnung im Ortskern besaß, versorgte sie seit einiger Zeit und übernachtete immer öfter in seinem früheren Kinderzimmer. Doch anders als sonst war Joshua heute Morgen nicht aufgetaucht, um seiner Mutter zu helfen. Also hatte sie sich aus dem Bett gequält und sich in ihren Rollstuhl gezogen. Sie hatte angenommen, dass Joshua sich gestern Abend vielleicht mit Freunden betrunken habe, was in letzter Zeit wohl häufiger ein Problem sei. Dann habe sie ihn gefunden. Auf dem Boden seines Kinderzimmers. Tot.

»Ich versteh das nicht! Wer hängt denn mitten in der Nacht ein Poster auf?!«, hatte sie geschluchzt, als Daria und Martin gerade die Wohnung betreten hatten. Nachdem sie den Notarzt alarmiert hatte, musste dieser die Polizei rufen, eine neue Anordnung vom BKA, die seit Kurzem für alle Unfälle mit unklarer Ursache galt.

Daria ging neben Joshua Kaisers kaltem Körper in die Hocke. Ursprünglich hatte er halb auf dem Bauch gelegen, aber seine Mutter hatte ihn auf den Rücken gedreht, als sie verzweifelt festzustellen versuchte, ob er noch lebte. Joshuas Augen waren offen, gerötet und leicht geschwollen. Es sah aus, als habe er geweint. Auch sein Mund stand offen und seine Lippen waren blutig, was daher rührte, dass seine oberen Schneidezähne ausgeschlagen worden waren.

Sie schloss die Augen und sah den Unfall vor sich, der hier angeblich passiert war. Joshua stand auf dem Drehstuhl und beugte sich vor, um eine Heftzwecke in die Wand zu drücken. Dabei rollte der Stuhl weg, er stürzte unglücklich, schlug mit dem Kinn auf den Schreibtisch auf, über den er das Poster hatte hängen wollen. Der Aufprall war so hart, dass er ihn nicht nur die Zähne kostete, sondern ihm auch das Genick brach – ähnlich wie beim sogenannten Bordsteinbeißen, einer Tötungsart, die bei radikalen Rechten sehr beliebt war und die darin bestand, dass dem Opfer die Bordsteinkante zwischen die Zähne gezwungen wurde, woraufhin der Täter ihm in den Nacken sprang. Joshua fiel zu Boden, landete in den verschütteten Heftzwecken und war tot.

Wenn sie es nicht besser wüsste, hätte sie diesen Hergang vielleicht sogar geglaubt. Doch sie wusste es besser und sah auch sogleich vor sich, was hier wirklich geschehen war. Joshua, hilflos, vermutlich gefesselt, wurde gefoltert, indem man ihn mit den Reißnägeln malträtierte und ihm die Zähne mit einem Werkzeug herausbrach. Er flehte um sein Leben, weinte, und das alles, während seine Mutter nebenan friedlich schlief. Doch alles Flehen half nichts: Als er genug von seiner Folter hatte, zerschmetterte der Killer sein Rückgrat, zum Beispiel mit einem harten, schweren Gegenstand. Die Zahnabdrücke an der Schreibtischkante sprachen dafür, dass sich dieser finale Schlag genau hier ereignet hatte, was vermutlich auch so gedacht war, um den Unfallhergang plausibel zu machen. Offiziell war Joshua ganz einfach gestürzt, aber daran glaubte sie natürlich längst nicht mehr. Daria hatte in der Zimmerecke bereits einen Baseballschläger entdeckt, den sie gleich von der Spurensicherung beschlagnahmen lassen würde. Außerdem nahm sie sich vor, die Wohnung nach anderen potenziellen Mordwerkzeugen zu durchsuchen. Große Hoffnungen hatte sie allerdings nicht. Dass der Schleicher neuerdings dafür sorgte, dass seine Taten immer schnell entdeckt wurden, war eine Sache, aber sie glaubte nicht, dass er deswegen auch nachlässig wurde. Wer immer er war, er ging mit großem Kalkül vor. Dennoch würde Daria dafür sorgen, dass alles gründlich durchsucht wurde, nach Fasern, DNA und Fingerabdrücken, nach Einbruchspuren und nach Rückständen von Betäubungsmittel im Blut des Opfers.

Sie ließ den Blick an Joshua hinuntergleiten, über die Packung mit Heftzwecken, die ausgeschüttet auf dem Teppich lag, den umgestürzten Drehstuhl, den Schreibtisch mit den Zahnabdrücken. Sie sah hinauf zur Wand, wo schief, mit einer einzelnen Heftzwecke befestigt, ein Poster hing, dessen Aussage in Anbetracht der Umstände etwas ziemlich Ironisches an sich hatte: *Jedem das Seine.*

Das war natürlich ein Neonazi-Spruch, und Daria war nicht entgangen, dass Joshua seine Haare abrasiert hatte und weitere eindeutige Embleme sein Zimmer schmückten, wie zum Beispiel ein alter Weltkriegsdolch, der auf seinem Schreibtisch auf einem roten Kissen lag. Trotzdem ging ihr sein Tod ziemlich nah, vielleicht weil hier eine Mutter ihr Kind verloren hatte, und weil sie immer noch auf eine Antwort von Kristin wartete.

Sie sah auf die Uhr. Es war noch nicht mal acht.

Daria hörte Joshuas Mutter in der Küche schluchzen und trat langsam an die Tür heran. Die Greifswalder Polizeipsychologin, die sie herbestellt hatten, redete leise auf sie ein. Joshuas Mutter saß auf einem Stuhl und sah in ihrem Morgenrock und mit dem grauen zerwühlten Haar eher wie eine Großmutter aus.

»Er war ein guter Junge«, wimmerte sie. »Er hat sich immer um mich gekümmert. Meine anderen Kinder sind alle weggezogen. Was soll ich denn jetzt machen?« Sie blickte auf und sah aus wässrig grauen Augen zu Daria herüber.

Sie räusperte sich. »Mein Beileid, Frau Kaiser«, sagte sie, dann wandte sie sich lieber schnell ab, denn sie hatte keine Antwort für die verzweifelte Frau.

Langsam ging sie weiter, sah sich um. Sie kam an einem hellbraun gekachelten Badezimmer vorbei, dessen Fliesen mit stilisierten Seesternen verziert waren. Auf der Ablage über dem Waschbecken entdeckte sie zahllose Medikamentenverpackungen. Sie ließ den Raum hinter sich und ging weiter ins Wohnzimmer, einen ebenfalls dunklen Raum, der ...

Moment.

Sie machte einen Schritt ins das Zimmer hinein. Dann noch einen, und dabei atmete sie tief ein. In der ganzen Wohnung war es ein wenig stickig und es roch, außer in Joshuas Zimmer, ein wenig süßlich, wie es oft bei alten Leuten war. Aber hier, hier hing ein anderer Geruch in der Luft. Moschusartig, aber zugleich frisch, sportlich. Sie wusste, was das war. Deodorant, ein gutes, teures, und dazu die Art und Weise, wie sein Körper duftete ... Sie war ihm nah genug gewesen, um sich daran zu erinnern, um ihn wiederzuerkennen, und sofort schlug ihr Herz hart und schnell gegen ihre Brust.

Maxim Winterberg. Das war sein Geruch. Er war hier gewesen.

»Hey«, hörte sie Martins Stimme hinter sich. »Irgendwas gefunden?«

Daria runzelte die Stirn. »Riechst du das auch?«, fragte sie.

»Ich hab noch den Leichengeruch in der Nase«, erwiderte er, schob sich an ihr vorbei, atmete tief ein und sah sie dann fragend an. »Was meinst du?«

»Deo. Oder Aftershave.« Sie sagte nicht mehr. Wenn Martin bejahte, dann konnte sie immer noch ins Detail gehen.

»Nein, tut mir leid«, sagte er und ging dann dazu über, sich das Wohnzimmer genauer anzusehen. »Was denkst du?«

Daria schüttelte den Kopf und verschränkte die Arme vor der Brust. »Gar nichts.« Sie atmete noch einmal tief ein.

Martins Geruch überdeckte Maxims, aber er war immer noch da. Sie wunderte sich nicht, dass ihr Partner ihn nicht erkannte. Er war dem Schinder ja auch nie derart nah gekommen.

Daria setzte sich aufs Sofa und zwang sich, ihre Gedanken zu ordnen. Sie hatte geglaubt, Maxim oben am Waisenhaus zu sehen. Doch da Martin ihr seit einer Weile erfolgreich einredete, dass sie die Nerven verlor und Gespenster sah, hatte sie ebenfalls an Einbildung geglaubt. Und ... wenn sie ehrlich war, tat sie es Tag für Tag mehr. Rückblickend war die Begegnung so surreal gewesen, dass sie ihr wirklich wie ein Hirngespinst vorgekommen war. Doch jetzt ...

Dass ihre Augen ihr einen Streich spielten, war eine Sache. Aber was war mit ihren anderen Sinnen?

Sie fühlte in sich hinein. War sie überspannt? Hatte sie gerade Angst?

Nein. Sie kam sich vollkommen zurechnungsfähig vor und so ließ sie endlich das Gedankenspiel zu, das schon lange am Rande ihres Verstandes hockte und um Einlass bat.

Was, wenn er hier gewesen war? Wenn er Joshua Kaiser getötet hatte?

Wenn er nicht nur der Schinder, sondern auch der Schleicher war?

Daria zog ihr Handy aus der Tasche, auf dem sie die PDF von Mickey abgespeichert hatte. Sie blätterte hektisch, sprang von Datum zu Datum – und ließ das Smartphone dann sinken. Nein, der Gedanke war absurd. Zum einen hatten Schinder- und Schleichermorde parallel stattgefunden, und dass ein Serienmörder zwei völlig verschiedene Modi zur selben Zeit anwandte, war mehr als unwahrscheinlich. Zum anderen hatten zwei der potenziellen Taten des Schleichers auch stattgefunden, während Maxim in Untersuchungshaft gesessen hatte.

Er konnte nicht der Schleicher sein.

Aber trotzdem ließ sich eine Tatsache nicht von der Hand weisen: Im Wohnzimmer von Joshua Kaisers Wohnung hing sein Geruch in der Luft.

Irgendetwas stimmte hier nicht, und es hatte mit Maxim zu tun.

Kapitel 36

Er rollte sich von ihrem erhitzten Körper herunter und nahm sich eine Weile, um wieder zu Atem zu kommen. Nie zuvor hatte er mit einer Frau wie ihr geschlafen – zumindest ging er davon aus. Julia, seine Ehefrau, war sicher keine Mörderin gewesen. Seine zahlreichen Geliebten auch nicht. Keine von ihnen war dem, was er selbst tief im Inneren war, auch nur entfernt nahe gekommen.

War es mit Larissa speziell gewesen, eine neue Erfahrung? Sicher. Hatte es ihm gefallen? Natürlich. Hatte er dabei an Daria gedacht? Keine Sekunde.

Trotzdem. Das mit Daria und ihm war etwas anderes, es ging tiefer. Die Sache mit Larissa hatte mit etwas zu tun, das sie beide gut kannten – dem Wunsch, einen gewissen Trieb zu befriedigen, ohne dabei an irgendwelche Konsequenzen zu denken. Den Moment auszukosten.

»Das war gut«, sagte sie süffisant in die Dunkelheit der kleinen Waldhütte hinein, und Maxim musste unwillkürlich lächeln. Dasselbe hatte er zu ihr gesagt, vorhin, nachdem sie das Haus des Neonazis verlassen hatten.

Zuerst glaubte er, Larissa wäre leichtsinnig, beinahe dumm. Aber dann beobachtete er, wie sie den toten Körper arrangierte und sah zu, wie sie das Blut aus dem Wohnzimmer entfernte, wie sie sämtliche Oberflächen abwischte, den Boden saugte und das benutzte Glas sowie die Whiskeyflasche gründlich abspülte. Am Ende half er ihr sogar – eine kleine Gegenleistung für den Gefallen, den sie ihm zuvor erwiesen hatte.

»Weshalb hast du mich es tun lassen?«, fragte er.

Sie machte ein unbestimmtes Geräusch und ließ sich zurück in die Kissen sinken. »Mir war danach. Du warst da und ich wusste, du würdest nicht Nein sagen ...«

Maxim grinste leicht. »Gib einfach zu, dass du meinem Charme nicht widerstehen konntest. Danke, aber ich rede von einer anderen Sache.« Er blickte zu ihr herüber.

Sie drehte sich auf die Seite und das blonde Haar fiel ihr wirr in die Stirn. »Ach ja?«, fragte sie.

Maxim hielt ihrem Blick, der auch jetzt noch eiskalt war, mühelos stand.

»Du weißt genau, was ich meine.«

Er dachte zurück an die Geschehnisse in der Wohnung des jungen Dealers. Sie hatte sich Zeit mit ihm gelassen. Maxim hatte zugesehen und dabei etwas in sich aufflammen gespürt, das schon lange wieder unter der Oberfläche schwelte. Wem wollte er etwas vormachen? Er war, was er war. Und Larissa hatte gespürt, dass er nichts dringender wollte, als die Zeit des Nichtstuns und sich Versteckens zu beenden. Natürlich hatte sie nicht zulassen können, dass er an dem Dealer sein Schindermesser benutzte, das wäre viel zu auffällig gewesen. Aber nachdem sie mit ihm fertig war, ihn von seinem Stuhl auf die Knie befördert und den Mund des halb Bewusstlosen auf die Tischkante gezwungen hatte, wandte sie sich Maxim zu.

»Willst du dich vielleicht auch mal nützlich machen?«

Sie hielt den wimmernden Jungen fest, am Kopf und am Rücken, als er näherkam. Zwischen seinen Schulterblättern hatte sie ein Sofakissen platziert, damit Maxims Schuh auf seiner Haut keinen Abdruck hinterließ.

»Hast du schon mal ein Genick gebrochen?«, fragte sie.

»Nein.«

»Schnell und ruckartig.«

»Das hätte ich mir auch denken können.« Damit trat er zu.

Er hatte das trockene Knacken noch jetzt im Ohr.

»Ich hatte keine Lust es zu tun«, sagte sie. »Dieser Teil langweilt mich mittlerweile.«

Maxim fixierte sie immer noch. Sie hatte die Decke bis über ihre Brüste gezogen, aber ihre perfekten Kurven malten sich deutlich darunter ab.

»Das ist alles?«, wollte er wissen.

»Was willst du jetzt hören? Dass ich dich vergöttere, dein größter Fan bin und einfach unbedingt mal einen Mord mit dem großartigen Schinder begehen wollte? Wenn du dein Ego aufpolieren willst, musst du dir dafür eine andere suchen, mein Lieber.«

Sie setzte sich auf und Maxim lachte leise. »Für eine eiskalte Mörderin bist du ganz schön zickig.«

»Blödsinn. Ich rede nur einfach nicht gern über meine Motive.«

»Du redest generell nicht gern über dich«, verbesserte er sie, während er beobachtete, wie sie ihr Haar zu einem Zopf band.

»Ich muss dich auch nicht interessieren. Das Einzige, was du wissen musst, ist, dass ich weiß, was ich tue.« Damit stand sie auf.

Die Decke ließ sie auf dem Bett zurück und Maxim sah zu, wie sie nackt und vollkommen ungeniert ihre Sachen aufsammelte. »Da bin ich mir nicht so sicher«, sagte er, »denn du hast, was deinen Masterplan angeht, diesmal was Entscheidendes vergessen.«

Larissa schlüpfte in ihren Slip und ihren BH, während er sprach, dann sah sie ihn an und ein überlegenes Lächeln lag auf ihren Lippen. »Und was?«

»Die Fotos. Du hast keine gemacht. Was willst du Amende diesmal zukommen lassen? Wie willst du sein Team auf die Leiche stoßen?«

Larissa musterte ihn abschätzig. »Angst, dass deine kleine Kommissarin unverrichteter Dinge wieder abzieht?«

Maxim sagte dazu nichts. Daria ging Larissa nichts an, und was er von ihr hielt, schon mal gar nicht.

»Sei unbesorgt«, sagte sie voll gespieltem Mitgefühl, dann zog sie sich weiter an. »Ich gehe davon aus, dass Joshuas Mutter mittlerweile wach geworden ist und unsere kleine Überraschung entdeckt hat.«

Ruckartig setzte Maxim sich auf. »Seine *was*?«

»Seine *Mutter*.« Über die Schulter grinste Larissa ihn an. »Mutter, verstehst du? In deinem Fall die Frau, der du deine einzigartige Karriere verdankst.«

»Ich weiß, was das Wort bedeutet, danke«, gab er entnervt zurück. »Aber du willst mir nicht ernsthaft erzählen, dass wir nicht allein in der Wohnung waren!«

Sie lachte leise.

»Was für ein irres Miststück bist du eigentlich? Sie könnte uns beobachtet haben! Sie hätte die Polizei rufen können, während wir da waren!«

»Ich sagte dir doch, dass ich alles im Griff habe«, erwiderte sie kühl. »Aber wenn du jetzt den Schwanz einziehen willst ...«

Sie wandte sich der Tür zu, doch Maxim war schneller als sie. Blitzschnell schob er sich zwischen sie und den Ausgang der verlassenen Jagdhütte, in die sie nach ihrer Tat eingebrochen waren.

»Du sagst mir jetzt die ganze Wahrheit«, forderte er. »Wer du bist, warum du das alles tust, und vor allem –«

Weiter kam er nicht. Ein greller, mit nichts zu vergleichender Schmerz explodierte in seiner Leibesmitte und er sank in die Knie. Larissa trat einen Schritt zurück und er sah, dass sie unbemerkt etwas aus ihrer Tasche gezogen hatte – den metallenen Seitenschneider, den sie vorhin benutzt hatte, um die Zähne des Dealers zu entfernen. Und dann, um das Vorhängeschloss der Hütte zu öffnen.

Jetzt hatte sie ihm das Werkzeug mit dem Griff voran in die Weichteile gerammt, und er war nach wie vor nackt. Ungeschützt. Tränen schossen ihm in die Augen. Er wusste nicht, ob er jemals solche Schmerzen empfunden hatte.

»Selber schuld«, sagte Larissa und zog die Brauen in die Höhe, während sie ihn abschätzig musterte.

»Du ... verdammte ...« Weiter kam er nicht. Ihm wurde schlecht und ein starker Schwindel erfasste ihn.

»Spar dir das. Merk dir lieber Folgendes: Wir sehen uns am 30. Juni um 21 Uhr. Den Ort erfährst du noch. Dann schlagen wir wieder zu. Und bis dahin hältst du dich von mir fern.«

Sie trat an ihm vorbei und öffnete die Tür, doch er hörte, dass sie nicht ging. Noch nicht.

»Du bist mir nicht gewachsen, Maxim«, sagte sie. »Es wird Zeit, dass du dir das klarmachst, bevor du noch ernsthaft zu Schaden kommst. Du kannst mein Partner sein oder eine Schachfigur wie alle anderen, aber mehr wirst du nie für mich sein, und genau das unterscheidet uns beide. Also bilde dir nicht ein, dass du irgendwelche Ansprüche hast. Wenn ich wollte, wärst du jetzt tot. Schon wieder.«

Damit ging sie und ließ die hölzerne Tür hinter sich ins Schloss krachen.

Kapitel 37

Es war Nachmittag, als sie sich alle in ihrem improvisierten Büro im Dachgeschoss der Pension einfanden. Daria hatte die Ärmel ihrer Bluse bis auf die Schultern geschoben, auch der Rest des Teams wirkte gleichermaßen erhitzt, erschöpft und voller Tatendrang. Sie sah auf ihr Handy. Kurz vor drei. Schnell tippte sie noch eine Nachricht an Kristin.

Hey Schatz, du brätst wahrscheinlich draußen in der Sonne, aber meld dich doch mal kurz.

Gerade wollte sie das Handy wegstecken, als es vibrierte. Schnell rief sie die Nachricht auf, die zwar keinen Text enthielt, aber ein Foto ihrer Tochter, die auf Robins Sofa herumlümmelte und ein Wassereis in die Kamera hielt. Daria lächelte.

»So, können wir dann?«, fragte eine blecherne Stimme. Aus Berlin war Mickey zugeschaltet. Sein blondes Haar war wirr, seine Augen waren blutunterlaufen, doch er grinste, als hätte er soeben im Lotto gewonnen.

»Ich vermute, es gibt Neuigkeiten aus der Hauptstadt«, kommentierte Steiner, während er sich setzte.

»Gute Vermutung«, erwiderte Mickey und hob den Daumen. Selten hatte Daria ihn so selbstbewusst erlebt.

»Schieß los, Kleiner«, forderte O'Leary, der aussah, als habe er sich über Mittag noch mal in den Kneipen des Ferienortes umgehört. Mickey ließ sich nicht lange bitten.

Doch anstatt etwas zu sagen, erschien der Chatverlauf zwischen Ziegler und Amende in Großaufnahme an der Wand.

Leises Murmeln, dann betretenes Schweigen, als alle lasen.

»Das gibt es doch nicht!« O'Leary war der erste, der seine Sprache wiederfand.

»Amende hat ...«, begann Izabela, sprach aber dann nicht weiter.

»Wie es aussieht«, lenkte Daria die Aufmerksamkeit auf sich, »dürfen wir Amende bis auf weiteres nicht mehr vertrauen. Er spielt irgendein falsches Spiel und wir müssen herausfinden, wieso.«

»Frau Storm und ich haben uns bereits den Kopf darüber zerbrochen, was sein Motiv sein könnte, uns derart an der Nase herumzuführen«, erklärte Mickey. »Und wir sind zu keinem Schluss gekommen. Wir können nur spekulieren.«

»Wenn wir herausfinden, was die Beweggründe des Schleichers sind und wissen, wer er ist, können wie eine Verbindung zu Amende ziehen. Deshalb haben wir uns die vermeintlichen Schleicher-Morde einmal genauer angesehen.«

Martin warf Daria einen unwilligen Blick zu und sie zuckte entschuldigend mit den Schultern.

»Okay, ich resümiere mal«, fuhr Mickey fort. »Wir hatten in den letzten 7 Jahren in ganz Deutschland eine Zahl von 23 bizarren Unfällen, die zwei gewisse Gemeinsamkeit aufweisen.« Er deutete auf ein Strichmännchen mit schmerzverzerrtem Gesicht, das hinter ihm auf einem Flipchart zu sehen war. »Sie waren alle brutal und sie ...« Er wies auf einen mit Edding gemalten Panzerknacker und räusperte sich: »Sorry, das hat Lea vorbereitet. Jedenfalls fanden sie alle im Verbrechermilieu statt. Drogen, Hehlerei, Prostitution, Zuhälterei, sämtliche Opfer hatten in irgendeiner Form Dreck am Stecken.«

»So weit waren wir schon«, murmelte Izabela.

»Ja, und an genau dieser Stelle kamen wir nicht weiter. Wollen Sie, Frau Storm?«

Daria bejahte und blickte in die Runde. »Serienmörder mit einer so hohen Opferzahl in so kurzer Zeit sind selten«, sagte sie. »Doch ich wollte natürlich wissen, welches Motiv hinter diesen 23 Taten steckt. Will da jemand willkürlich Verbrecher aus dem Weg räumen? Das erschien mir unwahrscheinlich, denn so jemand würde sicher als Held gefeiert werden wollen und seine Taten nicht derart verschleiern. Irgendwie passte für mich nichts zusammen. Die große Brutalität. Das Verschleiern der Taten. Und nicht zuletzt ...« Sie senkte die Stimme leicht, auch wenn sie bezweifelte, dass sich Amende drüben bei Mickey befand und lauschte. »... die Sache mit Enrico Drees. Als ich alle Akten noch mal durchging, auf der Suche nach einem weiteren Indiz, einer weiteren Parallele zwischen den Taten, stieß ich auf einen ganz neuen Ansatz. Mickey?«

Wieder wandten sich alle dem Beamer zu. Mickey sah in die Kamera, wobei er auf eine weitere kleine Zeichnung hinter sich deutete – sie zeigte ein Mobiltelefon. »Handyteile«, sagte er. »Im Umkreis mehrerer Tatorte sind Handyteile gefunden worden.«

»Und?«, fragte Martin, dem das offenbar nichts sagte.

Mickeys Grinsen wurde noch breiter. »Und es waren nicht die Teile irgendwelcher Handys, sondern billiger Handys. Wegwerfhandys. No-Name-Technikschrott. Das waren keine iPhones, sondern ...«

Martin hob die Hände. »Schon gut, schon gut. Ich verstehe.«

»Aber was nie gefunden wurde, war die in den Geräten verwendete SIM-Karte.« Mickey verzog das Gesicht, doch seine Züge hellten sich sogleich wieder auf. »Bis jetzt!«

»Was soll das heißen?«, fragte Steiner.

»Ganz einfach. Nach Frau Storms Hinweis mit den Handyteilen haben wir uns verstärkt darauf konzentriert, den Absender der Fotos von Drees ausfindig zu machen. Das war nicht leicht. Wir mussten uns zuerst einmal Zugang zu Amendes Handy verschaffen –«

»Habt ihr es gestohlen?«, fragte Martin alarmiert.

»Hey, wir sind nicht ganz blöd. Wir haben ihm einen Trojaner geschickt und uns dann die Nummer herausgezogen, von der aus die Bilder an ihn gingen. Über den Netzanbieter konnten wir dann in Erfahrung bringen, dass es sich um eine Prepaid-Nummer handelt. Nun mussten wir nur noch herausfinden, wann und auf wen diese Nummer registriert worden war. Vorratsdatenspeicherung sei Dank ...«

»Komm zum Punkt«, unterbrach Martin.

Mickey lachte kurz. »Okay. Das Entscheidende ist, dass wir den Namen gefunden haben, auf den die SIM-Karte registriert ist.« Er deutete auf einen Namen, der hinter ihm auf dem Flipchart stand:

JERZY ADAMCZAK

»Wer soll das sein?«, fragte O'Leary nach einem kurzen Moment des Schweigens.

»Das kann uns vollkommen egal sein«, erwiderte Mickey. Dann blätterte er den großen Block auf dem Flipchart um und enthüllte eine Seite, auf der Aktenzeichen und Stichpunkte notiert waren. »Das hier sind 18 Verbrechensfälle aus den vergangenen Jahren, bei denen Handys verwendet worden sind, die auf den Namen Jerzy Adamczak registriert waren. Unterschiedliche Straftäter, ganz verschiedene Verbrechen. Kreditkartenbetrug, Erpressung mit verfänglichen Fotos, alles, was man mit einem Handy so anstellen kann. Der springende Punkt: Das kann nicht alles dieser Jerzy gewesen sein, denn die Taten fanden in 6 EU-Ländern statt, und das in ganz verschiedenen Milieus. Jetzt wieder Sie, Frau Storm.«

Daria musste fast lachen. Es war süß, wie er ihr die Bälle zuspielte. »Ich habe recherchiert, dass im Ausland oft ganze Berge von SIM-Karten auf den Namen eines Obdachlosen oder Verstorbenen gekauft werden. Diese werden dann an Kriminelle weiterverkauft, die Bedarf an einem anonymen Handy haben. Für Betrügereien, terroristische Angriffe, oder eben, und das ist der für uns interessante Punkt ...«

»Auftragsmorde«, sagte Mickey.

Sofort blickten ihn alle an.

»Das gängige Schema bei Auftragsmorden ist, die Tat zu erledigen und sie dann zu beweisen. In der Regel durch ein Bild, das man dem Auftraggeber zukommen lässt ... um die Kamera anschließend zu vernichten.«

O'Leary lehnte sich zurück und verschränkte die Arme vor der Brust. »Wenn ich das richtig verstehe, soll das also heißen, dass unser Schleicher ein Auftragskiller ist.«

»Ein besonders geschickter, der seine Jobs als Unfälle tarnt«, entgegnete Daria.

Einen Moment lang sagte niemand etwas, doch in den Köpfen aller arbeitete es sichtlich. Sie konnte förmlich spüren, wie sich die Rädchen im Getriebe weiterdrehten, wie sich ein weiteres kleines Teil dem Puzzle hinzufügte.

Wenn man die Motivation eines Killers kannte, die Erfahrung hatte sie in letzter Zeit oft genug gemacht, dann hatte man ihn schon fast geschnappt.

»Gut, dann haben wir jetzt zwei Fragen, die wir uns dringend stellen sollten«, sagte schließlich Martin. »Wer hat einen Auftragsmörder auf Amendes engsten Mitarbeiter angesetzt?«

»Und welche Rolle spielt Amende in der ganzen Sache?«, fügte Daria hinzu.

Kapitel 38

Maxim hatte immer noch Schmerzen und er bildete sich ein, dass man sie ihm ansah, wenn er ging. Er war sich ziemlich sicher, dass Larissa ihm einen Bluterguss, vielleicht sogar eine Prellung verpasst hatte, und er war alles andere als zufrieden mit dem Ende ihrer gemeinsamen Nacht.
Er war wütend. Er ließ sich nicht demütigen. Und schon gar nicht von einer Frau.
Zeitweise war es ihm wirklich wie eine gute Idee erschienen, mit ihr zusammenzuarbeiten. Wie eine Win-Win-Situation im klassischen Sinne. Aber jetzt? Was bildete diese Schlampe sich ein? Wenn einer von ihnen dem anderen nicht gewachsen war, dann sie ihm. Sie würde schon sehen, was sie von der Aktion hatte. Seine Solidarität jedenfalls hatte sie verspielt. Er würde ihr eine Lektion erteilen müssen, genau wie er es bei Julian Nehring getan hatte. Er ließ sich nicht benutzen. Von niemandem.
Maxim bog von der Nebenstraße, in der ihn der Bus herausgelassen hatte, auf die Promenade ab und ging dann hinunter an den Strand. Er war wieder nach Zinnowitz gekommen und überlegte, die Nacht im Kulturhaus zu verbringen. Die Ermittlungen würden sich ja jetzt auf einen anderen Ort konzentrieren. Aber insgeheim war ihm klar, dass es einen weiteren Grund gab, weshalb er sich wieder für diesen Ort und nicht etwa für eine der anderen zahllosen anonymen Kleinstädte hier oben an der Ostsee entschieden hatte. Von Larissa wusste er, dass sich die ehemalige SoKo Schinder in einer Pension hier in Zinnowitz eingemietet hatte. Direkt am Meer.
Wie eine Horde gewöhnlicher Touristen, hatte sie gesagt.
Er fragte sich, wie die Ermittlungen vorangingen. Was die Mutter des Dealers mitbekommen, was sie gesagt hatte. Wusste Daria mittlerweile, dass er hier war?
Nun, vielleicht war es am besten, er fragte sie das selbst.
Er spürte, wie ein Lächeln seine Lippen überzog, als er sie erkannte. Sie saß auf der Veranda einer prächtigen Gründerzeitvilla und war außer ihm der einzige Mensch weit und breit. Sicher, es war bald zehn und dämmerte bereits. Bläuliches Zwielicht hing über den Dünen. Es reichte gerade

noch, um Maxim ausmachen zu lassen, dass Darias Kopf auf ihr Kinn gesunken war. Sie schlief.

Er verlangsamte seine Schritte im Sand, betrachtete sie genauer. Sie trug eine enge Hose, Jeans, wie er glaubte. Ein seltener Anblick. Ihre schwarze Seidenbluse flatterte leicht im auffrischenden Wind, ein paar Strähnen ihres dunklen Haars hatten sich aus ihrem Zopf gelöst und wehten ihr in die helle Stirn.

Maxim wusste, dass er abhauen sollte, wieder mal. Diese Frau war nicht so harmlos, wie sie aussah. Sie war zierlich, hatte weiche Züge, aber er wusste, dass sie unter der Seide ihres Oberteils eine Pistole am Gürtel trug.

Doch die Vorstellung, ein weiteres Mal von ihr angeschossen zu werden, schreckte ihn jetzt gerade auch nicht ab. Zum einen glaubte er nicht, dass sie es tun würde. Sie hatte ihn am alten Gehege auf dem Gelände des Waisenhauses gesehen und ihn dort auch nicht angegriffen.

Zum anderen rührte sie sich nicht, als er die Stufen der Veranda erklomm. Er blieb stehen, betrachtete sie einen Moment lang. Die wenigen Sommersprossen, die sich auf ihrem blassen Gesicht abzeichneten. Der feine Übergang von ihren Wangen zu ihrem Kinn, von ihrem Kinn zu ihrem weichen Hals. Er wusste, wie empfindlich die Haut dort war, wie weich und nachgiebig. Aber er wollte Daria nicht wehtun. Er wollte sie berühren, das war alles.

Maxim trat noch ein paar Schritte näher, der Dielenboden knarrte leise unter seinen Schritten. Doch sie schlief weiter tief und fest. Er kannte sie. Vermutlich verausgabte sie sich wieder mal völlig, um den Schleicher zu stellen. So war sie nun einmal, sie gab immer 100 Prozent. Er beugte sich zu ihr herunter, streckte die Hand aus.

Und dann, plötzlich, vernahm er Schritte.

Kapitel 39

Kühler Wind strich über Darias Haut, doch er war nicht der Grund dafür, dass plötzlich eine Gänsehaut ihre Arme überzog. Schuld waren die Finger, die sanft über ihren Hals strichen, während sie warmen Atem auf ihren Lippen spürte. Daria ließ die Augen geschlossen und genoss die leichte Berührung. Erst als eine Stimme das Rauschen des Meeres übertönte, wurde sie richtig wach.

»Hey, Süße. Kommst du rein? Es wird kalt.«

Daria hob die Lider und war verwundert, wie dunkel es war. Von dem rot-orangenen Schein des Sonnenuntergangs war nichts mehr zu sehen. Stattdessen zeichnete sich der Mond am Himmel ab, blass und durchscheinend.

»Es ist nach zehn.« Martin strich ihr übers Haar, dann kam er um sie herum und versperrte ihr die Sicht aufs Meer.

»Ich bin eingeschlafen«, sagte sie und fühlte sich noch immer ganz benommen. Vielleicht lag es an dem Traum, den sie gehabt hatte. Wieder einmal hatte sie vom Schinder geträumt und wieder einmal war er ihr gefährlich nahe gekommen.

»Kein Wunder. Du hast gestern Nacht ja kaum geschlafen.«

Daria kniff verwundert die Brauen zusammen. Er hatte mitbekommen, dass sie wieder aufgestanden war, um zu arbeiten? Und er hatte keine Einwände erhoben?

Martin, der ihren Blick anscheinend richtig deutete, hob die Schultern. »Du bist ein großes Mädchen. Du musst wissen, was du tust, auch wenn ich nicht immer alles toll finde, was du machst.«

»Danke.« Daria streckte die Hand nach seiner aus und drückte sie. Sie war froh, dass er ihr keine Szene machte. Dass er sie nicht ermahnte, an ihre Gesundheit zu denken.

Martin lächelte. »Wie wär's? Ich hab Essen besorgt und Wein. Und ... naja, Bier. Kommst du rein?«

Daria reckte sich und ließ seine Finger dabei los. »Ja, sofort. Gieß uns schon mal was ein.«

»Aye.« Martin salutierte nachlässig und ging nach drinnen.

Daria sah ihm nach und spürte ein schlechtes Gewissen in sich aufkeimen. So ging es ihr fast immer, wenn sie diese Träume hatte. Sie kam sich vor wie eine Betrügerin.

Nachdenklich sah sie wieder übers Meer, das langsam an Farbe verlor. Bald würde nur noch eine schwarze Fläche vor ihr liegen, einzig durchbrochen vom Mondschein. Es wurde wirklich Zeit, zu Martin reinzugehen, auch wenn es ihr in den ersten Minuten nach dem Aufwachen immer schwerfiel, ihm in die Augen zu sehen.

Aber es war doch nur ein Traum gewesen, sagte sie sich und stand auf.

Doch wenn es wirklich nur ein Traum war, dachte sie und fuhr sich mit der Zungenspitze über die Lippen, wieso kann ich Maxim dann schmecken?

Daria lag im Bett und starrte an die Decke. Anders als erhofft sorgte der Rotwein, den Martin besorgt hatte, nicht für die erwünschte Wirkung. Statt schläfrig zu werden, lag sie hellwach und mit rasendem Puls im Bett. Sie fühlte sich so klar und fokussiert wie noch nie. Was gut war, denn so konnte sie in Ruhe ihre Gedanken ordnen.

Zuerst hatte sie Martin und den anderen geglaubt, dass sie überarbeitet war und die Sache mit Kristin ihr zusetzte. Wahrscheinlich hatten sie recht gehabt, denn Daria wusste ja selber, dass sie unkonzentriert gewesen war und fahrlässig gehandelt hatte. Doch seit sie auf die Insel gerufen worden waren, fühlte sie sich eigentlich nicht mehr in diesem Dämmerzustand gefangen, der in der letzten Zeit Besitz von ihr ergriffen hatte.

Sie schloss die Augen und horchte in sich hinein. Fühlte sie sich verfolgt? Ängstlich? Abwesend?

Nein. Nichts davon war der Fall. Im Gegenteil: Während der Arbeit heute hatte sie sogar ihre Sorge um Kristin teilweise vergessen, und als ihre Tochter ihr dann am Nachmittag endlich antwortete, war sie nicht überrascht gewesen, dass es ihr gut ging. Was sie spürte, waren die normalen Sorgen einer Mutter, aber es war nicht mehr die helle Panik, in die sie die Aktion des Jugendamtes zuerst versetzt hatte. Und das war auch kein Wunder angesichts der Tatsachen, die ihr langsam aber sicher dämmerten. Denn Kristin drohte durch Maxim keine Gefahr.

Denn Maxim Winterberg war hier. Hier auf der Insel und vermutlich ganz in ihrer Nähe.

Sie hatte ihn sich nicht eingebildet, oben im Waisenhaus. Sie war nicht paranoid. Sie hatte ihn nicht nur gesehen, gespürt und gerochen, sie hatte ihn sogar geschmeckt. Er hatte sie geküsst, vorhin, als sie draußen saß, um sich den Sonnenuntergang anzusehen. Maxim hatte seine Lippen auf ihre gedrückt und sie so aus dem Schlaf geholt. Dessen war sie sich jetzt mehr als sicher.

Aber war das wirklich ein Indiz für ihre geistige Gesundheit? Hätte nicht jeder, der dabei war den Verstand zu verlieren, dasselbe von sich behauptet?

Es gab nur zwei Möglichkeiten: Entweder sie war verrückt und bildete sich Maxim nur ein oder er war wirklich hier.

Daria öffnete die Augen.

Sie hatte eine Idee ...

Kapitel 40

Daria marschierte die Straße zum Waisenhaus hinauf. Sie lag verlassen da, genau wie schon die Promenade zuvor. Niemand war unterwegs und in den umliegenden Häusern brannte nirgends Licht. Es war absolut still, nur Darias Schritte waren auf dem Asphalt zu hören. Gut so. So würde sie merken, wenn jemand angefahren kam oder sie verfolgte.

Sie hatte eine Taschenlampe dabei, die jedoch nicht eingeschaltet war. Der gelbliche Schein der Laternen reichte noch aus, um ihr den Weg zu weisen.

Darias Sinne waren fokussiert und die frische Nachtluft tat ein Übriges, um sie klar denken zu lassen. Sie spürte weder Müdigkeit noch Angst, einzig ihr Jagdinstinkt war geweckt.

Am Zaun angekommen, warf sie einen Blick hinter sich, doch noch immer war weit und breit niemand zu sehen. Sie zwängte sich durch die Maschen und blieb stehen, um die Lampe einzuschalten. Damit leuchtete sie das Grundstück um sich herum so gut es ging aus. Sie war allein. Er war nicht zu sehen, aber das musste nichts heißen. Wenn sie ganz viel Glück hatte, dann würde sie Maxim gleich im Schlaf überrumpeln. Mit weniger Glück würde *er sie* überrumpeln. Doch Daria bezweifelte, dass er ihr gefährlich werden würde. Zumindest nicht auf die tödliche Art.

Sie würde es nie jemandem gegenüber laut äußern, aber sie wusste mit absoluter Bestimmtheit, dass Maxim ihr niemals etwas tun würde. Ein Fakt, der ihr eigentlich schon immer klar war, den sie nur stets verdrängte. Gestern hatte Maxim es ihr endgültig bewiesen. Wieder einmal hatte er eine Chance verstreichen lassen, sie endgültig aus dem Weg zu räumen. Er wollte sie, jedoch nicht auf diese kranke Art, auf die andere Mörder von Frauen besessen waren.

Maxim empfand nichts als Zuneigung für sie, das wusste sie jetzt. Nein, eigentlich hatte sie es schon immer gewusst, doch der Gedanke, ausgerechnet von einem brutalen Killer geliebt zu werden, war so erschreckend gewesen, dass sie es nicht gewagt hatte, weiter darüber nachzudenken.

Heute Nacht allerdings waren ihr die Augen geöffnet worden. Und sie hatte ihre Chance gewittert.

Als sie sich an das Licht der Taschenlampe gewöhnt hatte, ging sie entschlossen los.

Das Dickicht, das am Tag wie ein Märchenwald wirkte, war bei Nacht undurchdringlich und schwarz. Daria hielt sich auf dem gepflasterten Weg und hatte stets ein Auge auf den finsteren Waldrand. Sie war froh, dass Martin nicht aufgewacht war, denn er hätte ihr Vorhaben und somit auch sie für völlig durchgeknallt erklärt. Sie hatte ein schlechtes Gewissen, da sie trotz ihres Versprechens wieder einen ihrer allseits verhassten Alleingänge antrat, aber dies war wirklich keine Angelegenheit, bei der sie Martin gebrauchen konnte. Sollte etwas schiefgehen, sollte sie Maxim nicht einfach so festnehmen können, dann hatte sie ein Ass im Ärmel, das sie unmöglich ausspielen konnte, wenn ihr Partner dabei war. Auch wenn die ganze Sache vielleicht wie eine Kamikaze-Aktion erschien, hatte sie nichts zu verlieren.

Denn was gab es für Möglichkeiten?

Entweder sie war tatsächlich verrückt und Maxim war längst über alle Berge. In diesem Fall würde sie umsonst durch das leere Waisenhaus streifen und unverrichteter Dinge wieder in die Pension zurückkehren. Oder aber sie hatte Recht und Maxim beobachtete sie tatsächlich und näherte sich ihr immer nur dann, wenn sie alleine war. In diesem Fall war das hier ihre Chance ihn zu stellen, zurück in den Knast zu bringen und Kristin zurück zu bekommen.

Und der Schleicher?

Daria hatte lange darüber nachgedacht, ob von ihm irgendeine Gefahr für sie ausging. Da sie sich sicher war, dass er nur auf Aufträge hin tötete, bestand für sie aus zwei Gründen kein Anlass zur Besorgnis: Erstens war sie keine zwielichtige Gestalt, deren Tod jemand in Auftrag gegeben haben könnte und zweitens erschien ihr der Schleicher nicht dumm. Er würde sich nicht mehr am Tatort aufhalten und falls doch, würde er sich sicher keiner bewaffneten Polizistin nähern. Warum auch? Schließlich tötete er nicht aus Spaß und Lust, sondern für Geld. Ein Überfall auf Daria würde für ihn also absolut keinen Sinn machen.

Sie war also so gut wie sicher.

Trotzdem überprüfte sie noch einmal den Sitz ihrer Waffe, als sie das Eingangsportal des Gebäudes erreicht hatte. Dann stieß sie die quietschende Tür auf und trat ein. Blitzschnell leuchtete sie die Eingangshalle aus, doch sie entdeckte niemanden. Kein Schatten huschte davon, keine Gestalt lauerte in einer Ecke, bereit sich auf sie zu stürzen. Überall lagen Trümmer herum und ein paar Balken im Boden waren morsch und löchrig oder fehlten ganz, sodass sie dadurch bis in den feuchten Keller blicken konnte. Doch auch dort unten war kein Mensch zu sehen. Sie überlegte für einen Augenblick, die Tür offen zu lassen, um im Notfall schneller fliehen zu können, doch dann verschloss sie sie lieber, als ihr klar wurde, dass sie das Quietschen vor eventuellen Eindringlingen warnen würde.

Langsam durchquerte sie den Raum und begab sich in den nächsten. Als sie über die Türschwelle trat, fühlte sich die Schwärze der Eingangshalle erdrückend in ihrem Rücken an und sie fuhr herum, um sie erneut auszuleuchten. Doch Maxim war nicht da und Darias Puls verlangsamte sich wieder etwas.

Es lief doch alles nach Plan ...

Langsam ging sie weiter, einen Schritt, zwei, dann hielt sie wieder inne und lauschte. Irgendwo war ein leises Rascheln zu hören. Dann wurde es lauter und Daria leuchtete in die Richtung, aus der es zu kommen schien. Durch ein zerbrochenes Fenster konnte sie sehen, wie der Wind die Äste draußen sanft hin und her wiegte. Dann ebbte er ab und auch das Rascheln verstummte.

Erleichtert und enttäuscht zugleich ließ Daria den Strahl ihrer Lampe weiter wandern, über die mit Graffiti versehenen Wände, über die hohe Decke, die Treppe und die im Dunkeln liegende Galerie. Über den Bereich darunter, der in einen weiteren Gang führte bis hin zur nächsten Wand. Noch einmal leuchtete sie zurück in den Eingangsbereich.

»Weiter«, murmelte Daria, als sie noch immer nichts Verdächtiges entdecken konnte. Für einen Moment war sie versucht, nach Maxim zu rufen, doch dann wurde ihr klar, wie idiotisch das gewirkt hätte. Er war schließlich alles andere als blöd und würde die Falle sofort wittern.

Also ging Daria weiter, bis ihr Fuß an ein Hindernis stieß. Ein großer Trümmerhaufen versperrte ihr den Weg und sie wollte gerade darüber steigen, als oben auf der Galerie der Dielenboden knarrte ...

Kapitel 41

Maxim hatte es gewusst. Insgeheim wusste er längst, dass ihr klar war, dass er sich in der Nähe befand. Wie sollte es auch nicht? Vor wenigen Tagen erst hatte sie ihm direkt ins Gesicht gesehen. Aber anstatt direkt nach ihm fanden zu lassen, hatte sie offenbar auf die passende Gelegenheit gewartet, mit ihm in Kontakt zu treten.

Er hatte zugesehen, wie sie Martin Thies vorhin in die Pension gefolgt war. Und wie sie sich, ehe sie durch die Tür verschwunden war, beinahe enttäuscht noch einmal umgeschaut hatte. Natürlich war sie enttäuscht gewesen, denn wenige Sekunden, bevor ihr Partner aufgetaucht war, hatte Maxim sie geküsst. Und sie hatte seinen Kuss im Halbschlaf erwidert.

Ihm war klar gewesen, dass sie es beide nicht dabei belassen würden, also hatte er auf sie gewartet. Und dann, wenige Stunden später, hatte er sie aus der kleinen Pension kommen sehen.

Eigentlich hätte er gleich hier auf sie warten können, denn es war klar, dass sie dorthin gehen würde, wo sie sich zuletzt begegnet waren. Sie war viel berechenbarer als sie vermutlich glaubte. Berechenbarer als Larissa noch dazu. Und allein deswegen war ihre Gesellschaft hundert Mal angenehmer, wenn er sie auch immer nur kurz genießen konnte.

Er beobachtete, wie sie die Diele ableuchtete, gründlich, sorgfältig. Wieder mal allein, auf sich gestellt. Ohne das Team, von dem ihr sowieso niemand das Wasser reichen konnte. Sie war die Furchtloseste. Und diejenige, die zweifellos einen Draht zu Menschen wie ihm hatte, zu den Menschen, die sie jagte.

Was würde sie Thies erzählen, falls er sie erwischte, sich wieder mal an sie klebte, weil er sie für ein schutzloses kleines Reh hielt? Dass sie sich nur noch mal den vorletzten Schleicher-Tatort hatte ansehen wollen, bei Nacht, in Ruhe?

Fast musste er lachen. Der Trottel würde das vermutlich auch noch glauben. Dabei war es offensichtlich, dass sie nur aus einem einzigen Grund hergekommen war. Sie leuchtete in Richtung der Galerie, auf der er stand und Maxim machte gleichzeitig einen Schritt zurück. Er genoss es, die Situation zu kontrollieren, die Fäden in der Hand zu halten.

Er sah zu, wie sie sich umdrehte, langsam, und wie sie ein paar behutsame Schritte machte. Gleich würde sie im Nebenzimmer verschwunden sein. Er dachte darüber nach, ihr zu folgen, sie weiter zu beobachten. Aber dann entschied er, dass er das nun lange genug getan hatte.

»Daria«, sagte er.

Kapitel 42

Daria riss die Taschenlampe nach oben und leuchtete die Galerie an, von der die Stimme kam. Obwohl es ihr Plan gewesen war, ihn zu finden, obwohl sie ihn am Klang ihres Namens erkannt hatte, war sie dennoch einen Moment erschrocken, als sie plötzlich sein Gesicht erblickte, denn ein kleiner Teil von ihr hatte vielleicht trotz allem gehofft, dass sie sich nur einbildete, dass er hier auf der Insel war.

»Ganz ruhig. Ich bin es nur und nicht unsere gemeinsame Freundin.« Maxim hob die Hände und lächelte. »Wer wird denn gleich schießen wollen?«

Erst jetzt wurde Daria so richtig klar, dass sie nicht nur die Taschenlampe, sondern auch ihre Pistole auf Maxim gerichtet hatte. Sie wollte ihn auffordern, herunter zu kommen und keine falsche Bewegung zu machen, aber etwas hielt sie davon ab.

Unsere gemeinsame Freundin ... Was meinte er damit?

Sie hatte das Gefühl einen Fehler zu begehen, wenn sie ihn jetzt vorschnell festnahm.

»Gemeinsame Freundin?«, fragte sie, ohne die Waffe herunter zu nehmen. Ihre Stimme klang fest und hallte von den kahlen Wänden wider.

»Der Schleicher?« Maxim hob fragend eine Augenbraue und trat noch näher ans Geländer heran. »Deswegen bist du doch hier. Oder etwa nicht ...?«

Darias Gedanken rasten. Offenbar wusste Maxim etwas über den Schleicher. Er schien den Killer zu kennen und zudem zu wissen, dass es sich bei ihm um eine Frau handelte. Anscheinend machten die beiden gemeinsame Sache oder waren sich zumindest begegnet. Das erklärte zumindest teilweise, warum Maxim auf der Insel war und warum sie an den Tatorten seine Anwesenheit gespürt hatte. Sie musste es für sich nutzen, dass Maxim glaubte, sie wäre einzig und allein hinter dem Schleicher her. Sie musste pokern.

»Ich wusste nicht, dass der Schleicher eine Frau ist«, sagte sie.

»Tja, woher auch? Sie ist ziemlich gut, oder nicht?« Er lächelte wieder und trat jetzt auf die Treppe zu.

Noch immer verfolgte Daria ihn mit dem Lauf ihrer Waffe.
»Sie ist nicht hier, du kannst die Pistole herunter nehmen.« Er betrat die erste Stufe, die so laut knarrte, dass es sicher bis draußen zu hören war.
»Ich wusste, dass du kommen würdest.«
Daria beschloss, Maxim erst einmal reden zu lassen und ihn dabei genau im Auge zu behalten.
»Es war nur eine Frage der Zeit ... Du hast mir auch gefehlt.«
Daria versuchte eine Spur von Ironie in seinen Worten auszumachen, aber offenbar war es ihm vollkommen ernst, was er sagte.
»Was ist mit dem Schleicher? Wer ist sie und wo? Was hast du mit ihr zu schaffen?«
»Eifersüchtig?« Maxim grinste, während er langsam zu ihr herunter kam.
Daria witterte ihre Chance. Was ihr gerade noch wie ihre Notlösung vorgekommen war, schien sich gerade als Lösung all ihrer Probleme zu entpuppen. Sie musste Maxim glauben lassen, dass sie so für ihn empfand wie er für sie.
Sie legte ein wütendes Funkeln in ihren Blick und musterte Maxim.
»Habe ich denn einen Grund dazu?«
Maxim lachte. »Wenn Blicke töten könnten.«
»Hör auf mit den Spielchen.«
Maxim war jetzt fast bei ihr angekommen. Sie sah auf seine Hände, aber sie waren leer. Auch seine Haltung wirkte weder angespannt noch angriffsbereit. Trotzdem würde sie sicher nicht leichtsinnig werden und die Waffe sinken lassen. Sie konnte sich noch gut an das letzte Mal erinnern, als sich gleich zwei Killer gegen sie gestellt hatten. Doch diesmal war sie vorbereitet und rechnete insgeheim mit allem.
»Wo ist der Schleicher?«
Maxim blieb nur zwei Armlängen von ihr entfernt stehen. »Ich bin nicht blöd. Wenn ich es dir sage, dann tötest du mich. Oder du wirst mich zumindest verhaften, was offen gesagt aufs selbe hinausläuft. Wusstest du, wie verflucht langweilig neun Monate in Untersuchungshaft sind? Da wäre noch eine Entschuldigung fällig, wenn du mich fragst.«
Daria musterte ihn. Sie musste ihn einwickeln. Nur wie? »Es geht mir nicht darum, dich festzunehmen oder gar zu töten«, sagte sie. »Dass muss dir langsam klar sein. Ich hätte dich oben am Waisenhaus mühelos festneh-

men lassen können. Glaubst du, ich habe nicht gemerkt, wie du um uns herum geschlichen bist? Und auf der Veranda der Pension? Während du dich über mich gebeugt hast, hätte ich unbemerkt meine Waffe ziehen und dir in den Bauch schießen können ...«

Das stimmte nicht. Noch am Waisenhaus war sie überzeugt gewesen, einer Halluzination erlegen zu sein und den Kuss auf der Veranda hatte sie erst im Nachhinein als solchen erkannt. Aber es konnte nicht schaden, wenn Maxim glaubte, dass sie ihn bereits mehrfach absichtlich verschont hatte.

Und tatsächlich.

Ihre Worte zeigten Wirkung. Auf Maxims Zügen zeichnete sich eine Spur von Zufriedenheit ab. Aber das war nicht genug.

Daria seufzte tief. »Ich will ehrlich zu dir sein ... Was du machst, ob du auf freiem Fuß bist oder nicht, dass ist im Moment nebensächlich. Man hat mir meine Tochter weggenommen und Amende ... er erpresst mich mit ihr. Ich bekomme sie erst zurück, wenn ich den Schleicher geschnappt habe. Er hat gute Kontakte«, improvisierte sie und versuchte dabei, so nah wie möglich an der Wahrheit zu bleiben. Sie wusste nicht, was da zwischen dem Schleicher und Amende lief und sie wusste auch nicht, wie viel Maxim bereits von der Killerin erfahren hatte. Wenn er mehr über die Beweggründe des Polizeichefs wusste als sie, dann würde sie sich ganz schnell verraten.

Doch Maxim nickte zu ihrer Erleichterung, als würden ihre Worte exakt in das Bild passen, das er von Amende hatte. Aber er sagte nichts.

»Bitte. Ich habe dich aufgesucht, damit du mir hilfst.« Sie sah ihm fest in die Augen und legte eine Spur von Verzweiflung hinein. »Was auch immer da zwischen dir und dieser Frau ist ...«

»Gar nichts«, unterbrach Maxim sie und legte vorsichtig die Hand auf den Lauf ihrer Waffe. Ein Hauch von Zorn flammte in seinen blauen Augen auf. »Ich will nur eins: ihren Tod.«

Besser hätte er Daria gar nicht in die Hände spielen können. Aber sie musste vorsichtig sein. Maxim war ein Meister in psychologischen Spielchen und es war möglich, dass er gerade versuchte, sie zu testen. Sie hoffte, dass sie ihr Glück mit den nächsten Worten nicht überstrapazierte, doch sie musste alles auf eine Karte setzen.

»Ich will doch nur Kristin zurück und dann diesen ganzen Mist hinter mir lassen.«

»Wie meinst du das?«, fragte er, wobei seine Hand immer noch auf dem Lauf ihrer Waffe ruhte.

»Ich habe dein Angebot nicht vergessen«, sagte sie vage und zwang sich, ihm dabei in die Augen zu blicken. Sie wusste, dass er alles andere als dumm war. Aber glücklicherweise war er eben auch verrückt. Er dachte nicht in rationalen Mustern und auf gewisse Weise hielt er sich für unbesiegbar. Er glaubte fest daran, dass er klüger als alle anderen war und am Ende nur gewinnen konnte. Aber das war nicht alles – er hielt sich auch für unwiderstehlich. Und auf diesen Teil von ihm zu setzen, war ihre Chance. »Ich habe es in den letzten Monaten bereut, dass ich nicht Ja gesagt habe, Maxim. Weißt du, was Martin getan hat, nachdem sie mir Kristin weggenommen hatten?«

Langsam schüttelte Maxim den Kopf, wobei sein Blick sie immer noch sorgfältig scannte.

»Gar nichts«, stieß sie hervor, »er hat gar nichts getan!« Sie erschrak selbst, als ihr klar wurde, dass ihre Wut und Frustration vielleicht gar nicht so gespielt war, wie sie glaubte. Möglicherweise offenbarte sie dem Schinder hier gerade viel zu viel von sich. Aber das machte nichts, solange ihr Plan dabei aufging.

»Ich habe ihm schon vor Monaten prophezeit, dass er dich nicht halten kann«, erwiderte Maxim. »Er ist dir nicht gewachsen und das wird er auch nie sein.« Er trat einen Schritt näher, sodass die Waffe zugleich nicht mehr auf, sondern neben ihn zielte. »*Wir* sind einander gewachsen, Daria.«

Sie war drauf und dran, ihre beste Karte auszuspielen, aber dann entschied sie, dass es noch zu früh war. Jetzt bloß nicht voreilig werden. Sie blickte an ihm vorbei in die Finsternis des alten Waisenhauses, ehe sie antwortete: »Ich weiß nicht, wie ich dir jemals trauen soll.«

»Man sollte niemals jemandem trauen.«

Sie schüttelte den Kopf. Das war nicht die Richtung, in welche sie das Gespräch lenken wollte. »Tust du es noch?«, fragte sie und blickte an ihm herab. Zeichnete sich irgendwo an seinen Taschen der Umriss des gebogenen Messers ab? Es war zu dunkel, um das zu erkennen.

»Ich will ehrlich zu dir sein«, erwiderte er, und bei seinen nächsten Worten lief ihr unwillkürlich ein Schauer über den Rücken. »Ich habe letzte Nacht einen Mann getötet.«

Daria schluckte und dachte an Joshua Kaiser. Ihre Gedanken rasten. Machte Maxim wirklich mit dem Schleicher gemeisame Sache?

»Wirst du damit je aufhören können?«, fragte sie leise.

Er kam noch einen Schritt näher. »Ich werde es so arrangieren können, dass du nichts davon mitbekommst«, versprach er, und in diesem Augenblick wurde ihr das ganze Ausmaß seines Wahnsinns bewusst.

Glaubte er wirklich daran? Dachte er im Ernst, dass es so etwas wie eine Zukunft für sie und ihn geben konnte? Ein Leben, in dem sie ein Paar waren? In dem sie zu Hause auf ihn wartete, während er loszog, um Menschen die Haut abzuziehen?

»Julia hat nie etwas geahnt«, sagte er leise.

Klar, aber Julia hatte auch nicht gewusst, was er war. Daria hatte seine Opfer gesehen. Sein Tagebuch gelesen. Seine ganze Leidenschaft lag darin, hinter die *Maske* eines Menschen zu blicken. Sie konnte nur hoffen, dass ihre richtig saß. Innerlich zählte sie bis drei, dann blickte sie zu ihm auf.

»Wir müssten das Land verlassen.«

»Wir, ja?« Maxim drückte ihren Arm mit der Waffe sanft herunter und sie ließ es geschehen.

»Wir«, bestätigte sie und ihr Herz raste.

Sie war darauf gefasst, dass er jeden Moment loslachen und ihre kleine Show enttarnen würde. Aber er schien ihr tatsächlich zu glauben.

Eine Welle der Euphorie überschwappte sie. Sie fühlte sich kurz vor dem Ziel. Wenn sie es schaffte, Maxim dafür zu benutzen, den Schleicher ausfindig zu machen, dann würde sie mit einem Schlag beide Mörder hinter Gitter bringen können. Sie würde Kristin zurückbekommen und alles würde endlich wieder seinen gewohnten Gang gehen.

»Es sei denn, du willst nicht mehr«, fügte sie leise hinzu.

Maxim musterte sie prüfend. Dann nahm er ihr die Waffe aus der Hand, sicherte sie, und im nächsten Moment spürte Daria das kühle Metall an ihrem Rücken, während er sie an sich zog. »Und ob ich will«, sagte er und lächelte.

Daria ignorierte ihren rasenden Puls. Und lächelte ebenfalls.

Kapitel 43

Der Überraschungseffekt wäre größer gewesen, wenn Maxim einfach durch die Tür hereinspaziert wäre. Doch das Miststück hatte sich eingeschlossen und so blieb ihm nichts anderes übrig, als zu klopfen. Da es nach drei Uhr nachts war, ging er davon aus, dass sie schon schlief, deshalb hämmerte er mehrfach kräftig gegen die Tür, bis diese einen Spalt geöffnet wurde.

»Sag mal, spinnst du?« Larissa erschien alles andere als erfreut, ihn zu sehen.

Er konnte zwar nur eine Gesichtshälfte vage im Mondlicht erkennen, doch das reichte schon, um den Unwillen in ihrem Blick auszumachen.

»Es ist mitten in der Nacht. Und wir hatten eine Abmachung. Der 30., schon vergessen? Also verschwinde.« Sie wollte die Tür wieder schließen, doch Maxim schob sich dazwischen und einfach ins Innere. Er ließ seinen Blick durch den Wohnwagen schweifen, denn er hatte keine Lust auf unliebsame Überraschungen. Irgendwelche dahergelaufenen Lover zum Beispiel.

Larissa wich einen Schritt zurück und musterte ihn abschätzig. Sie trug nur ein langes T-Shirt und hatte das Haar zu einem Zopf gebunden. Es war offensichtlich, dass er sie aus dem Schlaf gerissen hatte.

»Während du friedlich im Bett gelegen hast, war ich nicht ganz untätig.«

»Wie schön für dich, aber ob du es glaubst oder nicht, dein Liebesleben interessiert mich nicht im Geringsten und jetzt raus.«

Maxim grinste über ihre Schlagfertigkeit. Unter anderen Umständen hätte ihm ihre Art durchaus gefallen, so allerdings wünschte er sich, dass ihr lieber heute als morgen ihr großes Maul gestopft werden würde.

»Es sollte dich aber interessieren«, sagte er und schlenderte ein paar Schritte durch den dunklen Wohnwagen. »Denn es hat mit Daria Storm zu tun.«

»Mit wem auch sonst.«

»Die kleine Kommissarin ist total verliebt in mich. Stell dir vor, sie hat mich heute Nacht im Waisenhaus besucht.«

»Und das soll ich dir glauben?« Larissa zog eine Augenbraue hoch. »Du wärst ein Idiot, wenn du dich weiter in Zinnowitz aufhalten würdest.«

»Dann bin ich vielleicht einer. Oder ich habe nur gut gepokert.« Er hob gespielt ratlos die Schultern.

Larissa gähnte und ließ ihren Blick gelangweilt durch die Gegend wandern.

Arrogantes kleines Biest.

Sollte sie sich nur über ihn lustig machen, sie würde schon sehen, dass er letztlich am längeren Hebel saß. »Jedenfalls ... brauchen wir kein weiteres Opfer mehr.«

Larissas Kopf fuhr, vermutlich schneller als beabsichtigt, zu ihm herum.

»Jetzt habe ich also deine Aufmerksamkeit.« Maxim lächelte. »Na, dann hör mal gut zu ...«

Kapitel 44

Daria fühlte sich erhitzt und zugleich zittrig, als sie die Pension erreichte. Ein Teil von ihr hatte den ganzen Rückweg über fest damit gerechnet, dass sie sich irrte und Maxim es sich anders überlegen würde. Dass er ihr folgen oder auflauern würde, vielleicht gemeinsam mit seiner neuen Kumpanin, um zu Ende zu bringen, was er gemeinsam mit dem Scharfrichter nicht hatte zu Ende bringen wollen.

Aber das war nicht geschehen, und als sie die kurze Treppe und die schwere hölzerne Tür ihrer momentanen Unterkunft vor sich sah, realisierte sie endlich, was in dieser Nacht geschehen war: Sie hatte einen Beweis dafür erhalten, dass sie keineswegs verrückt war.

Und sie hatte endlich einen Plan.

Noch immer waren ihr nicht sämtliche Zusammenhänge klar. Sie wusste, dass sich eine Frau hinter dem mysteriösen Namen Schleicher verbarg. Dass sie hier oben auf irgendeinem Rachefeldzug war. Und sie wusste, dass da etwas zwischen Maxim und dieser Frau war.

Aber sie wusste auch, dass er immer noch eine Schwäche für sie, für Daria selbst, hatte.

Ein wenig atemlos nahm sie die Stufen, tippte den Code ein, der ihr die Pensionstür bei Nacht öffnete und zog dann ihre Schuhe aus, um den Korridor entlang zu schleichen. Sie hatte Martin versprochen, dass sie sich heute Nacht ausruhen würde und wollte nicht, dass er wusste, dass sie ihr Versprechen schon wieder gebrochen hatte. So leise wie möglich würde sie sich gleich zu ihm ins Bett legen und sich überlegen, wie sie weiter vorgehen sollte. Dadurch, dass sie mit Maxim in Kontakt getreten war, hatte sie ein gefährliches Schachspiel begonnen. Und sie durfte sich jetzt keinen falschen Zug erlauben.

Sie zog ihre Schlüsselkarte aus der Hosentasche und schob sie in den Schlitz an ihrer Zimmertür, doch im nächsten Moment wurde ihr das kleine Plastikkärtchen auch schon aus den Fingern gerissen, als die Tür mit einem Ruck geöffnet wurde.

Martin stand vor ihr und blickte auf sie hinab. Er sah übernächtigt aus und sagte gar nichts.

Auch sie schwieg einen Moment lang, dann zuckte sie mit den Schultern: »Ich brauchte frische Luft.«

Damit trat sie ein und als sie hörte, wie Martin die Tür schloss, hoffte sie für einen Moment, er wäre gegangen. Sie war müde von den ewigen Diskussionen mit ihm.

Aber er tat ihr den Gefallen nicht. »Frische Luft?«, fragte er. »Wo denn? In einem Bergwerk?«

Daria drehte sich zu ihm um und sah, dass er auf ihre Schuhe blickte, die sie noch immer in den Händen hielt. Sie folgte seinem Blick. Das weiße Leder war schmutzig und verstaubt.

»Du warst im Waisenhaus«, sagte er gleich.

Daria seufzte innerlich. »Ja, da war ich. Und wie du siehst, ist mir nichts passiert.«

»Was wolltest du da?«

Sie antwortete ihm nicht, denn sie wusste nicht, wie sie ihm die Sache erklären sollte. Sie hatte gehofft, ihn schlafend vorzufinden. Sich in Ruhe etwas überlegen zu können. Warum konnte er nicht einfach derselbe Martin sein wie früher, weshalb musste er sie andauernd beobachten und alles, was sie tat, infrage stellen?

Daria schüttelte den Kopf über sich selbst. Sie kannte die Antwort ja. Er war nicht mehr nur ihr Partner. Er liebte sie. Und da sie zu Alleingängen und Taten neigte, die andere als gefährlich bezeichnen würden, sorgte er sich stets um sie. »Lass uns bitte morgen darüber sprechen.«

»Nein, wir sprechen nicht morgen darüber!«, fuhr er sie an und das ganze Zimmer erbebte, als seine flache Hand gegen einen der Stützbalken knallte. Wutentbrannt blickte er zu ihr herüber. »Ich verstehe dich wirklich nicht mehr, Daria! Wir arbeiten alle mit Hochdruck an dem Fall! Wir tun, was wir können! Und es gibt keinen Grund, dass du zusätzlich noch irgendwelche Alleingänge startest!« Er zeigte mit dem Finger auf sie. »Deine verfluchte Arroganz, dass du denkst, dir passiert schon nichts, wenn du ganz allein an irgendwelchen Tatorten rumläufst, bringt dich noch mal ins Grab! Ist dir nicht schon genug passiert?«

Sie lachte kurz und humorlos. »Du übertreibst.«

»Nein, *du* übertreibst! Du hältst dich für unbesiegbar und hast gar keine Ahnung, in welcher Gefahr du schwebst! Alle um dich herum sehen es,

Daria, sogar das Jugendamt sieht es, oder denkst du, die haben dir Kristin aus reiner Willkür weggenommen?«

Unwillkürlich ballte sie die freie Hand zur Faust, als sie spürte, wie ihre müde Resignation zu Zorn wurde. »Was willst du damit andeuten?«

»Dass viele Polizistinnen Kinder haben, und dass deine Tochter nicht bei ihrem Vater untergebracht wäre, wenn du auch nur einen Funken Vernunft in dir hättest!«

Jetzt reichte es. Daria spürte, wie sich ihr die Kehle zuschnürte. Was glaubte er eigentlich, was sie hier tat? Sich zum Spaß in Gefahr begeben? Aus reiner Langeweile ihr Leben riskieren? »Du bist ein Idiot, Martin«, sagte sie und trat ans Fenster. Erst jetzt fiel ihr auf, dass kein Licht im Zimmer brannte. Die Promenade und der dahinter liegende Strand wirkten, vom Mond beschienen, unnatürlich hell. Ob Maxim da draußen war? Sie beobachtete? Auszumachen versuchte, wie ernst sie es meinte?

»Ich will nur, dass du endlich mal wieder deinen Verstand einschaltest! Hast du vergessen, was Amende dir über den Schleicher gesagt hat?«

»Ich habe überhaupt nichts von dem vergessen, was Amende gesagt hat.«

»Gut«, knurrte er und hatte offenbar keine Ahnung, dass sie ein bisschen mehr damit meinte als nur die Äußerung des Polizeipräsidenten, dass der Schleicher absolut skrupellos sei.

Sie schluckte hart und wägte ihre Chancen ab. Dann fasste sie einen Entschluss. Vielleicht war es an der Zeit, mit offenen Karten zu spielen. »Er erpresst mich, Martin«, sagte sie so sachlich wie möglich. »Wolf Amende erpresst mich mit Kristin. Vollkommen egal, wie gefährlich oder skrupellos der Schleicher ist – wenn ich sie zurückhaben will, dann muss ich ihn schnappen.«

Als sie ihren Partner nichts sagen hörte, drehte sie sich langsam zu ihm um.

Er stand ein Stück entfernt von ihr und schüttelte ungläubig den Kopf. »Erklär mir das«, forderte er.

Und genau das tat sie.

Kapitel 45

Es war nach zehn und sie hatte tatsächlich noch ein paar Stunden Schlaf bekommen, ehe sie sich von den anderen loseiste, um hierher zu kommen. Der starke Kaffee, den Martin ihr heute Morgen gebracht hatte, rauschte noch durch ihre Venen und sorgte dafür, dass sie sich fit fühlte. Ihre Nerven waren ruhig, auch weil sie wusste, dass das Team im Hintergrund weiter mit Hochdruck arbeitete. Joshua Kaisers Obduktion stand an, die in der Wohnung gesicherten Spuren wurden ausgewertet und Mickey und die Zwillinge waren daheim dabei, das Leben von Enrico Drees so unauffällig wie möglich zu durchleuchten.

Und Daria arbeitete sich über die Trümmer eines alten Bauernhauses, um zu dessen noch stehender Scheune zu gelangen.

Der frühere DDR-Landwirtschaftshof stand irgendwo im Nirgendwo im Hinterland der Insel und Daria war es ein Rätsel, woher Maxim ihn kannte. Vermutlich hatte er einfach ein Händchen für Lost Places.

Sie trat durch die Überreste einer Stützwand und hielt dann auf die Scheune zu. Ihr dunkles Holz war verwittert, das Dach löchrig, und es ging ein modriger Geruch davon aus, als würde das Gebälk längst verrotten und nur wie durch ein Wunder noch stehen.

Eine Seitentür stand einen Spaltbreit offen und sie blieb davor eine Sekunde stehen, überprüfte den Sitz ihrer Waffe, die sie heute an einem Holster unter ihrer dünnen Jacke trug, ehe sie die Schultern straffte und eintrat.

Er war schon da. Er saß auf einem hölzernen Block auf der linken Seite der Scheune, blickte ihr entgegen und wirkte inmitten des gammligen Strohs und Mülls, der sich hier angesammelt hatte, deplatziert. Sicher. Als sie ihn kennenlernte, hatte er in den feinsten Kreisen Berlins verkehrt. Jetzt versteckte er sich in Bruchbuden, sein Gesicht war entstellt und seine Kleider sahen aus, als trüge er sie schon ein paar Tage.

»Du bist ein bisschen spät«, sagte er.

»Du hast dich ein bisschen zu gut versteckt«, erwiderte sie.

Maxim lächelte, dann stand er auf und deutete auf den Holzblock. »Ich schätze, die meisten Besucher dieses Orts nehmen an, dass darauf Holz gehackt worden ist. Aber siehst du die dunklen Flecken? Das ist Blut. In

Wahrheit wurden auf diesem Block Hühner geköpft, ganz so, wie man es schon im Mittelalter gemacht hat.«

Daria verschränkte die Arme vor der Brust und versuchte ruhig zu wirken, während ihre Gedanken rasten. Was sollte die Anspielung? War er sauer? Wollte er ihr drohen? »Woher du dieses Faible fürs Mittelalter hast, hat mich schon immer interessiert.«

»Dann denk doch mal scharf nach«, sagte er, wobei sein Blick noch auf dem Schlachtblock ruhte.

»Weil Schindungen damals an der Tagesordnung waren«, erwiderte sie geradeheraus.

Maxim sagte einen Moment lang nichts, dann lachte er leise. »Wirst du jemals aufhören, mich einzig und allein darüber zu definieren?«

Daria kämpfte ihre Nervosität nieder. Ihre Stimme klang klar und fest, als sie antwortete: »Wirst du jemals aufhören, die Polizistin in mir zu sehen?«

Endlich lösten sich Maxims Augen von dem blutigen Holz. Er kam auf sie zu und sie wappnete sich innerlich gegen sprichwörtlich alles, doch weder zog er sie an sich, so wie gestern, noch stürzte er sich auf sie. Stattdessen ging er um sie herum und sie spürte seine Hände an ihrer Taille. Dann glitten seine Finger ihren Rücken hinauf. Und dann nahm er ihr die Waffe ab. »Ich schätze, das hängt von dir ab« sagte er.

Daria versteifte sich einen Augenblick und tat, als wolle sie ihn daran hindern. In Wirklichkeit hatte sie damit gerechnet und trug neben der sichtbaren – und nur mit Platzpatronen geladenen – Pistole noch ein paar versteckte Waffen am Körper.

»Leg sie weg«, forderte sie. »Weit weg.«

Maxim grinste leicht, hielt die Pistole in die Luft, sodass sie sie gut sehen konnte, und trug sie zu dem Holzblock herüber, um sie dort abzulegen. »Weit genug?«

»Wenn du nicht daneben stehen bleibst, ja.«

»Du bist misstrauisch.« Langsam wandte Maxim sich wieder ihr zu.

»Wie könnte ich auch nicht? Ich riskiere hier gerade alles für dich. Meinen Job, meine Beziehung, mein Leben. Und das, ohne dass du mir auch nur einen einzigen Beweis geliefert hast, dass du tatsächlich auf meiner Seite stehst.« Daria verschränkte die Arme abwehrend vor der Brust, um so im Notfall schneller an das Pfefferspray zu gelangen, das an ihrer Hüfte klemmte.

»Heute Abend bekommst du deinen Beweis ...« Er blieb vor ihr stehen und legte ihr eine Hand auf die Wange. »Heute Abend und ab da für den Rest deines Lebens ...«

Daria lief ein kalter Schauer über den Rücken, bei dem Gedanken, ihr restliches Leben gemeinsam mit ihrer Tochter bei einem Irren verbringen zu müssen. Aber Gott sei Dank würde es soweit niemals kommen.

»Du bringst sie tatsächlich her?«

»Nein. Nicht hierher.« Maxim schüttelte den Kopf und nahm die Hand herunter. Dann holte er einen gefalteten Zettel aus der Hosentasche hervor und gab ihn ihr. »Ich habe dir die Adresse aufgeschrieben. Da befindet sich eine alte Fabrikhalle. *Dort* werde ich sie hinbringen.«

Daria las die Adresse, doch sie sagte ihr nichts. Sie nickte und steckt den Zettel ein. »Wann?«

»Um 21 Uhr.« Maxim sah ihr tief in die Augen. »Ich werde Larissa herbringen, aber ich dulde keine Spielchen.«

Larissa also. Daria speicherte den Namen ab, ohne den Blick von Maxim zu nehmen. »Keine Spielchen. Das gilt auch für dich und deine neue Gefährtin.« Sie wählte ihre Worte absichtlich so und achtete auf die kleinste Regung in Maxims Gesicht.

Doch anstatt dass er sich in irgendeiner Form verriet, blitzte nur kurz Abscheu in seinen Zügen auf. »Sie ist nicht meine Gefährtin. Das hat sie sich längst verspielt. Du kannst mir glauben, dass ich sie dir liebend gerne ausliefere.«

Daria hatte noch so viele Fragen. Woher kannten sich die beiden? Was hatte Maxim mit den Schleicher-Morden zu tun? Und was verband diese Larissa und Amende?

Aber sie stellte keine davon. Wenn die beiden erst hinter Gittern säßen, würde sie noch genug Zeit haben, all das aus ihnen herauszubekommen.

»Ich muss Amende herbestellen, ich hoffe, das ist dir klar. Das Team kann ich raushalten, aber Amende nicht, er ist der Schlüssel zu Kristin. Also solltest du dich aus dem Staub machen und hierher fahren, sobald du Larissa in die Falle gelockt hast.«

»Und wie soll ich das anstellen?«

Daria tat, als würde sie überlegen, dabei stand ihr Plan bereits fest. »Ich kann heute im Laufe des Tages meinen Wagen in der Nähe der Halle abstellen. Ich platziere den Schlüssel unter dem linken Vorderreifen.«

»Larissa darf den Wagen nicht sehen.«

»Wird sie nicht.«

»Und wie kommst du dann hierher? Wenn ich dein Auto habe?« Maxims Blick war so durchdringend, dass sie fürchtete, er würde sie durchschauen.

»Mit dem Wagen eines Kollegen, einem Leihwagen oder dem Taxi. Ich muss mich erstmal unauffällig verhalten, also kann es ein paar Tagen dauern, bis ich herkomme. Zuerst muss ich Kristin wiederbekommen.«

Maxim musterte sie weiter auf diese unangenehme Art, dann lachte er plötzlich. »Du glaubst wohl, ich bin völlig blöd.«

Daria versuchte gekränkt auszusehen. »Ich weiß nicht, was du jetzt wieder hast.«

»Glaubst du, ich setze mich hier seelenruhig hin und warte, bis deine Kollegen auftauchen und mich festnehmen?«

Daria schnaubte und schüttelte den Kopf. »Wie soll das mit uns laufen, wenn du mir kein Stück über den Weg traust?«

»Ich werde dir trauen. Sobald wir das Land verlassen haben. Bis dahin verstehst du sicher, dass ich ein wenig vorsichtig bin und wir nach meinen Regeln spielen müssen.«

»Also? Was schlägst du vor?« Es fiel Daria nicht leicht, die Eingeschnappte zu spielen. In Wahrheit tobten in ihr so viele Emotionen, dass es schwer war, der ganzen Sache nicht gleich hier und jetzt ein Ende zu bereiten.

»Ich werde dich in den nächsten Tagen einsammeln. Halt dich bereit«, sagte er vage.

Natürlich. So würde sie keine Chance haben, sich mit ihrem Team auf einen gezielten Zugriff vorzubereiten. Sie würde sich höchstens überwachen lassen können, doch auch dagegen hatte Maxim sicher ein Ass im Ärmel. Als hätte er ihre Gedanken gelesen, fügte er gleich noch eine Drohung hinzu.

»Und sollte ich merken, dass du, sagen wir, unter ständiger Beobachtung stehst, dann muss ich an deiner Stelle Kristin mitnehmen. Und sollte sie dann bereits wieder bei dir sein, statte ich deinen Eltern einen Besuch ab.«

Obwohl Daria wusste, dass sie es niemals so weit kommen lassen würde, fühlte sie sich, als hätte man ihr in den Magen geboxt. Sie zwang sich die Wut herunterzuschlucken, die angesichts seiner Drohung von ihr Besitz ergriff und hielt seinem Blick stand.

»Ich hatte nicht vor, dir einen Grund dazu zu geben. Aber ich sage dir eins: Wenn du noch einmal auf die Idee kommst, mir oder meiner Familie zu drohen, dann überlege ich es mir ganz schnell anders und du landest doch noch im Knast.«

Maxims Züge verhärteten sich und sie fürchtete schon, den Bogen überspannt zu haben. Dann hellte sich sein Gesicht allerdings auf. »So kenne ich dich.«

»Also haben wir einen Deal.«

»Wie förmlich das klingt. Aber ja. Wir haben einen Deal.« Er hielt Daria die Hand hin, wie um diesen Pakt zu besiegeln.

Schnell löste sie die Finger von dem Reizgas unter ihrer Jacke und erwiderte seinen Händedruck. »Gut.«

Ihn zu berühren, löste dabei die unterschiedlichsten Empfindungen in ihr aus. Abscheu, natürlich. Aber nicht nur. Und auch wenn sie gerade absolut vernünftig handelte und sich keineswegs von ihm einwickeln ließ, auch wenn er das glaubte, wusste sie, dass sie auf einem verdammt schmalen Grat wandelte. Dass sie aufpassen musste, damit ihr dieses *nicht nur* nicht irgendwann doch noch zum Verhängnis wurde.

Daria spürte Maxims Blick immer noch auf sich ruhen. Sie wusste, dass er, was sie anging, ebenfalls in einem Dilemma steckte. Einerseits wollte er nichts dringender als zu wissen, was hinter ihren beherrschten Zügen vor sich ging. Andererseits würde er das nie erfahren, denn er ließ schon wieder eine Gelegenheit, sein altes Spiel mit ihr zu spielen, ungenutzt verstreichen.

Stattdessen löste er seine Finger aus ihren und legte ihr erneut die Hand auf die Wange, und weil sie wusste, dass jetzt ein weiterer Test ihrer Loyalität folgen würde, schloss sie die Augen und versuchte sich Martin vorzustellen, nur an ihn zu denken.

Aber als sich die Lippen des Schinders auf ihre drückten, war jeder Gedanke an Martin verschwunden.

Kapitel 46

Das Team hatte ihre Besprechung kurzerhand nach draußen auf die Veranda verlegt. Die Sonne brannte auf Darias Rücken und das Rauschen des Meeres sorgte dafür, dass sie immer wieder mit den Gedanken abschweifte und gar nicht richtig zuhören konnte, welche neuen Erkenntnisse die anderen zusammengetragen hatten. Wenn alles gut lief, war das auch gar nicht weiter von Bedeutung. Heute Abend war es so weit.

Darias ganzer Körper kribbelte beim Gedanken daran vor Aufregung und gleichzeitig spürte sie einen dicken Knoten, der sich um ihre Körpermitte gelegt hatte und immer enger zu werden schien. Es hing so viel davon ab, dass alles glatt lief und obwohl sie anfangs zuversichtlich gewesen war, wurde sie von Minute zu Minute mutloser. Wenn sie doch nur mit ihrem Team über alles sprechen könnte. Mit ihren Leuten im Rücken hätte sie sich direkt ungleich stärker gefühlt. Doch dafür war es noch zu früh. Sie würde die Sache mit Maxim alleine durchziehen müssen. Das hatte sie nun von ihrer *Arroganz*, wie Martin es genannt hatte.

Unter dem Tisch griff sie nach seiner Hand und er drückte sie, ohne den Blick von den Notizen abzuwenden, die O'Leary sich während der Obduktion von Joshua Kaiser gemacht hatte.

Daria selber war nicht fähig, auch nur ein Wort von dem zu verstehen, was ihr Kollege erzählte. Im Kopf ging sie immer und immer wieder durch, wie die Sache heute Abend ablaufen sollte.

»... Killer?«, hörte sie O'Leary fragen, dann schwieg er.

Martin drückte Darias Hand erneut. Sie blickte auf und sah sich irritiert um. Hatte man sie angesprochen?

»Darias Theorie, dass es sich um einen Auftragskiller handelt, kann somit untermauert werden«, half ihr Martin auf die Sprünge.

»Ja, ich ...«, begann Daria, doch trotz Martins Versuch ihr zu helfen, schwirrten nur einzelne Worte durch ihren Kopf.

Maxim.
Schleicher.
Zugriff.
Amende.

Und nicht zuletzt Kristin. Immer wieder Kristin.
»Es ...«
»Hörst du überhaupt zu oder hast du das nicht mehr nötig?«, schoss Izabela direkt gegen sie. »Nimmst du den Fall überhaupt ernst?«
»Natürlich, nur ...« Verdammt. Wieso musste sie ausgerechnet jetzt so in die Mangel genommen werden?
Wieder war es Martin, der ihr zur Seite sprang. »Daria nimmt den Fall ernster als wir alle zusammen, glaubt mir. Sie hat die letzten zwei Nächte durchgearbeitet, also ist es nur verständlich, dass sie gerade etwas abschweift. Schließlich habt ihr nicht wirklich etwas Neues herausgefunden und wir kauen nur durch, was wir sowieso schon geahnt haben und bestätigen uns in unseren Vermutungen gegenseitig.« Dieser Rundumschlag zog.
Nicht nur Izabela schluckte, auch der Rest des Teams schien sich auf einmal unbehaglich zu fühlen. Das war nicht ganz fair, kam Daria in diesem Moment aber nur recht.
»Ich werde mich etwas hinlegen«, murmelte sie und stand auf.
Martin erhob sich ebenfalls. »Ich bringe dich hoch.«
Während sie sich vom Tisch entfernten, spürte sie die Blicke der anderen im Rücken.
Hält sie dem Druck nicht stand?, schien die Hälfte ihrer Kollegen zu fragen.
Hat sie es nicht mehr nötig, mit uns zusammen zu arbeiten?, die anderen.
Am liebsten hätte Daria kehrt gemacht und ihnen alles gesagt. Doch sie wusste, dass das unmöglich war, denn Maxim beobachtete sie vielleicht. Außerdem war ihr alles lieber, als das Mitleid, dass ihr in der letzten Zeit ständig entgegen gebracht worden war. Also straffte sie die Schultern und ließ sich von Martin zurück in die Pension bringen.
»Geht es dir wirklich gut?«, fragte er, als sie in ihrem Zimmer angekommen waren.
Daria ließ sich aufs Bett sinken und fuhr sich mit beiden Händen durchs schweißfeuchte Gesicht. »Es geht schon.«
Martin hockte sich vor sie und nahm ihre Hände in seine. »Ruh dich ein bisschen aus. Es wird alles wieder gut werden. Da bin ich mir sicher.«

Daria nickte. Sie wünschte, sie könnte seine Überzeugung teilen. Und sie wünschte, sie hätte nicht schon wieder hinter seinem Rücken einen anderen Mann geküsst.

Bald ist alles vorbei, versicherte sie sich innerlich. Maxim wird keine Rolle mehr in deinem Leben spielen. Nie wieder. Dann kannst du dich endlich voll und ganz auf Martin einlassen.

Sie hoffte, ihre innere Stimme hatte Recht.

Kapitel 47

»Weißt du, was das ist?«, fragte Larissa und ließ ihre Finger über den schlanken schwarzen Lauf gleiten.

»Natürlich weiß ich das«, erwiderte Maxim.

Sie zog eine Braue in die Höhe. »Bist du sicher? Nicht, dass du es am Ende wieder für einen Kochlöffel hältst.«

Maxim lächelte nachsichtig. Er war sich sicher, dass er sie mittlerweile durchschaut hatte. Larissa versuchte sich ihm stets als überlegen zu präsentieren, damit er den Drang verspürte, sich ihr zu beweisen. Wenn man seine Vorgeschichte betrachtete, war das gar nicht mal so dumm. Alle Welt kannte ja mittlerweile sein Tagebuch und die Geschichte seiner Kindheit. Die Geschichte seiner Mutter, die unter Schizophrenie gelitten und nicht nur einmal versucht hatte, ihn in ihrem Wahn umzubringen. Die Idee, dass er überlegenen Frauen zwanghaft gefallen wollte, machte aus psychologischer Sicht Sinn. Nur übersah Larissa alias der Schleicher ein entscheidendes Detail: Er war längst dazu übergegangen, Menschen, die ihn zu demütigen versuchten, ganz einfach zu vernichten.

»Das ist ein Scharfschützengewehr«, sagte er und nahm ihr die Waffe ab. Larissa ließ ihn gewähren, woraus Maxim schloss, dass sie nicht geladen war.

»Kluger Junge.« Sie lächelte dünn und blickte dann hinab auf den Koffer, den sie zu ihrem Treffen in der Nähe der verlassenen Hütte von neulich Nacht mitgebracht hatte. Es befanden sich eine Pistole inklusive Schalldämpfer und sogar ein AK-74 darin. Alle drei Waffen machten nicht den neuesten Eindruck, woraus Maxim schloss, dass sie nicht etwa gekauft, sondern einem Lager entnommen worden waren, wo sie niemand vermissen würde.

»Geschenke von Amende?«, fragte er.

»Extra für dich«, sagte sie.

»Wie aufmerksam.«

Larissa sah ihn an und für einen Moment wichen jeglicher Spott und sämtliche Ironie aus ihren Zügen – ein seltener Anblick. »Kennst du ihn? Persönlich?«

»Sicher. Unsere Frauen waren gut befreundet. Wir waren gemeinsam beim Golfen, in der Oper ...«

Sie verdrehte die Augen. »Snob.« Dann sah sie ihn wieder an. »Wie war er denn so beim Golf? Ein guter Verlierer?«

»Das wäre reichlich langweilig gewesen«, erwiderte Maxim.

»Dir ging es vielleicht um Zeitvertreib. Amende nicht. Er ist ein Machtmensch, er will immer Oberhand haben, und er erträgt den Gedanken nicht, dass er durch dich und deinesgleichen öffentlich gedemütigt worden ist. Hätte er die Möglichkeit, würde er mir auch eine Neutronenbombe verschaffen, um dich zu erledigen, und hättest du Julian Nehring nicht getötet, dann wäre er mein nächstes Ziel gewesen. Ehe Amende mich hätte kaltmachen lassen.« Sie nahm ihm das Gewehr ab, ging in die Hocke und machte sich daran zu schaffen.

Maxim ließ sie dabei nicht aus den Augen, beobachtete, wie sich die Muskeln in ihren schlanken Armen spannten, während sie die Waffe lud. »Auf gewisse Weise bist auch *du* meinesgleichen«, stellte er fest »Hat er es deshalb auf dich abgesehen?«

»Das musst du nicht wissen.«

»Ich möchte es aber wissen.«

Larissa hielt inne, blickte für einen Moment in den Wald, als habe sie plötzlich beschlossen, von der eiskalten Killerin zur Naturliebhaberin zu werden. »Ja, so ist es«, sagte sie dann. »Den Imageschaden, den die Berliner Polizei durch deine Flucht und die Patzer im Fall Julian Nehring genommen hat, verkraftet er nicht. Wenn er nun als Wiedergutmachung zwei anstatt einem Killer ausmerzen kann, ist ihm das nur recht. Wenn es nach ihm geht, kann diese Sache nur auf eine Art enden – Tschüss Schinder, Tschüss Schleicher.« Damit stand sie auf, drehte sich zu ihm um und hielt ihm die Waffe hin.

Ihm entging nicht, dass sie sich die Pistole in den Gürtel geschoben hatte. Frauen traten ihm mittlerweile wohl nur noch bis an die Zähne bewaffnet gegenüber.

»Ich schätze mal, dass es heute Abend eher heißt: Tschüss Wolf Amende«, sagte Maxim und nahm das Gewehr entgegen. Er beschloss, es dabei zu belassen und nicht weiter nachzufragen. Larissa würde ihm nie die ganze Wahrheit verraten, damit musste er leben. Und bald würde ihre Wahrheit ohnehin keine Rolle mehr spielen.

»Dafür musst du erst einmal lernen, mit so einem Teil zu schießen. Kannst du schießen? Ich hoffe es sehr, denn die Zeit ist verdammt knapp. Du musstest ja beschließen, unsere gemeinsamen Pläne wegen deiner kleinen Polizistin voreilig über Bord zu werfen.«

»Daria ist nun einmal das perfekte Mittel zum Zweck«, gab Maxim zurück und sah sich die Waffe genauer an. Er hatte in seinem Strandhaus in Hohwacht ein Gewehr gehabt, und er hatte aufgrund seiner früheren Zusammenarbeit mit der Polizei auch ein paar Schießtrainings absolviert. »Ich bekomme das schon hin«, sagte er. »Du kannst mir vertrauen.« Heute Abend würde es seine Aufgabe sein, Larissa im richtigen Moment zu befreien, indem er Amendes Leute inklusive Daria tötete und den Präsidenten selber soweit kampfunfähig machte.

»Vertrauen ist etwas für Schwachköpfe. Ich setze lieber auf deinen gesunden Menschenverstand.« Sie legte die Hand auf ihre eigene Waffe und trat ein paar Schritte zurück. »Sehen wir mal, was du drauf hast. Den Rest bringe ich dir bei.«

»Dann bist du also ein Profi«, erwiderte Maxim.

Larissa zögerte, schien dann aber zu beschließen, dass sie für den Moment genug geredet hatten. Er wusste nicht, weshalb sie so ein Geheimnis aus sich machte. »Vielleicht erkläre ich dir, was ich bin und was nicht. Später. Aber jetzt konzentrieren wir uns auf heute Abend. Du erledigst Amendes Leute, machst mich los, und dann halte ich dir den Rücken frei, während du tust, was du am besten kannst.«

Maxim lächelte wortlos, dann ging er in die Hocke und brachte das Gewehr in Position.

»Maxim.«

Er blickte zu ihr auf.

»Durch den Trick mit Daria Storm hast du dir meinen Respekt verdient. Ich hätte nicht gedacht, dass du imstande wärst, sie zu benutzen. Verspiel dir meine Loyalität heute Abend nicht. Sie ist mehr wert als ihre.«

»Du solltest langsam verstehen«, sagte er, wobei er sich der Waffe zuwandte, »dass ich vieles bin, aber sicher kein Idiot.«

Er visierte den Baumstamm an, den sie für ihn markiert hatte. Und dann peitschte ein Schuss durch den ruhigen Sommernachmittag. Vögel stoben auf.

Die Ruhe vor dem Sturm gestaltete sich heute ziemlich explosiv.

Kapitel 48

Daria betrachtete sich im Spiegel. Ihre Wangen waren gerötet und ihr klebten ein paar Strähnen auf der Stirn. Es war warm in der Pension und absolut still. Keiner der anderen war mehr im Haus, was einerseits gut war, denn so würde sie niemand bei ihren Vorbereitungen stören. Andererseits machte ihr die Ruhe auch klar, dass es jetzt ernst wurde.

Sie schloss die Augen und sammelte sich noch einen Augenblick. Dann griff sie nach der schusssicheren Weste, die auf dem Bett lag und legte sie an. Sofort fühlte sie sich in ihrer Bewegungsfreiheit eingeschränkt und ihr wurde noch wärmer. Am liebsten hätte sie die Weste gleich wieder ausgezogen, doch sie war nicht lebensmüde. Also zog sie den dünnen langen Pulli darüber, den sie sich bereitgelegt hatte, und schob die Ärmel hoch.

Sie prüfte ihr Aussehen noch einmal im Spiegel. Gott sei Dank musste sie nicht allzu lange den Schein wahren. Das Problem waren weder die Handschellen noch die Waffe – denn es musste Maxim klar sein, dass sie beides bei sich trug, wenn sie den Schleicher festnahm. Viel auffälliger war die Wut in ihren Augen. Sie versuchte sie zwar zu verbergen, war sich aber sicher, dass es ihr Maxim gegenüber nicht völlig gelang.

Und er durfte ihre Beweggründe auf keinen Fall durchschauen und musste sich strikt an ihren gemeinsamen Plan halten.

Soweit sie wusste, wollte diese Larissa von ihr geschnappt werden. Ihr Plan war es, dass Maxim Daria in die Lagerhalle brachte, wo sie Jagd auf den Schleicher machen sollte. Larissa würde sich nach eher halbherzigem Widerstand festnehmen lassen und auf Amende warten, während Maxim in einem Versteck auf seinen Einsatz wartete.

Maxims Plan sah ganz anders aus. Er wollte seine Gefährtin ans Messer liefern und sich dann mit Darias Auto absetzen, um später mit ihr und Kristin ein neues Leben zu beginnen.

Darias Pläne hingegen mussten beide enttäuschen: Sie würde sowohl den Schleicher als auch den Schinder hinter Gitter bringen und mit Martin und Kristin irgendwo fernab des ganzen Chaos Urlaub machen.

Sie konnte nur hoffen, dass sich in der Zwischenzeit klärte, was Amende mit der ganzen Sache zu tun hatte und was für eine Rechnung diese Larissa mit ihm begleichen wollte.

Daria war neugierig auf die Frau, die seit so vielen Jahren unbemerkt tötete und sich derart Mühe gab, ihre Morde zu tarnen. Sie stellte sich eine große, hagere Person mit einem harten Zug um den Mund vor. In ihrer Vorstellung hatte sie fiese Augen und sah aus, als würde sie keinem Ärger aus dem Weg gehen.

Doch sie wusste selber, dass dieses Bild mit großer Wahrscheinlichkeit nicht auf die Killerin zutraf. Mördern sah man ihre Taten meist nicht an. Sie verbargen ihr wahres Ich hinter Masken, ganz so, wie es Maxim von jedem Menschen vermutete.

Daria band ihren Zopf neu, dann überprüfte sie noch einmal, ob sie alles hatte und machte sich auf den Weg nach unten, wo ein Leihwagen auf sie wartete.

Showtime.

Kapitel 49

Maxim schob das eiserne Tor der Fabrikhalle auf und war sogleich froh über die kühle Luft, die ihm entgegenschlug. Er wartete einen Moment, bis sich seine Augen an das Zwielicht gewöhnt hatten und schloss das Tor wieder hinter sich. Im Innern der Halle roch es feucht und ein wenig rostig. Bald würde es hier drinnen nach Tod riechen.

Er ließ den Blick durch die Halle schweifen. Er befand sich in einem Bereich, in dem früher an Fließbändern gearbeitet worden war. Eines der Bänder war noch intakt und zog sich durch die rund 150 Meter lange Halle. Überall führten metallene Stufen auf eine Art Balkon, der sich über beide Seiten der ehemaligen Fabrik erstreckte. Dort oben entdeckte er Larissa, die gerade dabei war, das Scharfschützengewehr auszurichten.

»Da bist du ja.« Ihre Stimme hallte zu ihm herüber und wirkte dabei noch kühler, noch gefühlloser als sonst.

Maxim hob die Hand zum Gruß und kam die Treppen zu ihr herauf.

Das Miststück war ganz in Schwarz und hatte es nicht einmal nötig, sich zu ihm herumzudrehen. Sie fühlte sich viel zu sicher und sie unterschätzte ihn, was nie gut war. Sie würde schon sehen ...

»Bereit?«, fragte er und lehnte sich mit verschränkten Armen an das Geländer.

»So schnell geht das nicht. Also gedulde dich. Wann kommt sie?« Noch immer drehte sich Larissa nicht zu ihm um, sondern war weiter mit dem Gewehr beschäftigt. Er hätte sie mühelos überwältigen können, aber offensichtlich kam ihr so etwas nicht mal annähernd in den Sinn.

Großkotzige Schlampe!

»In einer Stunde«, sagte Maxim, ohne einen Blick auf die Uhr zu werfen. Es war fast schon komisch, wie Larissa weiter an ihrem Plan festhielt, während dieser doch längst hinfällig war.

»Das reicht uns.« Sie änderte noch einmal die Position des Gestells, auf dem das Gewehr lag. »Merk dir: Du darfst alle töten, du musst sogar, nur Amende schießt du lediglich ins Bein. Alles klar?«

»Hm«, machte Maxim und zog leise sein Messer hervor. Es fühlte sich gut an in seiner Hand. So vertraut.

»Hast du das verstanden?« Larissa spielte immer noch die unnahbare Amazone.

Er fragte sich, wie lange sie diese Fassade wohl aufrecht erhalten konnte, wenn er erstmal damit begonnen hatte, sie von ihrer Maske zu befreien. Den Entschluss, sie zu schinden, hatte er auf dem Weg hierher gefasst. Daria ging es im Endeffekt darum, dass der Schleicher keinen Schaden mehr anrichten konnte. Da sie eine rechtschaffene Polizistin war, war ihre einzige Möglichkeit, Larissa ins Gefängnis zu bringen. Aber er ... er war dazu fähig, die Menschheit vollends von dieser arroganten Schlange zu befreien. Und er würde es tun.

»Natürlich. Ich werde euch alle töten.«

Larissa stöhnte und richtete sich auf. »Nicht uns alle.« Sie drehte sich zu ihm um. »Du sollst –« Sie verstummte, als sie das Messer in seiner Hand sah.

»Ja?« Maxim hob eine Augenbraue und stieß sich vom Geländer ab.

Ungläubig starrte Larissa ihn an und Maxim spürte einen leisen Triumph in sich. Da bröckelte schon der erste Teil ihrer Fassade. Und er war sich sicher, dass der Rest bald folgen würde.

»Das ist jetzt nicht dein Ernst«, sagte sie. Statt vor ihm zurück zu weichen, trat sie einen Schritt auf ihn zu. »Du versuchst mich nicht wirklich mit deinem Schälmesser zu beeindrucken, oder?«

»Ehrlich gesagt, ist es mir ziemlich egal, was dich beeindruckt und was nicht.« Maxim trat ebenfalls vor. »Du hast doch nicht wirklich geglaubt, dass ich dich –«

Weiter kam er nicht. Larissa hatte sich blitzschnell ein Stahlrohr geschnappt, das zwischen den anderen Trümmern an der Wand gelehnt hatte, und es ihm mit voller Wucht in die Rippen gedonnert. Während er keuchend zu Boden ging, sprang sie über ihn hinweg, um die Treppe nach unten zu nehmen.

Auch wenn der Schmerz Maxim die Luft aus den Lungen trieb, schaffte er es trotzdem, nach ihrem Fuß zu greifen. Ruckartig zog er daran und Larissa fiel der Länge nach hin. Die Eisenstange flog scheppernd die Stufen herunter.

Maxim brauchte einen Moment, bis er keine Sterne mehr sah und der Schmerz halbwegs erträglich wurde, dann setzte er sich stöhnend auf.

Schnell tastete er nach dem Messer, das er bei seinem Sturz verloren hatte. Zuerst fand er nur Schutt und Dreck und er fürchtete schon, dass es heruntergefallen war. Dann trafen seine Finger auf den Griff und er atmete erleichtert auf. In der Zeit, die er gebraucht hatte, erholte sich auch Larissa so weit, dass sie sich am Geländer in die Höhe ziehen konnte. Aus einer Wunde über ihrer Augenbraue quoll Blut, anscheinend war sie mit einem der Trümmer kollidiert.

Sie funkelte ihn wütend an, doch anstatt sich erneut auf ihn zu stürzen, steuerte sie im nächsten Moment die Treppe an.

Was für ein Feigling. So schnell würde sie ihm nicht entkommen.

Maxim wollte ihr schnell folgen, doch der Schmerz, der bei jedem Schritt durch seinen Oberkörper peitschte, ließ ihn nur langsam vorwärts kommen.

Larissa wirkte ebenfalls angeschlagen, denn sie wankte ganz schön auf dem Weg die Treppe hinab. Maxim beobachtete, wie sie Stufe für Stufe nahm und hoffte bei jedem Schritt, dass sie die Abkürzung über das Geländer antreten würde. Aber den Gefallen tat sie ihm nicht. Unten angekommen, versuchte sie, anders als befürchtet, nicht zu entkommen. Stattdessen hob sie die Eisenstange wieder auf und sah ihn herausfordernd an.

»Hast du schon genug?«

Maxim wollte etwas sagen, aber er konnte noch immer nicht richtig atmen. Er presste eine Hand auf seine Rippen, packte das Messer fester und kam auf sie zugehumpelt. Er hoffte, das würde ihr als Antwort genügen.

»Ich hatte dich für klüger gehalten«, rief Larissa und wischte sich das Blut aus den Augen.

Die Arroganz, die selbst jetzt noch in ihrer Stimme mitschwang, machte Maxim rasend. Er sammelte seine Kräfte, ignorierte den Schmerz und nahm die ersten Stufen.

Larissa lachte kurz und hart. »Wie dumm du doch bist ...«

Er sah, wie sie ihre Waffe fester nahm, bereit zuzuschlagen, wenn er in Reichweite kam. Doch diesmal war er vorbereitet.

Anstatt geradewegs auf sie zuzulaufen, schwang er sich das letzte Stück über das Geländer, sodass er seitlich zu ihr landete. Der Aufprall schmerzte ihn weniger als gedacht. Das Adrenalin strömte bereits durch seine Venen und ließ ihn bis auf den Drang, Larissa den Garaus zu machen, kaum noch etwas spüren.

Sie fuhr herum und konnte seinem Messer, das er nach vorne schnellen ließ, gerade noch ausweichen. Doch die ruckartige Bewegung brachte sie aus dem Gleichgewicht. Offenbar war ihr Kopf stärker angegriffen, als er zu hoffen gewagt hatte. Sie taumelte und musste nach dem Geländer greifen, um nicht umzukippen.

Maxim nutzte den Moment für einen neuen Angriff. Auch wenn sie versuchte, seinen Arm beiseite zu schlagen, schaffte er es, ihr eine Wunde an der Seite zuzufügen. Ihr schmerzhafter Aufschrei erregte ihn und stachelte ihn sogleich an, sie weiter zu attackieren.

Er stürzte nach vorne und warf sich auf sie. Mit einem Keuchen ging sie zu Boden und er begrub ihren schlanken Körper unter sich. Larissa rührte sich nicht, hatte die Augen zugekniffen und das Gesicht schmerzhaft verzogen.

»Wer lacht jetzt zuletzt, hm?« Mit der Klinge schob er ihr vorsichtig eine Haarsträhne aus der Stirn. »Das kommt davon, wenn man so von sich eingenommen ist wie du. Man beginnt, andere zu unterschätzen ...«

Larissa machte noch immer keine Anstalten sich zu rühren, aber er war nicht so dumm zu glauben, dass sie ihren Widerstand bereits gänzlich aufgegeben hatte. Vorsorglich schob er die Eisenstange außer Reichweite, bevor er sich wieder Larissa zuwandte.

»Das Problem ist, dass es alle immer wieder tun«, sagte er, wobei er das Messer über ihrer Kehle schweben ließ, damit sie keine Dummheiten anstellte. »Ihr seht nur mein Äußeres und auch wenn ihr tief in euch genau wisst, wozu ich fähig bin, lasst ihr euch blenden und täuschen.« Er hockte noch immer auf ihr und spürte, wie das Blut aus der Wunde an ihrer Seite sickerte und warm durch den Stoff seiner Hose drang.

Er wünschte sich, noch viel mehr Zeit zu haben, bis Daria hier aufkreuzen würde, aber leider war alles ein wenig knapp kalkuliert. Also würde er improvisieren müssen. Normalerweise bevorzugte er es, am Oberkörper zu beginnen, doch da er unbedingt wissen wollte, wie es unter Larissas hübschem Gesicht aussah, setzte er das Messer unter ihrem Kinn an.

»Ironie des Schicksals, oder? Du bist zu mir gekommen, weil du wolltest, dass Wolf Amende die schlimmsten Schmerzen erleidet, die du dir vorstellen kannst. Und jetzt bist du selbst an seiner Stelle ...«

Larissa reagierte immer noch nicht. Sollte sie sich nur totstellen. Oder bewusstlos, oder was auch immer sie versuchte, ihm weiszumachen. Er war sich sicher, dass sie ihre Selbstbeherrschung gleich ganz schnell verlieren würde.

Er setzte das Messer an und zog es langsam durch die weiche Haut an ihrem Kinn. Das Miststück hatte Nerven, das musste man ihr lassen. Ihr Augenlid zuckte kurz, ansonsten gab sie keine Regung von sich, auch nicht, als ein Rinnsal aus Blut langsam in ihren Ausschnitt sickerte. Maxim kniff die Brauen zusammen und nahm das Messer wieder runter. Konnte es sein, dass sie tatsächlich ohnmächtig war? Er holte aus, um sie zu ohrfeigen, doch im nächsten Moment traf ihn ein fester Schlag in den Rücken und er fiel über Larissas Kopf hinweg zu Boden. Larissa kämpfte sich unter ihm frei, sprang auf und verpasste ihm einen weiteren Tritt, diesmal mit dem Fuß statt dem Knie. Maxim schaffte es gerade noch, seine ohnehin schon angeschlagene Rippe zu schützen und den Tritt mit dem Arm zu blocken.

Er rollte sich zur Seite ab und kam auf die Füße, gerade schnell genug, um ihre Faust abzufangen, die in diesem Moment auf sein Gesicht zuschnellte. Er packte ihr Handgelenk und versuchte ihr den Arm auf den Rücken zu drehen, aber sie ließ sich ganz einfach zu Boden fallen, entzog ihm mit einer ruckartigen Bewegung ihren Arm, und dann riss sie auch schon wieder das Bein hoch, um ihm einen Tritt in die Weichteile zu versetzen.

Diesmal war Maxim schneller. Er brachte Abstand zwischen sich und sie, packte das Messer fester, stellte sich auf einen erneuten Angriff von ihr ein. Aber Larissa schien ihre Pläne geändert zu haben. Sie sprang auf, täuschte an, dass sie auf ihn zupreschen würde, doch dann schlug sie einen Haken und hastete stattdessen die Treppe hinauf – und er wusste genau, was ihr Ziel war.

Das konnte er nicht zulassen. Sofort setzte er zur Verfolgung an und stellte zufrieden fest, dass er mittlerweile genug Adrenalin im Blut hatte, um den Schmerz in seiner Rippe kaum noch wahrzunehmen. Seine Überlebensinstinkte arbeiteten wieder mal auf Hochtouren – das war schon immer sein Pluspunkt gewesen. Darum war er immer noch hier. Darum gewann er am Ende jeden Kampf.

Er holte auf und schaffte es fast, Larissas Bein zu packen, als sie die letzte Stufe hinter sich ließ. Aber sie sprang vor, entzog sich ihm, und dann hatte sie das Gewehr auch schon von seiner Halterung genommen, richtete es auf ihn und er hörte das metallische Klacken, mit dem sie die Waffe durchlud. Maxim verlangsamte seine Schritte, blieb aber nicht stehen. Er lächelte ihr entgegen, als würde er einen verspäteten Flirtversuch starten.

»Du solltest nicht glauben, dass ich nicht abdrücke!«, rief sie. Ihre Stimme klang heiser, atemlos. Sein plötzlicher Angriff hatte sie offenbar ziemlich aus der Fassung gebracht.

»Ich bin schon erschossen worden.«

»Nicht von mir!«

»Wie ich bereits sagte ...« Er wurde noch langsamer, blieb beinahe stehen. »Du unterschätzt mich.«

Damit sprang er vor und duckte sich zugleich, und als er den ohrenbetäubend lauten Knall des Schusses hörte, wusste er, dass er diesen Moment für sich nutzen musste. Der Rückstoß ließ Larissa einen Schritt zurücktaumeln und er rammte sich mit voller Wucht gegen ihren Leib, um sie zu Fall zu bringen. Ein weiterer Schuss löste sich, von der Decke prasselte Putz auf sie beide herab, während sie zu Boden stürzten, und dann hob Maxim den Stein, den er auf seinem Weg hierher vom Boden aufgesammelt hatte und donnerte ihn gegen Larissas Kopf.

Ihr Körper erschlaffte unter ihm. Er sah in ihr schönes, blutiges Gesicht und war zufrieden.

Na bitte. Jetzt würde sie stillhalten.

Kapitel 50

Daria öffnete vorsichtig die Tür der Lagerhalle und lauschte. Drinnen herrschte Zwielicht, die Strahlen der untergehenden Sonne schafften es kaum noch durch die staubigen Fenster, also musste sie sich vollends auf ihr Gehör verlassen.

Es war still. Zu still.

Eigentlich hätte sie Maxim reden hören müssen. Und diese Larissa. Wie sie ihn anbettelte, sie gehen zu lassen oder wie sie wilde Verwünschungen ausstieß. Doch stattdessen hörte sie gar nichts.

Misstrauisch tat sie einen Schritt nach vorne und sah sich um. Sie entdeckte ein altes Fließband, einigen Schutt und eine offene, zweite Ebene. Die große Halle wurde von Betonpfeilern gestützt und es dauerte einen Moment, bis Daria erkannte, dass sich hinter einem davon Schatten bewegten.

Na also.

Daria atmete tief durch, dann schlich sie vorwärts. Ihre Schuhe verursachten knirschende Geräusche auf dem Boden, zu laut für ihren Geschmack. Was, wenn ihr Plan schief gelaufen war? Wenn Larissa Maxim überwältigt hatte? Dann würde die Killerin gleich einen Angriff auf sie starten, den sie dann zwar auch absichtlich verlieren würde, auf den Daria aber trotzdem nicht scharf war. Es war ihr lieber, wenn Maxim sie erwartete und den Schleicher gefesselt hatte, hübsch verpackt, wie ein persönliches Geschenk.

Aufmerksam ging sie weiter, spähte hinter jeden Pfeiler und in jede dunkle Ecke, doch bis auf den Schatten vor ihr bewegte sich nirgends etwas. Einen Augenblick war sie versucht, Maxims Namen zu sagen, dann ließ sie es jedoch. Es war immer gut, das Überraschungsmoment auf seiner Seite zu haben. Wer wusste schon, was in den letzten Stunden zwischen Schinder und Schleicher vorgefallen war?

Sie ging einen leichten Bogen und näherte sich dem Schatten nun von links. Nur noch wenige Meter ... Sie presste ihren Rücken an eine der Betonstützen, blickte um die Ecke und atmete auf. Sie erkannte Maxim, der über dem Körper einer schlanken Blondine stand. Die Frau, vermutlich Larissa, lehnte zusammengesunken an dem Pfeiler und war mit festen Seilen daran festgebunden worden.

Daria lächelte. Es war fast schon zu einfach gewesen.

Gerade wollte sie auf Maxim zugehen, als sie etwas in seiner Hand aufblitzen sah.

Das gebogene Messer, das er benutzte, um Menschen die Haut abzuziehen!

Daria beobachtete, wie er sich vor die Blondine hockte und ihr kurzerhand das Oberteil vom Körper schnitt.

Es war offensichtlich, was er vorhatte, und obwohl Daria genau wusste, wozu er fähig war, schockierte es sie immer wieder.

»Maxim!«, rief sie und löste sich aus ihrem Versteck. »Hey ...«

Maxim blickte sich nach ihr um, dann richtete er sich auf und lächelte. Anscheinend hatte er sie nicht kommen gehört, so sehr war er in seinen Plan vertieft gewesen, der blonden Frau die Haut vom Körper abzuziehen.

»Da bist du ja«, sagte er.

»Ja, hier bin ich, und du legst jetzt ganz schnell dieses Messer weg. Auf den Boden. Wo ich es sehen kann.«

Maxim wirkte amüsiert, während er fast provozierend langsam in die Hocke ging und das Messer neben seinem Opfer in den Staub legte. »Zufrieden?«

»Ja.«

»Dein Gesicht ist mir in unversehrt lieber, das solltest du langsam verstehen.« Er lächelte.

Nach einem Moment erwiderte sie sein Lächeln. »Das ist sie also?«, fragte sie, ohne Larissa genauer zu betrachten. Dazu würde sie später noch genug Gelegenheit haben. Jetzt musste sie erstmal Maxim im Auge behalten.

Maxim deutete auf die Blondine und wirkte sogar ein bisschen stolz. »Larissa. Wie ihr Nachname ist, weiß ich nicht. Aber der ist ja eigentlich auch nicht so wichtig.«

»Was tust du? Warum trägt sie ... kein Shirt?« Daria versuchte beiläufig zu klingen, doch ihr Herz raste und sie hatte das Gefühl, dass zu wenig Luft in ihre Lungen strömte. Sie war so kurz vor dem Ziel. Jetzt durfte sie bloß keinen Fehler machen ...

»Ich dachte, ich tue dir einen Gefallen, indem ich sie für dich aus dem Weg schaffe.«

»Du dachtest wohl eher, du tust *dir* einen Gefallen.«

Maxim zwinkerte ihr zu. »Erwischt.« Damit wollte er sich wieder vor sein Opfer hocken, doch Daria war schneller.

Sie umarmte ihn von hinten und ließ eine Handschelle um sein rechtes Handgelenk klicken.

»Was –?« Mit einer Mischung aus Wut und Unglauben in seinen Augen fuhr Maxim zu ihr herum und Daria hatte Mühe, die Handschelle nicht loszulassen. »Was soll das werden?«

Ihr Herz pochte heftiger denn je. »Was denkst du, das es wird?«

Maxim betrachtete sie mit einer Mischung aus Zorn und Fassungslosigkeit. »Du verhaftest mich nicht«, zischte er.

»Hinder mich daran«, forderte sie.

Und er zögerte. Seine blauen Augen huschten von ihrem Gesicht über ihren Körper und sie erkannte Widerwillen in seinem Blick. Sie hatte Recht: Er wollte ihr einfach nicht wehtun. Wer weiß, vielleicht konnte er es auch gar nicht.

Daria erkannte, wie es hinter seiner Stirn fieberhaft arbeitete. Sie packte ihre Waffe fester, hob den Arm – und dann veränderte sich etwas in seinen Augen. Nein, es veränderte sich nicht, es verschwand. Sein Blick wurde leer, er riss Daria zu sich heran und holte mit der Faust aus.

Aber sie war schneller, denn anders als er war sie vorbereitet. Daria riss den Arm hoch und ließ den Kolben ihrer Pistole gegen seine Schläfe krachen.

Kapitel 51

Als Daria endlich alleine mit der Killerin war, nutzte sie die Gelegenheit, sie genauer zu betrachten. Maxim hatte ihr ganz schön zugesetzt. Ihr Gesicht mit den ebenmäßigen Zügen war blutverkrustet, eine rote Spur zog sich ihren Hals herab und hatte Teile ihres BHs durchtränkt. Über dem Auge und an der Schläfe hatte sie Platzwunden, die ihre perfekte Optik ein wenig in Schieflage versetzten. Und an der Hüfte klaffte ein Schnitt, der im Licht von Darias Taschenlampe aussah, als hätte er sich bereits entzündet. Doch sie schien nicht in Lebensgefahr zu sein.

Ihr Brustkorb hob und senkte sich gleichmäßig unter ihren tiefen Atemzügen und auch ihr Puls war kräftig.

Darias Blick fiel auf ihre Hände, ihre schlanken Finger, die schon so viel Grausames getan hatten. Sie konnte beinahe vor sich sehen, wie sie Reißzwecken in Joshua Kaisers Haut trieb, wie sie Drees die Gedärme aus dem Leib riss und ihr erstes bekanntes Opfer mit Freuden skalpierte. Auch wenn diese Gräueltaten dem ersten Anschein nach nicht mit dem Erscheinungsbild dieser Frau übereinstimmen wollten, war sie sich sicher, dass Maxim ihr die Richtige ans Messer geliefert hatte. Es war, als könnte Daria das Böse in ihr fast körperlich spüren.

Sie erhob sich wieder und sah auf die Uhr. Seit sie Maxim festgenommen hatte, war eine halbe Stunde vergangen. Es sollte also nicht mehr lange dauern, bis Amende hier auftauchte. Daria hatte sich daran gehalten und nicht ihrem direkten Vorgesetzten Franco Rossi Bescheid gegeben, sondern den Berliner Polizeipräsidenten persönlich benachrichtigt. Allerdings tat sie dies, bevor sie das alte Fabrikgelände überhaupt betreten hatte.

Jetzt musste sie nur noch die Zeit totschlagen, bis er hier eintraf und dem ganzen Spuk ein Ende bereitete. Am Telefon hatte sie Amende daran erinnert, dass er sich für Kristin einsetzen wollte und er versicherte ihr, dass er das Schreiben einer guten Freundin beim Jugendamt mitbringen würde, die ihren Fall spontan übernommen hatte und ihr bestätigte, dass sie sehr wohl für Kristin sorgen konnte. Da Amende ebenfalls mit dem zuständigen Richter befreundet war, stünden Kristins Rückkehr zu ihr nur noch Formalitäten im Weg. Daria hatte das Gefühl, dass diese Freundschaften auf einer Menge Geld beruhten. Gleichzeitig wurde sie den Gedanken nicht los, dass Amende sich vielleicht vorab dafür eingesetzt haben könnte, dass ihr Kristin überhaupt weggenommen worden war. Offenbar hatte er großes Interesse daran gehabt, dass sie den Schleicher-Fall löste und was gab es schon für ein besseres Druckmittel als ihre Tochter?

Daria schluckte den Zorn herunter, der in ihr aufstieg, Für diese Theorie hatte sie keinerlei Beweise. Sie sollte sich nicht in irgendwelche Verschwörungsgedanken vertiefen. Wenn Larissa und Maxim erstmal hinter Gittern saßen und sie Kristin zurück hatte, dann würden sie und ihr Team in aller Ruhe gegen Amende ermitteln können. Denn eins war sicher: So weiß, wie er es ihnen verkaufen wollte, war seine Weste längst nicht.

Eine Weile hing Daria noch ihren Gedanken nach, dann wurden draußen Motorengeräusche laut. Kurz darauf hörte sie Schritte und Stimmen, schließlich wurde die Tür geöffnet und drei schwarz gekleidete Männer traten, gefolgt von Amende, ein. Sie hatten Sturmgewehre mit Zielscheinwerfern im Anschlag, aber sie trugen keine Uniformen, sondern alle verschiedene Kleidung. Alleine die Tatsache, dass er mit irgendwelchen privaten Sicherheitsleuten, die noch dazu gegen das Waffengesetz verstießen, und nicht mit Kripo- oder SEK-Beamten kam, zeigte ihr, dass in diesem Fall etwas besonders schief lief. Trotzdem würde sie sich nichts anmerken lassen, bis sie das Schreiben hatte.

Unbeeindruckt von seiner kleinen Privatarmee fixierte Daria ihren Boss. »Das ging schnell.«

Amende ließ seine drei Schützen vorgehen, ehe er sich Daria selber näherte. Einer der Männer stieß Larissa mehrfach mit dem Fuß an, bevor er Amende zunickte.

»Sehr schön. Ich sehe also, Sie haben wieder einmal ganze Arbeit geleistet.«

Daria bejahte. »Ich habe meinen Teil der Abmachung eingehalten«, sagte sie.

»In der Tat.« Amende griff in sein Jackett und für einen Moment wallte in Daria die Angst auf, er könnte eine Waffe ziehen und sie kurzerhand aus dem Weg schaffen, wie es Mafiapaten in Filmen mit ihren lästigen Untergebenen taten. Doch statt einer Pistole zog Amende einen großen Briefumschlag hervor und reichte ihr ihn.

Daria wollte danach greifen, aber Amende zog ihn zurück. »Wo ist der Rest Ihrer Leute?«

»Sie sind nicht hier. Sie haben Maxim in Gewahrsam genommen.« Das war nur die halbe Wahrheit, aber Amende schien ihr zu glauben. Er hatte auch keinen Grund, es nicht zu tun.

»Wissen sie von ihr?« Jetzt war er es, der Larissa einen verächtlichen Tritt verpasste.

Die Blondine stöhnte, wachte aber nicht auf.

Daria biss die Zähne zusammen und schüttelte den Kopf.

»Geht das genauer?«

»Ich habe Maxim Winterberg nach draußen gebracht. Dort haben die anderen übernommen. Ich habe um ein bisschen Zeit für mich gebeten und Sie angerufen.«

Amende lächelte zufrieden und überreichte ihr den Umschlag, den sie an sich presste wie einen Schatz. »Sie bleiben noch ein paar Tage hier oben, dann ziehe ich Sie und Ihr Team ab und wir schließen den Schleicher-Fall.«

Damit hatte Daria nicht gerechnet. Sie verstand nicht, warum sie weiter so tun mussten, als würden sie den Schleicher jagen, wenn sie ihn doch längst hatten. Sie stellte diese Frage laut.

»Nun ...« Amende wechselte einen kurzen Blick mit seinen Leuten, der ihr nicht gefiel. »Ich habe nicht vor, die Gefangennahme des *Schleichers* öffentlich bekannt zu geben. Wie Sie und Ihr Team bedauerlicherweise feststellen mussten, sind Sie einem Internetmythos erlegen. Den Schleicher gibt es nicht.« Er zuckte leichthin mit den Schultern.

Daria war wieder einmal froh, noch einen Joker zu haben, den sie im Zweifel ausspielen konnte. Amende hatte offensichtlich vor, die Blondine stillschweigend aus dem Weg zu räumen. Die Frage war nach wie vor warum. Doch Daria war klar, dass sie darauf keine Antwort bekommen würde.

»Hören Sie, Frau Storm«, sagte Amende, der ihr Schweigen anscheinend nicht zu deuten wusste. »Das hier ist mehr oder weniger eine Privatangelegenheit. Und wenn Sie nicht wünschen, dass ich mich noch einmal in Ihre Angelegenheit einmische«, er nickte bedeutungsschwer in Richtung des Umschlags in ihrem Arm, »dann wünsche ich, dass Sie meine Privatangelegenheit für sich behalten. Haben wir uns da verstanden?«

Daria nickte. Die Drohung war deutlich genug gewesen. Mehr brauchte sie nicht zu hören. Trotzdem resümierte sie noch einmal: »Sie möchten, dass wir die Festnahme des Schleichers für uns behalten und werden uns in den nächsten Tagen offiziell von diesem Fall abziehen. Die Schleicher-Morde werden von uns als Internetmythos deklariert und da es bald keine derartigen Vorfälle mehr geben wird, wird die Sache schnell wieder vergessen sein. Ich bewahre Stillschweigen und Sie werden mir dafür meine Tochter lassen. Habe ich das richtig verstanden, Herr Amende?«

Amendes Blick hellte sich auf: »Exakt!«

Daria nickte. »Dann werde ich jetzt gehen?« Es war mehr eine Feststellung als eine Frage.

»Ich bitte darum. Wir sehen uns dann in ein paar Tagen auf dem Revier, wo Sie für die Festnahme des Schinders gefeiert werden.«

»In Ordnung. Bis dann. Und vielen Dank.« Daria wandte sich ab.

»Ich habe zu danken«, rief ihr Amende hinterher, doch sie drehte sich nicht mehr um.

Sie trat aus dem Lichtkreis, den ihre Taschenlampe und die Zielscheinwerfer schufen, in die Dunkelheit der Fabrik. Da sie die Blicke der anderen im Rücken spürte, drehte sie sich nicht noch einmal um, sondern steuerte zielstrebig den Ausgang an. Erst als sie ihn erreicht hatte, wagte sie es, über die Schulter zu sehen. Die Männer hatten sich um Larissa positioniert und achteten nicht weiter auf Daria. Sie öffnete die Tür, machte einen Schritt Richtung draußen und ließ sie dann schwer hinter sich ins Schloss fallen. Dann duckte sie sich in die Dunkelheit und lauschte.

Sie konnte zwar nicht verstehen, was sie Männer sprachen, dafür war sie zu weit weg, sie wirkten aber keinesfalls aufgebracht, sodass sie vermutete, dass sie tatsächlich glaubten, Daria wäre abgehauen. Sie wartete trotzdem noch eine Weile, um zu sehen, ob sie darauf reagierten, dass kein Motorengeräusch erklang, doch offenbar waren sie zu sehr mit sich selbst beschäftigt und sich ihrer Sache zu sicher.

Natürlich. Amende ging nicht davon aus, dass sie sich ihm in irgendeiner Form widersetzen und Kristins Sorgerecht aufs Spiel setzen würde. Doch das hatte sie auch gar nicht vor. So leise sie konnte, zog sie ihre

Schuhe aus und schlich auf eine der Metalltreppen zu, die ihr am nächsten war. Sie lief geduckt und würde nicht zu sehen sein, solange keiner der Männer mit seinem Zielscheinwerfer herumleuchten würde.

Als sie heil und ungesehen oben angekommen war, wagte sie sich vorsichtig weiter heran.

»... sie damit aufwecken.« Einer der Männer lachte. Es klang dreckig und bösartig.

Sie hörte Amende etwas antworten, aber er sprach zu leise, als dass sie verstehen konnte, was er sagte.

Ihre Nerven waren zum Zerreißen angespannt und sie wünschte sich, Martin wäre jetzt hier, direkt neben ihr. Doch der Gedanke an ihn und seine Verlässlichkeit reichte aus, dass sich ihre Anspannung etwas legte. Vorsichtig setzte sie einen Fuß vor den anderen, bis sie Amende sowohl sehen als auch verstehen konnte.

Er hatte sich breitbeinig vor Larissa aufgebaut, während einer der Schwarzgekleideten ihr eine schallende Ohrfeige verpasste.

Ihr Kopf wurde zur Seite geschleudert und sie kam hustend zu sich. Sie hob das Kinn und schien einen Moment zu brauchen, bis sie Amende erkannte.

»Du«, krächzte sie, als hätte sie seit Wochen nichts getrunken.

Darias Herz raste vor gespannter Neugier auf das, was sie gleich zu hören bekommen würde.

»Wen hast du denn erwartet, Liebling? Glaubst du, du kannst einfach gegen die Spielregeln verstoßen und dann ungeschoren davon kommen?«

Larissa senkte den Kopf und wirkte, als würde sie verbissen nachdenken. Natürlich. Ein neuer Plan musste her. Von Maxim wusste Daria, dass jetzt eigentlich der Zeitpunkt gekommen wäre, an dem er mit einem Scharfschützengewehr Amendes Leute aus dem Weg räumen sollte. Ohne Maxims Hilfe saß sie eindeutig in der Falle.

»Du solltest dich nicht mit mir anlegen«, zischte sie.

Amende lachte. »Du weißt auch nicht, wann du verloren hast, hm? Du bist Geschichte, meine Liebe, und Adrian – «

»Lass meinen Sohn da raus!«, giftete Larissa ihm entgegen.

Adrian? Ihr Sohn? Adrian war Amendes kleiner Sohn, der im Frühjahr vom Scharfrichter entführt und von Maxim gerettet worden war. Wenn Larissa nicht zufällig ebenfalls ein Kind mit diesem Namen hatte ...

»Er ist *mein* Sohn. Das habe ich Schwarz auf Weiß.« Amende grinste.

Daria wurde übel. Anscheinend war sie nicht die Einzige, die er mit ihrem Kind erpresste. Ob er Larissa zu den Morden gezwungen hatte?

Mit einem Mal tat ihr die Blondine leid.

»Du weißt ganz genau, warum ich deinen Wisch damals unterschrieben habe!«

»Wie auch immer«, sagte Amende leichthin und trat einen Schritt zurück.

Daria hatte noch nicht genug gehört. Sie konnte sich nur vage einen Reim darauf machen, was zwischen Amende und Larissa vorgefallen war.

»Erschießt sie.«

»Nein! Halt!« Ohne weiter nachzudenken, sprang Daria aus ihrem Versteck auf.

Sofort richteten sich zwei der drei Scheinwerfer auf sie und sie musste geblendet sie Augen zukneifen.

Das war es jetzt, dachte sie.

Doch der erwartete Schuss kam nicht.

Natürlich war es für Amende leichter, eine Mörderin unbemerkt aus dem Weg zu räumen, als eine seine bekanntesten Mitarbeiterinnen. Das war ihr Glück.

»Frau Storm ...« Amende klang nicht halb so überrascht, wie sie erwartet hatte. »Was tun Sie denn dort oben? Kommen Sie doch herunter zu uns.«

Daria zögerte, dann senkte sie den Kopf, um nicht weiter geblendet zu werden und ging auf die Treppe zu. Ihr Herz raste noch immer, auch wenn Amende nicht so skrupellos gewesen war, sie direkt töten zu lassen. Sie wusste, dass sie sich hier in etwas einmischte, das für den Berliner Polizeipräsidenten mehr als nur brisant sein könnte, und sie verstand mehr und mehr, was für ein Mann er war. Dennoch musste sie es genauer wissen.

»Was zur Hölle geht hier vor sich?«, fragte sie, um Festigkeit in der Stimme bemüht.

»Die strahlende Heldin hat ihren großen Auftritt«, sagte ausgerechnet Larissa, der Schleicher, und Daria war einen Moment lang erstaunt über die eisige Kälte in ihrer Stimme. Die Vorstellung, von Amendes Leuten getötet zu werden, schien sie nicht sonderlich erschreckt zu haben. Gern wollte Daria sie ansehen, in ihrem Blick forschen, mehr über sie erfahren. Aber sie gestattete es sich nicht, Amende und seine Leute aus den Augen zu lassen.

»Etwas, das Sie nichts angeht«, erwiderte der Polizeipräsident ruhig. »Ich dachte, ich hätte mich da klar ausgedrückt.«

»Und ich dachte, jemand wie Sie kennt die Gesetze. Sie können diese Frau nicht einfach töten.«

»Diese Frau hat Dutzende von Menschenleben auf dem Gewissen«, erwiderte Amende ungerührt. »Ich glaube nicht, dass ihr Tod mein Gewissen sonderlich belasten wird.«

»Wenn Sie sie unschädlich machen wollen«, beharrte Daria, »dann nehmen Sie sie fest. Alles andere muss ich der Dienstaufsicht melden. Und ich denke nicht, dass Sie Ihre Stelle verlieren möchten.«

Einen Moment lang sah Amende sie nur an, dann kräuselten sich seine Lippen zu einem süffisanten Lächeln. »Sie scheinen den Ernst der Lage nicht verstanden zu haben, Frau Storm. Hier geht es längst nicht mehr nur um Larissas Leben.«

»Sie töten mich nicht«. erwiderte sie überzeugter, als sie eigentlich war.

»Nun, ich vermute, das hat auch meine hübsche blonde Freundin hier bis vor einer Weile gedacht.« Er blickte auf Larissa hinab und versetzte ihr einen weiteren Tritt, diesmal vor die Beine.

Die Killerin zog die Knie an, zeigte ansonsten aber keinerlei Reaktion. Es musste Amende maßlos ärgern, dass sie nicht auf seine Demütigungsversuche ansprang.

»Sie haben ein gemeinsames Kind«, sagte Daria, um ihn zum Weiterreden zu bringen.

»Ja«, erwiderte Amende ruhig. »Adrian. Bevor Sie fragen, er hat die Abscheulichkeiten, die ihm von einem ähnlichen Ungeheuer wie diesem hier angetan worden sind, gut verarbeitet. Zum Glück. Ich will nicht, dass das ... genetische Erbe seiner Mutter in ihm erwacht. Er ist schon jetzt ein besserer Mensch ...« Er ging vor Larissa in die Hocke und sah sie fest an. »... als sie es je sein wird.«

Daria verschränkte die Arme vor der Brust, auch damit niemandem die schusssichere Weste auffiel, die sie trug. Ihr war klar, dass ihr Vorgesetzter jeden Moment den Befehl geben konnte, sie doch noch zu erledigen. »Verblüffend, dass Sie eine Frau, die Sie derart verachten, trotzdem geschwängert haben.«

Amende lachte leise, den Blick immer noch auf Larissas demoliertes, aber schönes Gesicht gerichtet. Sie sah ihn stumm an und Daria musterte sie genauer, erkannte, dass sie mindestens 15 Jahre jünger war als der Polizeipräsident.

»Ja, ich verachte sie, da haben Sie Recht. Aber das war nicht immer so. Wissen Sie, Larissa war mal ein zauberhaftes junges Mädchen. Sie war gerade 17, als ich sie kennenlernte, und als ich sie so dasitzen sah, im Vernehmungsraum, da war es direkt um mich geschehen.« Er wandte sich Daria zu. »Ich war damals noch Kripobeamter und eigentlich gar nicht begeistert darüber, dass mir ihr Fall zugeteilt worden war. Die Geschichte langweilte mich.« Er sah Larissa an. »Sie langweilt mich immer noch. Vielleicht erzählst du sie besser selbst.«

»Vielleicht leckst du mich auch einfach am Arsch«, erwiderte Larissa ein wenig angestrengt, aber keineswegs ängstlich. Doch als zwei der drei Schwarzgekleideten auf ein Zeichen Amendes hin ihre Gewehrläufe auf Larissas Kopf richteten, schien sie es sich anders zu überlegen. Sie fuhr sich mit der Zungenspitze über die Lippen, dann sah sie Daria an und stellte eine Frage, die ihr in dieser Situation mehr als seltsam erschien. »Interessieren Sie sich für Leichtathletik?«

Daria runzelte die Stirn.

»Ich mich auch nicht«, erwiderte Larissa mit einem leisen Lachen. »Aber meinem Stiefvater war das egal. Er heiratete meine Mutter, als ich sieben war. Meine Mutter war eine graue Maus und ich ein sehr hübsches Kind. Normalerweise gibt es nur einen Grund für gut situierte Männer mittleren Alters, eine Frau wie sie zu heiraten – Sie wissen, wovon ich rede. Aber das war es bei ihm nicht. Er wollte mich nicht entjungfern, sondern zu seiner Trophäe machen, zu seinem Lebenswerk. Er selbst war ein einigermaßen bekannter Leichtathlet gewesen, in der Sowjetunion, und alles, was er während seiner Karriere nicht erreicht hatte, sollte ich nun erreichen. Aber nicht nur das. Ich sollte die perfekte Sportlerin sein, die perfekte Schülerin, die perfekte Frau. Ich musste die Beste in allem sein.«

Eine kurze Pause, dann: »Ich hasste es. Und ich hasste ihn. Er herrschte über meine Mutter wie ein Diktator. Alles musste makellos sein, blitzsauber, harmonisch. Bei mir hat er es auch versucht. Jahrelang. Aber dann ...« Auf einmal überzieht ein Lächeln ihre Züge. Nein, falsch – eigentlich nur ihre Lippen. Ihre Augen erreicht es nicht. »Dann stürzte er leider aus dem Fenster, als er mir zeigen wollte, wie man so eine Scheibe richtig saubermacht, und brach sich das Genick.«

»Er *stürzte*«, wiederholte Amende und hustete das zweite Wort dabei beinahe spöttisch heraus.

»Es war ein Unfall«, sagt Larissa in einem Tonfall, als sei sie die Unschuld selbst, wobei sie die Schultern hob und ihre Augen auf den Polizeipräsidenten richtete. »Das hast du selbst in deinen Abschlussbericht geschrieben. *Ein tragischer Unfall.*«

Amende lachte wie jemand, der viel zu spät begriff, dass er einen Fehler gemacht hatte. Er entfernte sich ein paar Schritte von der Blondine, als sei sie selbst mit ihren Fesseln noch gefährlich, dann wandte er sich an Daria. »Der Verdacht fiel schnell auf sie – ein Nachbar wollte gesehen haben, wie sie der Leiter, auf der das Opfer stand, einen Tritt versetzte. Sie hat mich eingewickelt. Von unserem ersten gemeinsamen Moment im Vernehmungsraum an. Ich war zu diesem Zeitpunkt schon lange verheiratet, aber Larissa schaffte es, dass ich meine Frau vollkommen vergaß, wenn ich bei ihr war. Ich riskierte meine Ehe für sie. Und meinen Job. Verschaffte ihr Sonderregeln in der Untersuchungshaft, setzte mich wieder und wieder für sie ein. Anstatt zu versuchen, ihre Tat zu beweisen, versuchte ich alles, um sie zu entlasten. Und als ich schließlich herausfand, dass der besagte Nachbar in psychotherapeutischer Behandlung war, war es ein Leichtes, Larissa freizubekommen.«

»Vorher hat er mich jedoch geschwängert«, warf die Blondine ein.

Amende sah immer noch Daria an. »Zurück zu ihrer Mutter konnte ich sie nicht lassen. Nicht mit meinem Kind im Bauch. Also brachte ich sie bei ... *Bekannten* unter.«

Daria runzelte die Stirn. Zuerst dachte sie an irgendwelche Freunde, aber die Art und Weise, wie Amende das Wort „Bekannte" sagte, ließ sie schnell etwas anderes vermuten.

»Sie vermuten richtig, Daria«, sagte Larissa. »Er war schon damals ein korruptes Arschloch und seine Bekannten waren eine Bande Schwerkrimineller, aber das Gute war, dass sie mich mochten und bereit waren, dafür zu sorgen, dass ich in Zukunft zurechtkommen würde. Allein. Ohne Geldsorgen.«

Daria verstand. Die Siebzehnjährige, damals schon eine Mörderin, hatte die Monate ihrer Schwangerschaft genutzt, um zu werden, was sie heute war. Der Schleicher. Eine Auftragsmörderin, die ihre Taten mit Vorliebe als Unfälle tarnte. Die es liebte, ihre Opfer vorzuführen, so wie sie ihren perfektionistischen Stiefvater vorgeführt hatte. Auf einmal passte alles zusammen.

»Sie haben ihr das Kind weggenommen«, sagte sie zu Amende, »und es als das Ihrer Frau ausgegeben.«

»Meine Frau hatte die Wahl«, bestätigte er, »entweder, sie nimmt Adrian an, oder sie kann ihre Sachen packen und gehen.« Er seufzte theatralisch. »Glücklicherweise liebt sie mich zu sehr, als dass sie jemals gehen würde, und so wurde unsere Familie komplett und wir lebten in Ruhe und Frieden. Larissa war klar, dass sie sich fernzuhalten hatte, wenn sie Adrian von Zeit zu Zeit zu Gesicht bekommen wollte. Ich dachte, sie würde sich in der Zwischenzeit irgendwie durchschlagen, doch mit den Jahren, als immer mehr ominöse Unfälle in einem Milieu geschahen, das ich nur zu gut kenne, verstand ich langsam, wer sie wirklich ist. Und mir war klar, dass die Treffen mit Adrian ein Ende haben müssen. Als mein Sohn dann vor einigen Monaten in den Fokus dieses Ungeheuers geriet und der Schinder entkam, beschloss ich, zwei Fliegen mit einer Klappe zu schlagen.« Er blickte herab auf die blonde Mörderin. »Larissa erledigt den Schinder. Und ich lasse dafür sie erledigen. Offiziell geht der Tod des Schinders auf eine von mir geleitete Geheimoperation zurück. Ich bin nicht mehr der vom Schicksal gebeutelte Polizeipräsident und Larissa ist, was sie schon immer hätte sein sollen – ausradiert.«

Trotz der angespannten Situation spürte Daria, wie sich alles in ihr entspannte, als sich dem Puzzle die letzten Teile hinzufügten. Larissa hatte erfahren, dass Amende ihren Tod plante. Sie hatte Enrico Drees getötet, der offenbar hergeschickt worden war, um sie zu ermorden. Und statt Maxim zu töten, hatte sie ihn auf ihre Seite gezogen – zumindest zwischenzeitlich – und einen weiteren auffälligen Mord begangen, um Amende herzulocken. Der Polizeipräsident hatte hier und heute sterben sollen, und Daria konnte sich auch denken wie, als sie an das gebogene Messer dachte, das auf dem Boden –

Moment. Wo war das Messer?

Sie kam nicht dazu, diesen Gedanken zu beenden.

Amende klatschte zweimal in die Hände und rief: »Genug der Gefühlsduselei! Tötet sie«, er deutete auf Larissa, »und tötet sie ebenfalls, aber *damit*.« Er wies auf Daria, dann auf ein Gewehr, das in der Nähe der Treppe wie achtlos weggeworfen im Staub lag. »Sie wird das letzte Opfer des Schleichers sein.« Er grinste Daria an. »Oder wäre Ihnen der Schinder lieber?«

Daria blickte Amende fest an, während einer der Schwarzgekleideten an ihr vorbei ging, offenbar, um das Gewehr zu holen, mit dem sie getötet werden sollte. »Sie wollen das also wirklich durchziehen?«, fragte sie. »Sie wollen eine Ihrer eigenen Ermittlerinnen töten lassen?«

»Sie lassen mir keine Wahl, Daria.« Gleichmütig hob er die Schultern. »Ein Mann in meiner Position muss manchmal eben Opfer bringen.«

»Eine Frau in meiner Lage auch«, erwiderte sie, während sie die Schritte des Schwarzgekleideten dicht hinter sich hörte. Sie machte ein paar Schritte auf Amende zu und fuhr fort: »Was würden Sie zum Beispiel sagen, wenn ich die ganze Angelegenheit hier auf Video hätte?«

Amende lächelte süffisant. »Dann würde ich vermuten, dass Sie lügen, um Ihre Haut zu retten.«

Daria lächelte ebenfalls. Das nervöse Aufflackern im Blick ihres Vorgesetzten war ihr nicht entgangen. So sicher er sich gab – in Wahrheit überlegte er vermutlich schon fieberhaft, wie sie das gemacht haben sollte. Schließlich hatte sie nirgends am Körper eine Kamera. Aber sie hatte etwas Besseres.

»Vermuten Sie, was Sie wollen«, sagte sie. »Aber Fakt ist: Ich habe Sie in der Hand, und das schon die ganze Zeit. Was glauben Sie denn? Dass ich wirklich so blöd wäre, allein hier aufzutauchen? Es ist, wie Sie gesagt haben, Amende. Wenn es darum geht, einen Schwerverbrecher zu stellen, dann ist mein Team zurzeit das Beste in ganz Deutschland. Und ich glaube, es wird Zeit, das mal wieder unter Beweis zu stellen.«

»Sie bluffen«, spie Amende hervor.

Stille folgte, sekundenlang, und dann ertönte seine Stimme erneut, jetzt von einem der Balkone aus: *Sie bluffen.*

Der leicht mechanische Klang musste allen Anwesenden verraten, dass es sich dabei um eine Aufzeichnung handelte. Amende fuhr herum, aber er konnte Martin nicht sehen, der sich tief in den Schatten versteckt hielt.

Daria lächelte. Das reichte jetzt. »Showtime«, sagte sie laut und deutlich.

»Showtime«, wiederholte Martins Stimme aus der Dunkelheit und Daria spürte ein Kribbeln, das sich ihre ganze Wirbelsäule hinaufzog, als er ihr Signal über Funk weitergab.

Dann hörte sie Schritte. Die Schritte vieler Männer.

»Storm, was geht hier vor?!«, fuhr Amende sie an, doch während er den Satz beendete, flogen auch schon die Türen der alten Fabrikhalle auf und das SEK, das Darias Team während der Vorbereitungen für den Zugriff herbestellt hatte, stürmte hinein.

Sie reagierte sofort, sprang hinter eine der Säulen, und eine Stimme brüllte: »Waffen fallenlassen!! Sofort!«

Amende gab irgendeine arrogante Antwort, diese jedoch ging im Donnern von Schüssen unter. Daria duckte sich, schützte ihren Kopf und spürte, wie die Halle erbebte, als weitere Schüsse durch die Dunkelheit peitschten. Amendes Beschützer mussten das Feuer eröffnet haben, vermutlich waren auch sie irgendwelche Kriminellen, die wenig Lust hatten, sich einfach festnehmen zu lassen. Doch Daria wusste, dass das der klügere Weg gewesen war. Sie hörte einen dumpfen Aufprall und war sich sicher, dass ihre Männer einen von ihnen erwischt hatten. Ein zweiter lief an ihr vorbei, dann ertönte noch ein Schuss und er fiel strauchelnd zu Boden, schrie, hielt sich das Bein.

Darias erster Reflex war es zu helfen, doch sie wusste, dass sie jetzt kein Risiko eingehen durfte. Geduckt blieb sie in ihrem Versteck und dachte kurioserweise ausgerechnet an Maxim. Er war sich ihrer so sicher gewesen. Viel zu sicher. Irgendein Teil von ihm schien sich so sehr zurück in die Normalität zu wünschen, dass er tatsächlich gedacht hatte, Daria würde mit ihm und Kristin fliehen. Nur eines hatte er dabei nicht bedacht: Im Gegensatz zu ihm war sie nicht verrückt.

»Das könnt ihr verdammt noch mal nicht machen!«, rief eine zornige Stimme. »Ich bin euer Vorgesetzter! Ihr macht einen Fehler!«

Amende war außer sich. Er hatte gedacht, er würde heute herkommen, um seinen Triumph perfekt zu machen – einen gefährlichen Serienmörder und die ungeliebte Mutter seines Sohnes zugleich loswerden. Nun, beide würden tatsächlich hinter Gitter wandern. Aber nicht nur sie.

Handschellen klickten.

»Hey, alles okay?« Martin kniete sich vor sie und musterte sie besorgt.

Daria sah ihn einen Augenblick an, überrascht, dass er so schnell zu ihr nach unten gekommen war, dann fiel sie ihm um den Hals. »Mir geht es bestens. Ich kann auf mich aufpassen, dass weißt du doch.«

Martin drückte sie fest an sich, dann blickte er ihr tief in die Augen und nickte. »Ich weiß«, sagte er und verzog den Mund zu einem schiefen Grinsen. »Ich versprech dir, es ab jetzt nicht mehr zu vergessen.«

»Und ich verspreche ...«

»Wolf Amende«, ertönte eine Stimme und Daria erkannte, dass es die von O'Leary war, der ihr noch etwas Zeit verschaffte, die richtigen Worte für ihr Versprechen zu finden.

»Na komm.« Martin stand auf und half Daria hoch. Zusammen gingen sie zu dem Rest ihres Teams, das sich um Amende versammelt hatte.

Izabela hatte die Hände in die Hüften gestemmt und sah ihn abfällig an.

Steiner befand sich neben ihr und hielt ein Handy auf den Polizeipräsidenten gerichtet. Zuerst glaubte Daria, dass er filmte, dann sah sie Bewegungen auf den Display und erkannte, dass er Mickey und die Zwillinge dazu geschaltet hatte.

»Sie sind vorläufig festgenommen wegen des Verdachts auf Korruption, Falschaussage, Behinderung von Ermittlungen und der Anstiftung zu mindestens einer Straftat«, fuhr O'Leary fort.

»Das werden Sie bereuen. Sie alle«, zeterte Amende, doch O'Leary kannte keine Gnade.

Er packte Amende und führte ihn gemeinsam mit Izabela ab.

Auf dem Handydisplay sah Daria, wie Mickey, Pia und Lea abklatschten.

Steiner schmunzelte und auch Daria konnte sich ein Lachen nicht verkneifen. »Unser Team ist so ...«

»Effektiv?« Martin zog sie an den Hüften an sich.

»Effektiv.« Daria grinste und lehnte sich an ihn. »... Was denn sonst?«

Sie konnte es kaum glauben. Es war vorbei.

Kapitel 52

Maxim konnte es nicht fassen. Daria hatte ihn gelinkt. Sie war auf seine Annäherungsversuche eingegangen, nur um ihn wieder hinter Gitter zu bringen, und was noch schlimmer war: Er hätte damit rechnen müssen. Er hätte es verdammt noch mal wissen müssen. Doch nachdem er ihr Leben gerettet und sie vor der Schindung verschont hatte, vor wenigen Monaten erst, hatte er geglaubt, dass –

Ja, was? Dass sie all ihre moralischen Bedenken über Bord werfen und mit ihm ein neues Leben beginnen würde?

Er lachte ungläubig. Wenn er ehrlich zu sich war, dann hatte er tatsächlich damit gerechnet. Oder anders, er hatte es so sehr gehofft, dass aus seiner Hoffnung irgendwann fester Glaube geworden war. Weil er Daria Storm gegenüber ernsthafte Gefühle hatte. Das war das Problem: Er war nicht eiskalt. Er war nicht wie Larissa, und vermutlich hatte sie genau das gemeint, als sie sagte, dass er ihr nie gewachsen sein würde. Ein Teil von ihm war zu allem fähig, würde es immer sein. Doch ein anderer Teil von ihm war fähig, mehr als nur Verachtung für andere Menschen übrig zu haben. Und Daria hatte genau diesen Teil in ihm berührt. Ausgenutzt. Sie war seine einzige wirkliche Schwäche und ihm dadurch zum Verhängnis geworden.

Er bewegte probehalber die Hände, doch die Handschellen hinter seinem Rücken hatten sich nicht von selbst gelöst. Er presste die Arme auseinander, aber die massiven Fesseln gaben natürlich nicht nach. Und selbst wenn sie es getan hätten: Dann wäre er immer noch eingesperrt gewesen in diesem stickigen Polizeiwagen, in dem er jetzt schon seit über einer Stunde saß. Und wenn er wie durch ein Wunder ungesehen herausgekommen wäre, war da immer noch der schwerbewaffnete SEK-Beamte, der ihn bewachte, seit Daria ihn festgenommen hatte. Ursprünglich waren es drei gewesen, aber zwei von ihnen waren ins Gebäude gelaufen, als dort ein Tumult losgebrochen war. Schüsse waren gefallen. Ob es Daria erwischt hatte? Nein, das glaubte er nicht. Sie war eine verdammt gute Polizistin. Aber das hieß nicht, dass sie in Sicherheit war. Im Gegenteil – sie würde es nie wieder sein.

Wenn sie wüsste, was sie sich durch diese Aktion alles verspielt hatte. Er hätte sie für immer verschont, er hätte sie vor allem und jedem beschützt. Doch jetzt, und das stand für ihn fest, wollte er sie nur noch bluten sehen. Und das würde er. Wenn er erst hier raus war, dann würde er sie sich holen. Denn sie hatte ihn angelogen. Sie trug eine Maske, genau wie alle anderen. Und er würde ihre Schreie genießen, wenn er sie ihr langsam vom Schädel schälte.

Maxim ließ den Kopf gegen die Lehne der Rückbank sinken und atmete durch. Er brauchte einen Plan, doch so sehr er sich auch bemühte, seine Gedanken in eine vernünftige Richtung zu lenken, seine Wut auf Daria überschattete alles. Aber langsam wurde es Zeit. Wolf Amende und seine kleine Privatarmee hatten vor einiger Zeit, noch vor den Schüssen, das Gebäude betreten; zumindest hatte er gehört, wie der SEK-Beamte diese Nachricht auf seinem Funkgerät empfangen hatte. Sehen konnte er von der alten Fabrik kaum etwas. Der Wagen, in dem er saß, befand sich abseits des Gebäudes im Wald, dort, wo Daria auch den Fluchtwagen für ihn abgestellt hatte. Gut versteckt ...

Trotzdem bezweifelte er, dass sie ihn einfach hier vergessen und zurück nach Berlin fahren würden, also brauchte er einen Plan. Dringend. Denn er würde ganz sicher nicht den Rest seines Lebens in Isolationshaft verbringen.

Außerdem hatte er noch eine Rechnung offen.

Ein Schatten links von seinem Gesichtsfeld riss ihn aus seinen Grübeleien.

»Larissa«, flüsterte er und eine Mischung aus Gefühlen wallte in ihm auf. Sie hatte versucht ihn zu töten, aber eigentlich konnte er es ihr nicht verübeln. Schließlich hatte er ihren gemeinsamen Pakt gebrochen und sie an Daria ausliefern wollen.

Er richtete sich auf und beobachtete, wie die Blondine etwas aufhob, das am Waldrand lag. Dann schlich sie auf das Auto zu.

Im ersten Moment war Maxim versucht etwas zu sagen, dann wurde ihm klar, dass er damit ihren – und somit auch seinen eigenen – Vorteil verspielen würde. Offenbar war sie hier, um ihn zu retten. Ihr Hass auf Amende und ihr unbedingter Wunsch nach Rache, ausgeführt durch Maxim, schien schwerer zu wiegen als Maxims kleiner Verrat.

Blieb nur die Frage, wie sie es aus Amendes Fängen geschafft hatte. Und was mit Daria war.

Doch mit ihr würde er sich immer noch beschäftigen können, wenn er erstmal wieder in Freiheit war.

Larissa war nun so nah ans Auto herangeschlichen, dass er das verkrustete Blut in ihrem Gesicht erkennen konnte. Sie trug noch die Fetzen ihres Shirts am Körper, die ihren BH kaum zu verdecken mochten. Doch das schien sie nicht zu interessieren.

Sie schaute in den Wagen.

Maxim erwiderte ihren Blick und zwinkerte ihr zu. Aber anstatt in irgendeiner Form auf ihn zu reagieren, holte sie aus und Maxim erkannte jetzt auch, dass es ein Stein war, den sie in der Hand hatte.

Dann ging auf einmal alles ganz schnell.

Der SEK-Beamte fuhr herum und Larissa donnerte ihm den Stein gegen die Schläfe. Der Schwung seiner eigenen Drehung musste dafür gesorgt haben, dass ihn der Schlag umso härter traf, denn der Beamte rührte sich den Bruchteil einer Sekunde gar nicht, dann kippte er um wie ein gefällter Baum.

Maxim lachte leise. Das war irgendwie typisch für sie. Sie fackelte nicht lange, sondern machte einfach kurzen Prozess. Er beobachtete, wie Larissa einen eiligen Blick in Richtung der Fabrikhalle warf, dann hockte sie sich zu dem Beamten und war für einen Moment aus seinem Blickfeld verschwunden. Als sie sich wieder aufrichtete, hatte sie die Schusswaffe des Mannes sowie die Autoschlüssel in der Hand.

»Larissa«, rief Maxim und drehte sich so, dass er mit seinen Fingern die Tür öffnen konnte. Theoretisch zumindest. Praktisch hatte er in der letzten Stunde mehrfach versucht, aus dem Auto zu kommen, doch es war so verriegelt, dass er es von innen nicht aufbekam. »Mach den Wagen auf!«

Larissa reagierte nicht. Ihre Miene wirkte wie versteinert und verriet nicht, was sie dachte. Doch zu Maxims Glück ging sie ums Auto herum und schloss die Fahrerseite auf.

»Hör mir zu. Daria hat mich gelinkt und –«

»Nein, du hörst mir zu«, sagte Larissa und der Klang ihrer kalten, heiseren Stimme jagte ihm einen Schauer über den Rücken. Sie beugte sich ins Auto und sah durch die Sicherheitsscheibe zu ihm. »Es tut mir wirklich leid ...«

Auch wenn Maxim nicht wusste, wovon sie sprach, nickte er großmütig.

»Ist schon okay. Mach nur die Tür auf. Oder noch besser: Fahr los!«

Larissa lächelte. »Du verstehst nicht, fürchte ich. Es tut mir leid, dass Amende nicht die Art von Strafe bekommt, die ihm zusteht«, sagte sie. Dann löste sie die Handbremse und setzte sich auf den Fahrersitz.

»Das kriegen wir hin«, versicherte ihr Maxim. Er war erleichtert, dass sie offenbar vorhatte, ihm zu helfen.

Doch statt den Motor zu starten, nahm sie den Gang raus und stieg wieder aus.

»Larissa! Larissa, was soll das?«

Sie antwortete nicht. Stattdessen sah sie zum Waldrand, hinter dem es steil bergab ging.

»Oh nein! Nein, mach das bloß nicht, ich schwöre dir, ich –!«

Der Knall, mit dem die Fahrertür ins Schloss fiel, ließ ihn verstummen. Seine Gedanken rasten fieberhaft. Er musste hier raus. Musste dringend hier raus, bevor dieses Miststück ihre Unfall-Nummer auch mit ihm abzog!

Ein Surren neben ihm ließ ihn zusammenfahren. Dann realisierte er, dass sie sein Fenster heruntergelassen hatte und neue Hoffnung keimte in ihm auf.

»Larissa!«

»Ssh.« Lächelnd beugte sie sich zu ihm ins Wageninnere. »Danke für die Fluchtmöglichkeit.« Sie hielt sein Schindermesser in die Höhe und ließ es dann achtlos neben ihn auf die Rückbank fallen.

Maxim atmete auf.

»Komm näher«, flüsterte sie.

Sie streckte die Hände nach ihm aus und Maxim rutschte zu ihre herüber. Dann ging es auf einmal ganz schnell. In schneller Abfolge versetzte sie ihm kurze heftige Schläge gegen den Oberkörper und den Hals.

Maxim keuchte, als heftige Schmerzen durch seinen Körper fuhren, dann spürte er plötzlich kaum noch etwas und sank in sich zusammen.

Was hatte diese Hexe mit ihm gemacht?! Seine Gliedmaßen schienen ihm nicht mehr zu gehorchen, nur sein Verstand arbeitete auf Hochtouren.

»Dim Mak«, sagte Larissa und zog sich aus dem Auto zurück. »Du hast mich davor gewarnt, dich zu unterschätzen ... Dabei bist du derjenige, der mich lieber nicht hätte unterschätzen sollen..«

»Du dreckige kleine Schlampe! Ich mach dich fertig!«

»Versuch's.« Larissa grinste, dann ließ sie das Fenster wieder hochfahren.

Maxim war gefangen. Nicht nur im Polizeiauto, sondern auch noch in seinem eigenen Körper. Sein Atem ging heftig und unregelmäßig und sein Herz raste unkontrolliert. Er wollte nicht sterben. Nicht jetzt, nicht so, nicht hier und heute!

Larissa positionierte sich hinter dem Auto, zumindest glaubte er, dass sie es war, denn der Wagen setzte sich langsam in Bewegung. Geradewegs auf den Abgrund zu. Wäre er Herr über seinen Körper, dann hätte er sich vor dem Aufprall schützen, ihn vielleicht irgendwie überleben können. So jedoch war er der Schwerkraft einfach hilflos ausgeliefert.

Das durfte auf keinen Fall passieren!

Maxim dachte an das Messer, das sich irgendwo neben ihm befinden musste und versuchte mit aller Macht seine Arme zu bewegen, seine Beine ... doch es gelang ihm nicht.

»Larissa, wir können doch über alles reden!«, schrie er. Seine Stimme klang schrill in seinen Ohren.

Sie schob weiter. Noch kam das Auto langsam voran, da der Waldboden gerade verlief. Aber gleich, wenn sie die Neigung erreicht hatte, würde er losrollen, an Fahrt aufnehmen und –

»Halt! Keine Bewegung!«

Das war Daria, da war er sich ganz sicher.

Er konnte den Kopf nicht drehen und so versuchte er verzweifelt, etwas im Rückspiegel zu erkennen.

Er sah, dass Daria, Martin und drei andere aus dem Geäst gelaufen kamen und war noch nie so erleichterte darüber gewesen, sie zu sehen, wie jetzt. Dann kam der Wagen zum Stehen und er hörte Schüsse. Nah am Auto.

Larissa schien auf die Polizisten zu schießen. Sie durfte sie auf keinen Fall treffen und ihr Teufelswerk beenden!

Er sah im Spiegel, wie Daria und die anderen in Deckung gingen.

»Bitte nicht, bitte nicht«, flüsterte er.

Noch zwei, drei weitere Schüssen, die aber ihr Ziel zu verfehlen schienen. Dann tauchte Larissa in seinem Blickfeld auf. Doch anstatt das Auto weiter in Richtung Abgrund zu schieben, rannte sie nun an der Front vorbei und auf Darias Wagen zu. Immer wieder schoss sie unkontrolliert hinter sich, um die Polizei auf Abstand zu halten und es hätte Maxim nicht gewundert, wenn sie seinen Kopf getroffen hätte.

Schnell fuhren ihre Finger unter den Vorderreifen von Darias Wagen. Natürlich. Er hatte ihr erzählt, wo sie die Schlüssel verstecken würde. Es wunderte ihn nicht, dass Daria sich an ihre Abmachung gehalten hatte, denn sie wusste, dass er misstrauisch war und wenn er sie getestet und sich kein Schlüssel unter dem Rad befunden hätte, dann wäre sie direkt aufgeflogen.

Er beobachtete, wie Larissa noch zwei Schüsse abgab. Dann stieg sie in Darias Astra und raste davon.

Maxim schloss die Augen.

Er war noch nie so froh über das Auftauchen der Kripo gewesen.

Kapitel 53

Daria genoss den warmen Wind, der über ihren Körper strich. Sie hörte das Rauschen der Wellen und –

»Mom! Muss das sein?«

Daria öffnete die Augen und blickte in Kristins Gesicht, das sich als dunkler Fleck vor dem wolkenlosen Karibikhimmel abzeichnete. Sie hatte die Hände in die Hüften gestemmt und sah auf Daria herab, die in einem Liegestuhl lag.

»Was denn?« Daria rieb sich die Augen und nahm ihre Sonnenbrille aus den Haaren. Wie sie die Zickereien ihrer Teenager-Tochter vermisst hatte.

»Dass du jetzt hier liegst? Nur im Bikini und so. Gleich kommen Samantha und Jessica vorbei.«

Daria wusste zwar nicht, was *und so* war, aber sie richtete sich auf und griff nach dem Strandtuch, das vor ihr im Sand lag. »Wäre das besser?«, fragte sie.

Kristin zuckte unbestimmt mit den Schultern. »Logan wird auch kommen«, erklärte sie.

Daria verstand. Logan war ein amerikanischer Junge aus einem der Nachbarbungalows, der es ihrer Tochter angetan hatte. Da sie nicht die Erlaubnis hatte, sich mit ihm von dem privaten Strandabschnitt zu entfernen, der ihnen für die nächsten Tage gehörte, wollte sie natürlich nicht, dass sich ihre Mutter halbnackt in Sichtweite sonnte.

Da sie ihrer Tochter im Moment sowieso keinen Wunsch abschlagen konnte, erhob sich Daria. »Ich bin drinnen, wenn du mich suchst«, sagte sie und drückte ihr einen Kuss auf die Stirn, den Kristin erstaunlicherweise ohne Proteste über sich ergehen ließ. »Viel Spaß mit deinen neuen Freunden.«

Damit wickelte sich Daria in ihr Strandtuch und lief durch den Sand auf den Eingang des Bungalows zu. Drinnen schlug ihr angenehm kühle Klimaanlagenluft entgegen.

»Martin?« Daria schaute sich nach ihm um, doch im Haus konnte sie ihn nirgends entdecken.

Es lief wieder besser zwischen ihnen. Sie hatte ihm alles, was zwischen ihr und Maxim gelaufen war, gebeichtet und sie hatten beschlossen, bei Null anzufangen. Daria hatte versprochen, Maxim keinen Besuch mehr im Gefängnis abzustatten und Martin hatte seinerseits versprochen, seine Eifersucht besser im Griff zu haben und ihr keine Selbstmordversuche mehr zu unterstellen.

Daria lief über den kalten Fliesenboden und entdeckte, dass die Tür, die hinaus zum Pool führte, offen stand. Sie lächelte, als sie das Plätschern von Wasser hörte.

Martin drehte wieder einmal ein paar Runden im Pool.

Sie trat nach draußen, lehnte sich an den Türrahmen und beobachtete, wie er Bahn um Bahn schwamm, wobei sich die Muskeln in seinen gebräunten Oberarmen bei jedem Zug anspannten.

Sie fühlte sich rundum zufrieden. Auch wenn sie Larissa, den Schleicher, noch nicht hatten in Gewahrsam nehmen können, so saßen dennoch zwei Monster hinter Gittern. Maxim Winterberg und Wolf Amende. Die Beweise gegen den Berliner Polizeipräsidenten hatten gereicht, um Ermittlungen gegen ihn in Gang zu setzen und bisher war so einiges ans Tageslicht geraten, von dem er vermutlich gehofft hatte, dass es für immer unter Verschluss bleiben würde.

Doch das war nicht ihr Fall.

Sie und Martin hatten Urlaub und sie war sich sicher, dass sie ihn bestmöglich würden nutzen können.

Mit einem Lächeln ließ Daria das Strandtuch fallen, löste sich aus dem Türrahmen und glitt mit einem Kopfsprung zu Martin in den Pool.

Epilog

Ich schiebe mir die Sonnenbrille ins Haar und trete näher an das Gebüsch heran, hinter dem ich mich verberge, um besser sehen zu können. Adrian spielt in der Sonne Fußball. Das dunkle Haar, das er von seinem Vater hat, klebt ihm an der Stirn, doch die Hitze scheint ihm nichts auszumachen. Ehrgeizig wie er ist, übt er einen Trick, bei dem er den Ball in die Höhe kickt, um ihn dann in ein Tor zu köpfen, das im Garten des Polizeipräsidenten steht.

Er ist gut. Ein guter Spieler. Doch ich bedaure, dass seine sogenannten Eltern dieses Talent nicht fördern.

»Schatz, jetzt mach aber mal eine Pause«, ruft eine Stimme aus dem Haus, als hätte sie meine Gedanken gelesen. Kurz darauf tritt eine leicht untersetzte Frau aus dem Innern. Ich erkenne sie sofort. Es ist Maria, Wolfs Gattin.

Adrian stoppt den Ball mit der Brust, lässt ihn ins Gras fallen und eilt auf Maria zu. Diese balanciert ein Tablett vor sich her, auf dem ein Krug mit Limonade und zwei Gläser stehen.

Maria trägt das Tablett zu einer Sitzecke und Adrian lässt sich schwer atmend in die Kissen der Gartenbank fallen. Dann greift er nach einem Glas und leert es gierig zur Hälfte.

Ich bin froh, dass ihm das Zusammentreffen mit Julian Nehring nicht geschadet hat und auch wenn ich es nicht gerne zugebe, bin ich froh, dass Maxim damals zur Stelle war, um ihn zu retten. Er hatte wirklich was gut bei mir. Hatte. Doch das hat er sich mit seinem Verrat verspielt.

Hoffentlich weiß er, dass es verdammtes Glück war, dass seine geliebte Daria aufgetaucht ist, denn sonst wäre er jetzt Geschichte.

Wie auch immer. Ich habe nicht vor, ins Gefängnis einzubrechen und blutige Rache zu üben. Ich glaube, dass er hinter Gittern sitzt, ist Strafe genug. Und wenn ich ein weiteres Mal ehrlich zu mir selbst bin, habe ich meine Flucht ihm zu verdanken. Ihm und seinem gebogenen Messer, das er netterweise neben mir liegen gelassen hat. Ich weiß nicht, ob es Absicht war oder ein Versehen, doch der Effekt ist der gleiche: ich bin auf freiem Fuß. Und er nicht.

Ich höre Adrian und Maria lachen und widme meine Aufmerksamkeit wieder den beiden, jedoch nur kurz.

Maria schließt meinen Sohn gerade in die Arme und ich wende mich ab, weil eine Mischung aus Zorn und Eifersucht in mir aufsteigt.

Ich kann nur hoffen, dass Maria vorsichtig ist und nicht bald an einem sehr, sehr tragischen Unfall stirbt.

Ein letzter Blick, dann setze ich die Brille wieder auf, werfe das braune Haar über meine Schulter und verschwinden aus dem Garten der Amendes.

Vorerst.

Der Schinder

Der erste Daria-Storm- Thriller

Nadine d'Arachart und Sarah Wedler
Der Schinder
ISBN: 978-395915-010-1
Softcover, 218 Seiten
Preis: 9,99 Euro

Was, wenn jemand eine Rechnung mit dir offen hat?
Was, wenn dieser Jemand ein Serienmörder ist?

Maxim Winterberg kann sich an nichts mehr erinnern. Der ehemals anerkannte Folterexperte und Mitarbeiter der Polizei ist nur noch ein Schatten seiner selbst. Dennoch ruft Kommissarin Daria Storm ihn zur Hilfe, als an verlassenen Orten auf einmal grausam zugerichtete Leichen gefunden werden. Die Toten tragen die Handschrift des Schinders, eines Serienmörders, der vor zwei Jahren sein Unwesen trieb und dann spurlos verschwand. Doch jetzt ist er zurück und eine Hetzjagd durch die Ruinen Berlins nimmt ihren Lauf. Zu spät verstehen Maxim und Daria, dass sie absolut niemandem vertrauen dürfen ...

Der Scharfrichter

Der zweite Daria-Storm- Thriller

Nadine d'Arachart und Sarah Wedler
Der Scharfrichter
ISBN: 978-395915-022-4
Softcover, 280 Seiten
Preis: 9,99 Euro

„Sicher denken Sie, dass das alles nichts Persönliches ist. Aber da täuschen Sie sich, Daria.
Es ist persönlich."

Ein neuer Serienmörder hält Berlin in Atem. Der Scharfrichter ist eiskalt, grausam und hochintelligent. An jedem seiner Tatorte hinterlässt er für Daria Storm und ihr Team Rätsel. Jedes Mal haben sie die Chance ihn zu stoppen – jedes Mal kommen sie zu spät. Daria muss verstehen, dass ihnen jetzt nur noch einer helfen kann. Ihr Erzfeind, ihr Albtraum – der Schinder.

Nadine d'Arachart und Sarah Wedler, geboren 1985 und 1986 in Hattingen im Ruhrgebiet, entdeckten ihre gemeinsame Freude am Schreiben bereits mit zwölf Jahren. In den vergangenen Jahren erhielten die beiden verschiedene Preise für ihre Kurzgeschichten und Drehbuchideen. Sie nahmen am open mike in Berlin teil und wurden mit dem Förderpreis des Literaturbüro Ruhr ausgezeichnet. Ihre größte Leidenschaft ist das Thriller-Genre, gern schreiben sie aber auch im Fantasy-Bereich. Neben ihrer Autorentätigkeit arbeiten Nadine d'Arachart und Sarah Wedler als freiberufliche Lektorinnen.

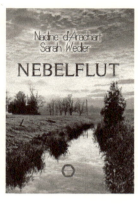

Nadine d'Arachart und Sarah Wedler
Nebelflut
ISBN: 978-3941139-52-7
Softcover, 224 Seiten
Preis: 9,99 Euro

Vor neunzehn Jahren verschwand die kleine Amy Namara spurlos – nun werden ihre blutigen Kleider in einem Fluss nahe Dublin entdeckt. Zeitgleich beginnt eine grausame Mordserie. Schnell wird Amys Bruder Patrick, ein unbescholtener Arzt, zum Hauptverdächtigen. Was keiner weiß: Auch an Amys Schicksal ist er alles andere als unschuldig...

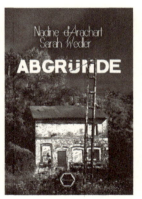

Nadine d'Arachart und Sarah Wedler
Abgründe
ISBN: 978-3941139-22-0
Softcover, 232 Seiten
Preis: 9,99 Euro

Eine Mordserie erschüttert den amerikanischen Küstenort Virginia Beach. Frauenleichen werden öffentlich zur Schau gestellt. Durch makabre Arrangements offenbart der Killer die dunkelsten Seiten seiner Opfer. An jedem Tatort wird ein ‚A' gefunden, der einzige Hinweis auf den Täter. Schafft es Detective Ethan Hayes, den Serienmörder zu stoppen oder steht ihm seine eigene finstere Vergangenheit im Weg?